청년시대

— 조여항 소설집

도서출판 경남

청년시대

조여항 소설집

1쇄 펴낸날 2023년 11월 17일

지은이   조 여 항
펴낸이   오 하 룡

펴낸곳   도서출판 경남
주 소   창원시 마산합포구 몽고정길 2-1
연락처   (055)245-8818
이메일   gnbook@empas.com
출판등록   제1985-100001호(1985. 5. 6.)
편집팀   오태민 심경애 구도희

ISBN   979-11-6746-126-1-03810

ⓒ조여항

＊잘못된 책은 바꿔 드립니다.
＊저자와 협의 인지 생략합니다.
＊본명: 조평래

〔값 15,000원〕

작가의 말

장편소설로 데뷔하여 계속 장편소설을 쓰고 싶었으나, 여러 사정으로 귀촌 후 정착하는 과정에 농사일과 사회 활동으로 시간의 제약을 받아 마음대로 되지 못했다. 긴 시간 책상에 앉아있을 여가가 없어 방향을 바꾸어 틈틈이 산문과 단편소설을 썼다.

단편소설 원고를 모아보니 책 한 권 분량이 되었으나 책을 내지 못하고 있었는데, 창작지원금 디딤돌에 선정되어 생각보다 빠르게 세상에 선보이게 되어 기쁘다.

여기에 실린 단편소설은 모두 귀촌 후 쓴 것이라 배경이 고향 함안이 많고, 인물 창조도 주변에서 직접 겪고 본 것을 모티브로 삼은 것이 많다. 함께 거주하는 마을 주민, 초·중학교 동창회, 단체 활동 등을 통해 만난 각양각색의 인물들이 소설 속에 등장한다. 겉모습만 보면 평범하고 시시하여 사람들의 특별히 눈에 띄지 않지만, 내면을 살펴보고 겪으면서 감동과 교훈이 될만하고 가치가 있다고 생각되는 것을 이야기로 엮어 보았다.

가까운 주변에 소외된 사람과 사회적 약자들이 많아 자연스럽게 이런 사람들이 인물로 등장한다. 이들의 삶에도 심각함과 가벼움, 화려함과 시시함이 뒤섞여 있고 가치 있는 삶을 살고 있음을 볼 수 있었다. 양극화되지 않고 사이를 곡예하듯 멋지게 표현하고 묘사하고 싶었으나, 많이 모자람을 느낀다.

2023년 6월 완색당에서

차례

작가의 말 — 3

청년시대 — 6
여항산 호랑이와 친하게 지낸 아낙 — 42
쌍검대무 — 54
동창들의 비밀 작전 — 80
우리의 부장님 — 102
음주 운전 — 114
농민 김차돈 — 134
땡초와 스님 — 152
할머니의 후유증 — 176
어느 흙수저의 도전기 — 206
농촌으로 간 의사 — 224
김 사장의 동창회 — 248
동지산 유국환劉國煥 — 262

청년시대

아침부터 우울한 봄비가 오후 늦게까지 계속 내리고 있었다. 비는 여름 장마처럼 주룩주룩 내렸고, 간간이 부는 바람이 창틀을 흔들고 지나갔다. 조현은 일제의 강제징용을 피하기 위해 여러 절을 옮겨 다니며 도피 생활을 1년 넘게 하던 중, 뚜렷한 직업이 있으면 징용을 피할 수 있다는 것을 할아버지가 알고 귀한 손자 하나 살릴 요량으로 논 여러 마지기를 팔아 뒷돈으로 넣고 면서기가 되어 징용을 피할 수 있었다.

함안읍에서 조현은 보통학교 때부터 수재로 소문이 났었다. 배제중학(5년제) 때 당시 고시 못지않게 어려운 관문을 통과해야 인정되는 등단작가에 이름을 올렸고, 이 점이 면서기가 되는데 요로의 여러 사람으로부터 관심을 끌고 후한 점수를 받을 수 있었다. 중학생 신분으로 등단작가가 된 사람은 전국적으로 충청도 보은 출신 오장환이 있을 정도였다.

　조현은 중앙불전(동국대 전신) 재학 때 만난 조지훈과 조선어로 시낭송 대회를 열겠다고 고집하다 유치장 신세를 몇 달 진 후 대학을 자퇴했다. 중학교(5년제)를 졸업할 때 주변의 친구들이 선진 지식을 배우겠다며 일본으로 유학 가는데, 그는 일본이 싫어 만주 하얼빈 대학으로 갔다. 독립운동을 하기에 만주가 더 좋을 것 같다는 생각이 들어 만주에 갔으나, 한 해 겨울을 넘기면서 남쪽의 따뜻한 곳에 자란 그가 추위에 견디지 못하고 다시 서울로 돌아와 들어간 곳이 중앙불전이었으나, 조선말을 말살하려는 시기에 조선말 시낭송대회를 끝까지 고집하다 유치장 신세만 지고 학교를 떠나야 했다. 대학 때 유치장에 간 전력은 어디로 가도 요시찰 위험인물로 분류되어 가는 곳마다 딱지가 그림자같이 따라다녔다. 면서기가 될 때 경찰서 신원조회에 이것이 문제가 되자 지역 유지로 통하던 할아버지가 나서 만약 문제가 생기면 자신이 모든 책임을 지겠다고 여러 번 간곡하게 부탁하여 겨우 자리를 차지할 수 있었다. 만약 경찰에서 중학교 때 반일문제로 네 군데 학교서 퇴학당한 일과 마지막으로 졸업할 수 있었던 배재중학교에서도 한글로 동인지를 만들다 경찰서로 불려 다닌 것까지 알면 면서기가 되는 것은 아마 불가능했겠지만, 경찰에서 이것까지는 알지 못했다.

　면서기로 오기 전 〈아세아부흥론서설〉이란 제목으로 유명 잡지에 일본어로 글을 발표했나. 내용은 미국과 영국이 필리핀과 인도 등에서 사행한 이세아 민족학살 만행을 신랄하게 지적하고, 일본인 미학자 오카쿠라 덴신의 아세아에도 미학과 문화가 있다는 주장을 옹호하면서 아세아인들이 서양문명을 비판 없이 숭배하기 때문에 착취와 학대의 대상이 된다고 주장한 후, 한발 더 나아가 조현은 아세아 국가는 자주권을 가지고 일본과 같이 영국과 미국에 맞서야 한다고 주장했는데 이 글을 일제가 보고 위험인물이기는 하지만, 반미·반영에서는 자신들과 같은 면이 있음을 알고 할아버지의 간곡한 부탁을 들어주는 척하며 임용을 묵인했다.

일제가 태평양 전쟁에서 패색이 짙어지자 조선 청년들을 마구잡이로 징집하여 총알받이로 끌고 가자 지리산 덕유산과 같이 높은 산 아래 태어난 청년들은 개죽음을 피해 산으로 도피한 후 당을 만들어 일제와 맞설 준비를 하고 있다는 소문이 파다했다.

함안읍에서는 17세가 넘으면 전쟁터로 끌고 가기 전 미리 함안보통학교 운동장에 소집하여 미리 군사훈련을 시켰다. 심지어 보통학교 학생이나 부녀들도 죽창을 들고 군사훈련을 받아야 했다. 그물에 갇힌 청년들은 빠져나갈 그물코가 너무나 촘촘했다.

비는 계속 내리고 있었고, 조현은 면의 업무가 재미없고 지루하여 사무소 벽에 걸려 있는 시계를 자주 쳐다보았다. 퇴근 시간까지 아직 한 시간 정도 남아 있었다. 날씨가 불순하여 조기 퇴근을 하고 싶었지만, 면서기가 된 지 얼마 지나지 않은 신입이라 눈치가 보였다. 전쟁은 패색이 짙어가는지 공무원들도 상부에서 내려오는 청년 징용, 쇠붙이 모으기, 관솔 기름 공출, 정신대 처녀 모집 등 온갖 명목과 과도한 목표량을 채우기 위해 지쳐 있었고 신경이 과민해져 사무소 안에서 직원들끼리 자주 고성이 오고 가 살

얼음 위를 걷는 듯하여 처신에 조심했다.

　우울하고 암담한 현실에 조현은 고개를 들어 면사무소 창문을 통해 내리는 비를 하염없이 쳐다보고 있을 때, 여학교 교복처럼 하얀 무명 저고리에 검은 치마를 입었으나 세련되어 보이는 젊은 여자 하나가 삿갓을 입구에 벗어두고 사무소로 들어왔다. 입구에서 가장 가까운 자리에 앉아 있는 조현이 그에게 눈길을 주자, 그녀가 조현에게 다가와 낮은 목소리로 조심스럽게 물었다.

　"조현 선생이 어느 분입니까?"

　조현이 몸을 돌려 그를 쳐다보면서 말했다.

　"제가 조현이오만……?"

　그녀가 신중하게 물었다.

　"혹시, 구소현 선생을 아시는지요?"

　"같은 마을에 살아 어릴 때 몇 번 보았지만, 지금은 어떻게 사는지 모르오. 일본에서 중앙대 법대를 다녔다는 이야기는 들었소."

　"낙향하여 요양하고 있습니다."

　"아, 그래요. 그런데 그분이 어찌……?"

　"저는 그의 안사람입니다. 구 선생님께서 조 선생님이 면서기로 있다는 이야기를 듣고 매우 기뻐하며 책을 빌려줄 수 있느냐며 저를 보냈습니다."

　젊은 부인은 비를 피하기 위해 품에 간직했던 접은 종이쪽지 하나를 꺼내 조현에게 내밀었다. 조현이 쪽지를 건네받자 그녀는 다른 말은 하지 않고 돌아서 사무소에서 나갔다. 젊은 부인이 떠나는 것을 보면서 조현은 종이쪽지를 펼쳤다. 요즘 많이 읽히는 시집 몇 권과 도스토옙스키, 톨스토이의 저서 몇 권이 적혀 있었고, 종이 아래쪽에 있는 여백에 '위에 적은 책 이름 중에 가진 것이 있으면 빌려주시고 시간 날 때 한번 방문해 주시면 좋겠다'는 내용이었다.

조현은 퇴근하면서 집에 들러 저녁식사를 하고 책 몇 권을 챙긴 후 구소현의 집으로 향했다. 직선거리로 삼백 미터도 되지 않았고, 같은 마을이라 집은 옛날부터 알고 있었다. 다만, 나이 차가 네 살 났고, 구소현은 보통학교를 마치자 바로 일본 동경으로 유학을 떠났고, 조현도 보통학교 졸업과 동시에 경성으로 유학을 떠나 간혹 서로에 대해 소문만 듣고 있었다.

조현이 구소현 집을 찾았을 때 그는 방에 힘없이 누워 있었다. 들어오는 조현을 보고 간신히 몸을 일으키는 초췌한 모습에서 깊은 내상을 입고 있음을 읽을 수 있었다. 조현이 책을 방바닥에 놓고 그의 몸을 빠르게 부축해주며 말했다.

"선배님은 어릴 때 공부도 잘했고, 운동도 잘해 우리들의 우상이었는데, 어쩌다 이렇게 몸이 망가졌습니까?"

"서대문 형무소에 몇 달 수감되었다가 출옥한 지 얼마 되지 않아서 그래."

"무슨 일로 끌려갔습니까?"

"서울에 있는 냉천중학교 교사로 근무했는데, 민족의식을 고취시켰다는 죄명이었다네. 어찌나 모질게 고문하는지…… 몸이 이렇게 된 것보다 더 가슴 아픈 것은 학교 안에 믿었던 자가 알고 보니 일제 앞잡이 첩자였다는 것이네."

구소현은 골격이 크고 어릴 때 만능선수라 할 정도 운동신경이 타고난 사람이었다. 부모님이 일찍 집안을 일으켜 살림이 넉넉했고, 공부도 잘해 동경에서 5년제 중학교를 졸업하고 일본 중앙대학교 법대를 졸업하고 다시 명치대학교 경제학과에 편입하여 공부를 더 한 후 귀국하여 교사를 하다 감옥살이를 한 것이다. 구소현은 벽에 몸을 간신히 기댄 후 조현을 바라보며 말했다.

"아우가 생각할 때 우리가 언제쯤 독립할 것 같은가?"

갑자기 받은 질문에 조현은 명쾌하게 답을 못하고 구소현을 쳐다보며 말했다.

"분명히 하기는 하는데 언제가 될지…… 저는 솔직히 모르겠습니다."

구소현은 몸을 조금만 옆으로 이동해도 신음 소리를 내며 얼굴에 아픈 표정이 지나갔다.

"독립할 날이 머지않았어. 곧 일본은 항복할 거네."

조현은 악몽의 긴 터널이 언제 끝날지 확신이 서지 않아 하루하루가 우울하고 절망 속에 있었다. 그런데 구소현은 일본의 패망이 얼마 남지 않았음을 확신하고 있었다.

"선배님은 어떻게 그렇게 장담할 수 있습니까?"

"일제는 지금 최후의 발악을 하고 있다고 보면 되네. 자네 영민하여 잘 처신하고 있다고 듣고 있네만, 난국에 인심을 잃거나 앞잡이가 되면 안 되네."

"학창시절 다섯 번이나 되힉당한 제가 하루아침에 앞잡이가 되겠습니까? 그보다 일제가 망하면 우리나라는 어떤 나라가 될까요?"

구소현은 눈을 크게 뜨고 조현을 응시하며 말했다.

"그래서 자네를 좀 보자고 집사람을 보냈다네. 자네 같은 인물은 크게 쓰일 기회가 올 거야."

"크게 못 쓰여도 빨리 일제가 망했으면 좋겠어요. 요즘 사는 게 아니라 지옥입니다. 식량, 쇠붙이, 관솔 기름 등 온갖 명목을 붙여 공출을 받아야 하니 죽을 맛입니다. 제가 앞장서서 괴롭히는 것 같아 차라리 징용 가는 게 나을 뻔했다는 생각이 들 때도 있습니다."

"자네 같은 인재가 일제를 위해 허망한 개죽음을 해서는 안 돼. 비굴하다는 소리를 좀 듣더라도 살아남아야 해. 나라가 독립되면 자네는 할 일이 많을 것이네."

"선배님이 볼 때 장차 어떤 나라가 될 것 같습니까?"

"일제처럼 왕이나 황제가 주인이 아닌, 국민이 주인이 되는 나라를 만들어야 해."

"누가 지도자로 가장 적합할까요?"

"자네 생각은 어떤가? 솔직히 말해 보시게?"

"아는 사람이 별로 없습니다."

"건국이나 마찬가지라 첫 지도자의 역할은 아주 중요해. 작은 마을의 이장도 누가 되느냐에 따라 큰 차이가 있는데, 나라에 초석을 깔아야 하는 사람이라면 더 말할 나위가 있겠나?"

"선배님, 저는 정치보다 문학이나 예술에 관심이 많습니다."

"좋은 생각이지만, 나라를 빠르게 일으켜 세우는 데는 정치보다 좋은 약은 없어."

 조현은 구소현이 부인을 보내 책을 빌리고자 한 것은 문학에 관심에 있어서가 아니라 자신을 만나기 위함임을 알 수 있었다. 조현은 집에 가서 책을 챙겨 올 때 책마다 특징이 있어 구소현을 만나면 어떤 말을 할 것인가 간단하게 준비를 했으나, 구소현은 빌린 책과 문학 이야기는 아예 꺼내지도 않았다. 밤이 깊도록 국내외 정세에 대한 이야기만 나누었다.

 엄밀하게 말하면 대화라기보다 구소현의 강의를 들었다는 말이 맞을 것이다. 그는 논리정연했고, 막힘이 없었다. 두 사람은 밤이 깊어가는 줄 몰랐다. 밤 12시가 넘어 헤어지면서 구소현이 자주 만나자는 제안을 하자 조현도 크게 찬성을 하고 자리를 파했다.

 다음 날 조현이 면사무소로 출근하자 일본 천황으로부터 칙어가 내려와 기다리고 있었다. 칙어(황제가 타이르는 말), 칙유(황제가 가르치는 말), 전진훈(행동규정), 귀축미영(귀신과 짐승 같은 미국 영국의 만행을 폭로하는 소식) 등이 수시로 내려왔다. 조현이 생각하기로 천황도 사람이고 매일매일 똥을 쌀 것인데, 왜 싸는 똥은 안 내려보내는지 모를 일이었다. 어쩌면 부처님 사리보다 더 귀한 똥이라 지방까지는 못 내려올 수도 있겠다는 생각이 들었다.

 일제는 천황의 권위를 강조하며 온갖 가지를 간섭하고 통제하며 오직 천황폐하에게 헌신과 복종만을 강요했다. 천황과 그 주변 소수에게는 천당이요 나머지 인민들은 지옥도 이런 지옥이 없을 것이라는 생각을 했다.

면사무소에는 황제의 칙어가 내려올 때마다, 칙어에 면장이 여러 번 고개 숙여 절을 한 후 사람들 앞에서 내용을 공포했다. 의식이 끝나면 칙어가 적힌 종이를 다시 곱게 접고 함에 넣은 후 면장이 조현에게 전달하면 조현은 약 500m 정도 떨어진 비봉산 자락에 있는 신사로 가지고 가서 보관하는데, 신사까지 운반하는 일은 조현의 주요한 업무 중 하나였다.

여러 사람 앞에서 면장이 칙어가 들어 있는 함을 두 손으로 높이 들어 조현에게 건네주면, 조현은 두 손을 얼굴 위까지 들어 함을 인수한 후 그 상태로 신사까지 이동해야 했다. 조현은 사람들이 보는 앞에서는 높이 든 자세로 100m 정도 가서 인적이 없는 곳에서부터는 한쪽 겨드랑에 끼고 룰루랄라 노래를 하며 걸었다. 조현은 아무리 생각해도 세상은 모두가 미쳐 돌아가고 있다는 생각이 들었다. 함안보통학교 북쪽 논두렁 길을 걷고 있는데 죽창을 들고 군사훈련을 하면서 내지르는 기합 소리가 학교 담을 넘어 비봉산을 울리고 있었다. 어제 온 비로 논길이 미끄러워 몇 번 삐꺽거리며 쓰러질 뻔하기도 했다. 도대체 살아 있는 천황이란 놈이 어떤 놈이기에 이 지랄을 해야 하는지 알 수가 없었다.

늦은 봄비가 지나간 후라 대기 중에 습도와 기온이 높아 조현의 이마에 맺혔던 땀방울이 얼굴을 타고 계속 내려왔다. 칙어함을 신사 입구에 잠시 내려놓고 얼굴에 흘러내리는 땀을 닦은 후 주위를 살피자 아무도 보이지 않았다. 땅바닥은 어제 온 비로 물기가 많아 칙어함을 깔고 앉은 다음 담배를 한 대 꺼내 불을 붙이고 깊게 빨았다. 한적한 야외에서 혼자 피우는 담배라 그런지 맛이 너무 좋았다. 속을 닦은 연기를 연거푸 내뿜으며 사방을 둘러보았다.

비봉산의 느티나무와 참나무가 어제 온 비로 연두색에서 녹색으로 변해가고 있었고, 들판의 보리도 며칠 사이에 키가 훌쩍 성장해 사람 배꼽까지 자란 후 누런빛을 띠며 익어가고 있었다.

이때 조현에게 전혀 예기치 못한 일이 일어났다. 숲속에서 신사 하나가 갑자기 쓱 나오자 조현은 깜짝 놀라 칙어함에서 용수철처럼 벌떡 일어났다. 순간 어떤 놈이 똥이 급해 숲에서 볼일을 보고 나오는 것으로 생각했다. 그래도 그렇지 신사 근처에서 감히…… 면에 소속된 공무원으로 칙어 담당인 조현은 한마디 해야겠는데, 멋진 양복을 입고 안경을 낀 차림이 예사롭지 않았고 나이도 형님이나 삼촌뻘은 될 것 같아 순간 망설이며 주의를 주지 못했다. 그런데, 그자가 선수를 치고 나왔다.

"이런 불경한 놈 봤나, 감히 칙어함을 깔고 앉다니. 너는 오늘로 죽은 목숨이다."

순간 조현은 그 신사가 안면이 있다는 생각이 스쳐 갔다. 아, 그랬다. 저자가 바로 함안군수란 생각에 미치자 조현은 이제 빼도 박지도 못하고 죽었다는 생각과 함께 온몸에서 식은땀이 흘러내렸다. 틀림없이 저자가 먼 거리에서 자신이 이곳에 도착하기까지, 또 칙어 통을 깔고 앉아 담배 피우는 과정까지 다 지켜보고 있었을지도 모른다는 생각이 들었다.

그런데, 도대체가 저자가 왜 숲에서 나왔을까? 설마 산 정상 근처에 방치되어 폐허가 되어 가고 있는 조선왕조의 사직단이나 허물어져 가고 있는 옛 함안읍성의 성곽을 둘러보고 내려오는 길은 아닐 것이고… 왜 저자가 저기서 나타났을까. 그리고 그의 목소리는 어찌나 크고 카랑카랑한지 마치 한 마리 호랑이가 포효하는 것 같았다.

조현은 살길을 아무리 찾아보아도 궁지에 몰린 초라한 생쥐처럼 빠져나갈 구멍이 보이지 않았다. 인생이란 구멍에서 왔다가 구멍이 없으면 죽는구나. 인생 종 쳤다는 생각만 들었다. 할아버지가 자갈 논 여러 마지기를 팔아 사정사정하여 구명해 놓은 일이 그만 잠시 방심하고 경솔한 행동으로 물거품이 될 처지에 놓이고 말았다. 이제 꼼짝 못하고 만주나 남양군도로 끌려갈 수밖에 없는 처지가 되어 있었다.

징집되면 무거운 총을 들고 목적지에 도착하기 전에 지레 죽을 것만 같았다. 냉철하고 객관적인 눈으로 자신을 판단해도 오척 단구에 체중은 40kg를 넘어 본 적이 없는 왜소한 체구에다 어릴 때부터 고질병인 심한 불면증과 소화불량을 가지고 있는 몸으로 징집되는 순간이 바로 죽음이라는 생각이 들었다. 하다못해 현지에 도착하여 총알이라도 맞고 죽어야 상대에게 총알 하나 손실이라도 입히지…… 중도에 병사나 객사를 하면 일거리만 만들어 줄 것인데, 바보들은 왜 자신을 꼭 잡아가려고 하는지 알 수가 없었다. 조현은 군수에게 무조건 잘못했다고 빌다시피 했다.

"군수님, 죽을 죄를 지었습니다. 앞으로 절대로 이런 일이 없도록 하겠습니다. 한 번만 봐 주십시오."

"뭐, 봐 달라고? ……. 그런데, 자네가 나를 아는가?"

"함안군민이 어찌 군수님을 모르겠습니까? 조선인으로 자랑스럽게 고등문관 시험에 합격했다는 소문도 들어서 알고 있습니다."

 조현은 아는 정보를 내세워 낮간지럽게 아부를 좀 해보았다. 느낌에 조금 반응이 있는 것 같기는 했으나, 여전히 절망의 늪에서 빠져나갈 길은 안 보였다. 처음보다는 낮은 목소리로 군수가 말했다.

 "이런 일에 같은 조선인임을 내세우지 마라. 그런데, 자네는 어느 부서에 근무하는 누구냐?"

 "함안면 총력계에 근무하는 조현이라 합니다."

 "오늘 자네의 행위에 대해 마땅히 책임을 지고 벌을 받아야 하니, 내가 연락할 때까지 기다리고 있게."

 군수는 휑하게 돌아서더니, 내리막길로 걸어 내려갔다. 조현은 한숨이 절로 나왔고, 아무리 생각해도 앞으로의 일이 한심했다. 그래도 절망 속에서 일본인 경찰서장한테 직통으로 안 걸린 게 천만다행이라며 스스로 위로를 해보았다.

 군수 안용대는 경주 출신으로 일본에서 대학을 나와 고등문관 시험에 합격한 조선인이라는 말을 들었고, 그 말에 희망을 걸어보았다. 일제 앞잡이 조선인이 일본인들보다 더 악랄한 경우도 많지만, 조금이라도 희망을 걸 것은 그것밖에 안 보였다. 그런데 그 작자가 호통치는 것으로 보아 가망은 없을 것 같았다. 호랑이에게 물려가도 정신은 차려야 한다며 조현은 스스로 위로를 하면서 함 속에 있는 칙어가 적힌 종이를 꺼내 신시에 두고 혼이 나간 사람처럼 허탈한 마음으로 면사무소로 돌아왔다.

조현은 아무리 대범해지고자 다짐을 해도 일이 손에 잡히지 않았다. 안중근 의사는 감옥에서 간수가 내일 아침에 사형 집행일임을 알려주었는데도, 저녁 식사를 평일과 같이 맛있게 잘하시고, 잠도 코를 골며 주무신 후 형장의 이슬로 사라졌다는 교훈을 상기하며 스스로 위로를 해보았지만, 자신은 한숨만 나왔고 절망감에서 벗어날 수가 없었다.

조현은 이날 면사무소에서 하루의 시간이 얼마나 긴지 실감했다. 사무소에 낯선 사람이 들어와도, 전화벨 소리가 울려도 군수가 자신을 호출하는 줄 알고 머리끝이 설 정도로 긴장을 했다. 그런데, 군수실에 귀한 손님이 왔는지, 갑자기 급한 출장이 있었는지, 전쟁 물자 조달 때문에 정신이 없어 호출을 미루고 있는지, 퇴근 시간까지 군수의 호출은 없었다.

조현은 퇴근하면서 집에 가서 저녁을 먹는 둥 마는 둥 간단히 해결하고 구소현을 찾아갔다. 구소현의 방 한구석에 빈 상이 놓여 있었다. 상 위에 놓인 그릇을 보자 빈 미음 그릇 하나와 간장 종지 하나만 달랑 놓여 있었다. 조현의 방문을 알고 부인이 상을 가지러 들어왔다. 구소현은 결혼한 지 얼마 되지 않은 신혼 초였다. 부인 오경옥은 경남 산청 부잣집 출신으로 미인에다 신식교육을 받은 멋쟁이였고, 어제 방문 때 구소현이 부인을 불러 잠시 인사를 하게 하여 두 사람은 구면이 되어 있었다. 그녀는 조현보다 세 살 위로 누나같이 살갑게 대해 주었다. 부인이 밥상을 들고 나가자 조현이 오늘 신사에서 있었던 일과 고민을 털어놓았다.

"선배님, 저는 아무래도 징용을 피할 수 없는 운명인가 봅니다?"
"무슨 일이 있었나?"
조현이 신사에서 있었던 자초지종을 다 말하자, 이야기를 들은 구소현이 신중하게 말했다.
"군수가 호통치며 꾸짖었다 했나?"
"예. 마치 마른하늘에 뇌성이 치는 줄 알았습니다."
"그랬다면, 천만다행이네."
"그건 또 왜요?"
"지금 함안군수 안용대는 나와 일본 중앙대 법대 동문인데, 옹졸한 사람이 아니네. 자네한테 호통을 쳤다는 것은 자기 역할을 이미 다 했다는 이야기 아닌가. 크게 걱정은 안 해도 될 것 같네."
구소현의 말은 조현에게 뜻밖의 정보였다.
"그와 대학 동기 동창인가요?"
"아니. 나이는 나보다 세 살 위인데, 대학은 나보다 2년 늦게 졸업했어. 대학이 그런 곳이 아닌가? 십 년 연상이 있을 수 있고, 십 년 연하도 있었을 수 있고. 대학 때부터 그는 나를 선배로 깍듯이 대접했고, 나는 그가 나보다 나이가 많아 깍듯이 예우하는 사이였네. 그는 늦게 대학에 입학했지만, 머리가 좋고 착실히 공부해 28세에 고등문관 행정과에 합격해 군수가 된 사람이라 무식하고 악랄한 앞잡이는 아니니 큰 걱정은 안 해도 될 것이네. 우린 대학 때부터 서로 신뢰하는 사이였어. 내가 기회를 보아 넌지시 자네에 대해 귀띔을 해두겠네."
구소현의 말은 너무나 뜻밖이었다. 조현의 머릿속에선 잘하면 살아날 희망이 있을 것 같기도 했다. 구소현은 병상에 누워 무료했는지, 조현이 빌려준 문학지를 머리맡에 두고 이것저것 뒤져 본 흔적이 있었다. 이날도 두 사람은 어제처럼 문학에 대한 이야기는 없었고 정치 이야기만 했다. 구소현은 몸은 망가져 있었으나, 정신은 희망에 가득 차 있었다.

"일본의 패망이 눈앞까지 왔는데, 자네 우물쭈물해서는 안 돼."

"선배님 말씀을 듣고 저도 어느 정도 동의하지만, 일제는 지금 만주와 태평양을 다 먹었다고 기고만장하고 신바람이 나서 야단들입니다. 일본 패망에 확실한 근거가 있습니까?"

"단파방송이나, 신문의 이면裏面, 이런 것을 종합하면 보이지. 증거로 일본의 수도 동경이 미군의 비행기 폭격을 받고 있어. 그것도 시도 때도 없이 나타난 수십 대의 비행기 폭격을 받는다는 것은 무슨 의미인가? 안방까지 창칼이 들어온 것이지. 일제는 볼장 다 본 게야."

"선배님은 장차 어떤 꿈을 가지고 있습니까?"

"꿈이라기보다 새 나라를 건설하는데 일조를 하고 싶네. 멋진 나라가 될 수 있게."

"일본 유학생들이 대부분 공산주의에 물들었다 하는데, 이 나라가 공산국가가 되는 것은 아닐까요?"

조현은 허심탄회하게 가슴에 있는 질문을 했지만, 너무 민감하고 직선적이었던 것 같아 질문한 후에 후회했다. 조현의 당돌한 질문에 구소현은 당황하거나 흔들리는 기색 없이 담담하게 말했다.

"우린 그럴 수밖에 없었어. 가장 시급한 문제인 나라를 독립시키기 위해 행동하는 청년 지식인들은 대부분 공산주의를 방편으로 생각했지. 그러다가 자신도 모르게 빠져버린 사람도 있고."

조현은 목소리를 낮추어 진지하게 물었다.

"특히 일본 중앙대학은 일본 공산주의의 메카라는 이야기를 들은 적이 있는데, 선배님도 공산주의에 몸담은 적이 있습니까?"

구소현이 한참 동안 침묵하며 대답을 하지 않자, 조현은 질문이 너무 심했나 싶어 웃으며 말했다.

"부담스럽다면 말씀 안 해도 됩니다."

"아닐세. 한때는 나도 그랬어. 중앙대학에 진보적인 학자들이 많고, 조선인 유학생이 많으니 그럴 수밖에 없지. 같은 법대라도 동경대 법대는 굉장히 보수적이고, 중앙대 법대는 개방적이고 진보적인 학풍이라 공산주의 메카가 될 수밖에 없지."

"선배님은 누구보다 많이 배웠고, 부잣집 출신인데 정말 의외입니다."

"사나이 대장부가 사소한 개인적 손익이나 가방끈에 연연해서 되겠나? 나도 한때 공산주의였지만, 그동안 심경에 많은 변화가 있었다네."

"위험한 시국에 너무 민감한 질문을 한 것 같습니다."

"괜찮네, 독립에 도움이 될 것 같아 나는 대학 때 조선공산당에 입당하여 활동했으나, 갈수록 간부들의 작태에 너무 실망하여 지금은 사실 마음이 완전히 떠난 상태이네."

"어떤 면에 실망했습니까?"

"노인네들이 지시만 할 줄 알았지 다른 의견을 듣거나 수렴할 줄을 모른다네. 다시 말해 기본이 안 된 사람들이 당을 장악하고 있어 희망이 없는 조직이 되어버렸어. 만약 그들이 나라를 세운다면 또 다른 왕조가 탄생할 거네. 그것은 우리가 열망하는 바가 아니지 않은가?"

"선배님 같은 젊은 사람들이 내부를 혁신해야 하는 것 아닙니까?"

"현재 조선공산당은 의견 수렴이나 회의란 것을 모르는 단체라 나와 하필원(하동) 동지 같은 사람은 이런 작태에 분통이 터져 중요한 사항을 결정할 때는 어떤 방법이든 중의를 듣고 결정하라고 여러 번 지적하자, 당권을 장악한 자들이 우리를 회의파란 별명을 붙여 빈정거리기까지 한다네. 그들에게 우리는 눈엣가시와 같은 불편한 존재가 되어버렸어. 희망이 없는 조직이 되자 등을 돌린 청년들이 많아."

"앞으로 어떤 노선을 걸을 것입니까?"

"신망이 있는 지도자를 중심으로 뭉쳐야 되겠지."

"선배님은 누구를 민족의 지도자로 보십니까?"

구소현은 고문 후유증으로 몸이 많이 불편한지 잠시 숨을 고른 후에 말을 이어 갔다.

"몽양 여운형이 민족의 지도자가 될 만하다고 보네."

"왜 몽양입니까?"

"그는 우선 정치적인 식견이 높고, 옹졸하고 모난 좌익도 친일 행적으로 때가 묻은 우익도 아니라네. 누구라도 맹목적으로 한쪽으로 기운 사람은 위험하지. 몽양은 균형이 잡혀 있고, 신학문과 구학문을 두루두루 섭렵했고, 그는 만능 스포츠맨이라 정신과 의식이 당당한 사람이라 할 수 있지. 정치인은 마땅히 그래야 된다고 보네."

조현이 볼 때 구소현은 몽양 여운형을 대단히 높이 평가하고 있었다. 조현이 궁금하여 물었다.

"선배님은 언제 몽양을 처음 만났습니까?"

"대학 때 그가 동경을 방문했는데, 그때 처음 만나 존경하게 되었어. 이때 많은 유학생들이 몽양을 만났는데, 대부분이 마음속으로 몽양을 존경하게 되는 계기가 되었지. 특히 거창 가조 출신 전사옥이라는 일본 중앙대 법대 동기가 있는데, 나와 그는 몽양을 돕기로 약속을 했다네. 전사옥은 중앙대 법대를 졸업하고 나라를 세우기 위해 경제학이 필수라 생각하고 중앙대에서 다시 경제학을 공부한 후 졸업했고, 나는 그 친구와 학풍이 다른 명치대로 자리를 옮겨 공부했어. 자네는 문학에 특출한 재능이 있으니, 몽양과 함께 일하면 안 될까? 내가 다리를 한 번 놓아 볼게."

"선배님, 저는 문학 외는 관심이 없습니다."

"정치를 하라는 말이 아닐세. 새로운 나라를 세우는데 문학도 역할을 해야 하지 않겠나?"

"정치와 문학은 역할이 다르다고 봅니다. 간혹 정치인들을 만나 보면 문학을 선동 정치의 뒷바라지하는 정도로 아는데, 이는 잘못된 생각이라고 봅니다. 현재 우리가 일제로부터 해방이 시급하지만, 서는 문학이 정치나 이념으로부터 해방하는데 일조를 하고 싶습니다. 적어도 정치와 문학은 대등하거나 문학이나 예술이 오히려 정치보다 위에 있는 국가가 문화국가라 할 수 있고, 우리나라는 장차 이런 나라가 되었으면 좋겠습니다."

"현실문제에 무관심하다면 어찌 진정한 문인이라 하겠나?"

"현실에 무관심하자는 것이 아니고, 문학이 정치나 이념을 위해 동원되거나 아래에 서면 안 된다는 게 제 생각입니다. 다시 말해 정치적인 문제에 문인들이 사사건건 관심을 가지거나 개입하기보다 좀 거리를 두고 순수한 자기 영역을 잘 지켜야 한다고 봅니다. 사랑도 우정도 순수함이 기반으로 될 때 가치가 있고 빛이 나고 오래간다고 봅니다. 문인들이 정치판에 기웃거리거나 스스로 하수인이 되는 것을 저는 매우 천하게 보는데, 어찌 제가 정치판에 기웃거리겠습니까?"

밤이 깊어 열두 시가 넘어가고 있었다. 두 사람 모두 자기 주관이 뚜렷하고 개성이 강해 다른 점이 많았으나, 만날수록 두 사람은 마음속으로 서로를 믿고 인정하게 된다. 구소현은 몸이 많이 망가져 앉아 있기조차 힘들어했다. 밤이 깊어 조현이 일어서자 구소현은 헤어짐을 아쉬워했다.

신사에서 칙어함 사건이 있은 지 일주일이 지나가고 있었으나, 군수 안용대로부터 호출이 없는 것으로 보아 묵인하고 넘어가는 듯했다. 잠시 경솔한 행동으로 자신의 목숨과 논 여러 마지기가 일시에 날아갈 뻔한 아찔한 일이었다. 조현은 모른 척 덮어준 안용대 군수가 너무나 고마웠고, 큰 빚을 졌다는 생각이 들었다. 앞으로 기회가 오면 반드시 갚아야겠다는 다짐을 했다.

조현은 낮에 면사무소에서 하루하루의 일이 너무 답답하고 재미가 없어 견딜 수가 없었으나, 밤이 되면 구소현을 찾아가 정치, 경제, 법학 등 여러 정보를 듣고 이야기를 나눌 수 있어 좋았다. 조현이 구소현을 처음 만났을 때 너무 정치적이라 조금 거부 반응이 있었지만, 자신에게 부족한 부분을 많이 가진 분이라 생각하니 유대관계가 더 돈독해질 수 있었고, 구소현이 처음 조현을 여운형과 연결시켜 주고 싶어 하는 마음을 가졌으나 조현의 분명한 처신을 보고 더 강요하지 않았다.

전쟁통에 살아남기 위해 면직원이 된 조현은 면사무소의 업무가 재미없어 어물어물 시간 보내기가 너무 지루하고 아까웠다. 재미있게 하는 방법이 있을 것이라는 궁리를 하다 마음속에서 샘물처럼 솟아나는 장난기와 문학적 발상이 서로 눈이 맞아 생산적 속삭임이 있었다. 조현의 주변에 자신과 비슷한 처지에 있는 망국의 청년들이 아무런 희망 없이 하루하루를 보내고 있는 것을 보고 그들의 가슴에 휘발유를 붓고 불을 붙여 보고 싶은 충동이 일어났다.

조현이 면장을 만나 소인극단을 만들어 함안군을 순회하면서 사회 계몽운동을 하겠다는 의견을 제시하자, 면장은 한마디의 말로 단칼에 거절했다. 조현은 며칠을 고민하다 함안군 행정을 사실상 좌지우지하며 권력을 휘두르고 있는 일본인 경찰서장을 찾아갔다. 그는 군수나 면장보다는 문화적 식견이 높았고, 현 직책에 만족 못 하고 상부에 잘 보여 신급을 하려는 야심이 가득 찬 사람이었다.

미리 전화하지 않고 무조건 찾아가 서장실 문을 두드린 후 밀고 들어갔다. 그는 막 점심을 먹고 들어와 혼자 담배를 태우고 있다가 뜻밖에 조현이 들어오는 것을 보고 약간 놀라 말했다.
"조 서기가 서에 어찌 왔나?"
"며칠 고민을 하다 아무래도 서장님하고 이야기가 제일 잘 통할 것 같아 찾아왔습니다."
서장은 조현에게 의자를 권하며 말했다.
"무슨 일인지 이리로 앉아서 이야기를 해보시게."
조현은 권하는 의자에 앉아 소인극단에 대해 말했다.
"서장님, 소인극단을 하나 만들고 싶습니다."
"갑자기 그것은 왜 만들려고 하는가?"
"저축 장려, 생산 의욕 고취 운동 등을 입으로 일일이 계몽하기는 너무 어렵습니다. 극단을 만들면 힘 안 들이고 쉽게 전파할 수 있습니다."
서장은 귀에 솔깃한지 조현의 말에 관심을 가지고 다 들은 후 말했다.
"극단을 운영하려면 경비가 들어갈 텐데…. 어떻게 마련할 생각인가?"
"안 그래도 그게 제일 걱정됩니다. 함안군에서 문화적 식견이 제일 높고 통이 크신 서장님이 방법과 해결을 좀……?"
서장은 그 자리에서 흔쾌히 승낙하면서 적극적으로 돕겠다고 했다.
"경방단(의용소방대 성격)과 함안면장에 이야기를 해서 자원을 마련해 보겠네."

　조현은 그동안 진행 과정에 있었던 경과를 간단하게 말했다.

　"경방단 양우정 단장님에게 미리 귀띔을 했더니 만약 서장님만 승락하면 도와 주겠다고 했으나, 면장님은 일언지하에 안 된다며 거절했습니다."

　"경방단 단장 양우정은 대구고보(경북고 전신)를 졸업하고 와세다 대학을 중퇴한 사람으로 머리가 잘 돌아가는 사람이지만, 현재 함안면장은 완전 돌대가리라 말이 안 통할 거야. 내가 바로 함안면장을 호출할게."

　조현은 서장이 강압적으로 면장을 누르면 난처한 일이 생길까 걱정이 앞섰다.

　"면장님이 제 앞에서 안 된다고 했는데……?"

　"내가 하라면 하는 거야. 돌대가리에게는 생각할 기회를 주면 안 돼. 생각한들 도움될 것은 하나도 안 나와. 그런 사람에겐 지시나 명령만 하면 되는 거지. 그래도 자네 체면 안 깎이게 말할 테니 걱정하지 말어. 가까운 거리라 사람을 보내는 것이 빠르겠군."

　서장은 즉각 젊은 순사 한 사람을 불러 가까운 거리에 있는 함안면과 경방단 사무실로 심부름을 보냈다. 젊은 순사가 나간 지 20분도 안 걸려 면장과 단장이 앞서거니 뒤서거니 서장실로 들어왔다. 두 사람이 자리에 앉자 서장이 다짜고짜 면장을 보면서 본론으로 들어갔다.

　"趙 서기가 소인극단을 만들겠다며 좋은 구상을 가지고 왔는데, 면장님이 경비 때문에 반대하셨다면서요……? 부인회, 국민

총력연맹, 경찰서에서 돕고 경방단 단장님도 오셨는데 경방단 단장님도 도울 수 있겠지요?"

서장이 양우정을 보면서 먼저 동의를 구했다. 양우정은 조현이 미리 와서 협조를 구했고, 소인극단 설립 취지에 마음이 통하고 있었다. 양우정은 조현의 숙부와 친구이기도 하고 조현과는 나이를 떠나 같은 문인이라는 생각으로 조현이 하는 일이라면 웬만한 일은 적극적으로 지지해 주었다. 양우정은 젊은 날 카프 문학을 했고, 일제에 저항하다 감옥살이를 5년 할 정도로 실력과 신념과 배짱이 좋았다. 양우정은 서장에게 왜 극단이 필요한지 조현 대신 부언설명까지 해주었다.

"함안에 소인극단이 생긴다는 것은 좋은 뉴스거리이고, 조용한 고을에 재미있는 시도가 될 것 같습니다. 그리고 극단 설립은 서장님의 문화 예술에 대한 업적이 될 수 있습니다. 우리 경방단에서도 협조할 일이 있으면 적극적으로 돕겠습니다."

면장은 자기 선에서 분명히 안 된다고 했는데, 서장이 강요 비슷하게 말하자 내심 기분이 매우 나빴다. 면장이 우물쭈물하며 답을 안 하자, 이를 눈치챈 서장이 명령조로 면장과 조현을 번갈아 보면서 강하게 말했다.

"면장님은 배우들에게 쌀과 설탕을 좀 지급해 주시고요, 조 서기! 일을 진행하다 어려움이 있으면 바로 나한테 오시게."

면장은 아무 말 없이 똥 씹은 모양으로 앉아 있다가 조현을 힐끗 쳐다본 후 제일 먼저 나가 버렸다. 일인 서장의 강한 추진력으로 소인극단은 만들어지고 함안군 순회공연을 하기로 결정되었다.

　조현은 신바람이 났다. 강학중, 조진대 등 몇몇 친구들은 직업이 있어 징용을 피했으나, 다른 젊은이들은 전시체제에서 언제 끌려가 죽을지 모르고 하루하루가 불투명하고 따분하고 갑갑하던 차에 소인극단을 만들게 되었다는 조현의 이야기를 듣고 모두 뛸듯이 기뻐했다.

　조현은 서장과 면장이 연극의 스토리가 일제의 전시체제와 시국에 도움이 될 내용을 강렬하게 원하고 있음을 알았으나, 그런 내용은 도저히 양심이 허락하지 않았다. 신나고 재미있는 인간승리 오락물을 주제로 시나리오를 만들었다. 아무래도 내용 때문에 좀 불안하기는 했으나, 중도에 좀 수정하는 일이 있더라도 일단 밀고 나가 보기로 결심했다.

　시나리오가 나온 후 배역을 정하는데, 애로가 있었다. 남자 배역은 쉽게 정했으나, 여자 배역을 맡을 사람이 없어 난항을 겪었다. 아직 반상의 잔재가 많이 남아 있는 보수적인 곳이라 마을에 연극에 끼가 있는 젊은 처자는 많았으나, 여자 배우를 맡을 사람은 없었다. 며칠을 공치고 있다 누군가 술집에서 구하면 어떻겠느냐는 의견이 있어 조현과 청년 몇 명이 술집으로 가서 한잔하면서 의견을 말하자 접대부 두 명이 대환영을 했다. 청년들은 젊고 예쁘고 노래 잘하는 여자들과 연습하게 되자 싱글벙글 크게 만족해했다.

　조현의 연극 지도로 보름 정도 연습을 가진 후 마을에서 대청마루와 마당이 제일 넓은 집을 하루 빌리고 홑이불로 막을 만든 후

밤에 첫 번째 공연을 했다. 예상외로 많은 관중이 왔고, 면장·면서기들·경찰들·경방단 단장과 단원들의 얼굴도 보였다. 재미없는 뻔한 계몽운동 연극인 줄 알고 온 관객들은 폭소를 자아내는 장면에 아낌없이 박수를 보냈고, 슬픈 장면에서는 숨을 죽이고 눈물을 흘리는 사람도 있었다. 그때 쓴 시나리오가 후세에 전해지지 않고 구전으로만 전해져 안타까움이 있다.

어쨌든 연극은 성황리에 마쳤으나 반응은 엇갈렸다. 일반 관중은 재미있었다고 칭찬이 자자하였으나, 면장과 면직원·경찰 공무원들은 시큰둥한 반응을 보였다. 시큰둥한 반응을 보인 자들은 경찰서장이 적극적으로 후원하는 행사라 드러내놓고 혹평이나 악평은 하지 못했다.

며칠 쉬었다가 가야면에 자리를 확보한 후 두 번째 막을 올렸다. 함안면에서 한 공연에 약간 수정 보완하여 더 멋진 공연이라 생각했는데, 그만 사단이 나고 말았다.

함안읍 공연 때 사정이 있어 연극을 못 본 경찰서장이 가야면까지 와서 연극을 보다 끝나기도 전에 자리를 박차고 나가 버렸다. 서장은 연극을 보면서 아무리 기다려 보아도 시국을 옹호하거나 하다못해 중간에 천황폐하 만세라도 한번 외치는 장면은 나올 줄 알았는데, 시종일관 웃기거나 슬픈 장면만 나오자 끝까지 못 기다리고 중간에 자리에서 일어나 나가 버린 것이다. 연극이 끝나자 순사 하나가 조현을 찾아와 서장의 통보를 전했다.

"내일 당장, 아니 오늘 당장 극단을 해산하라고 했습니다."

서장의 말을 전한 순사가 사라지자, 조현은 허무하고 한 대 심하게 맞은 사람처럼 잠시 정신을 놓고 멍하게 서 있다 혼잣말로 쓸쓸하게 말했다.

"문학이 정치의 도구가 되란 말인가? 그건 어림없는 소리지."

따분한 일상에서 벗어나기 위해 극단을 만들어 어느 정도 흥행은 했으나, 서장과 면장을 실망시켜 극단이 해산당하자 조현은 친구들에게 면목이 없었고, 미안하기도 하고, 입맛이 씁쓸했다. 만약 일제 하수인들이 원하는 것을 조금만 반영하여 넣어 극을 만들었다면 함안군에 있는 모든 면을 돌며 순회공연을 할 수 있었지만, 조현은 문인으로서 자존심과 지조를 팔고 아부하는 일은 하기 싫었다.

극단은 조기 해산되었지만, 훗날 주민들에게 좋은 추억으로 남아 두고두고 회자된다. 잠시 여배우를 했던 술집 접대부의 인기가 굉장히 높아졌다. 여주인공은 고향에서 생계를 위해 광복 후에도 결혼하지 않고 오랫동안 술을 팔았다. 미인에다 노래까지 잘해 고향 사람들의 머릿속에는 여주인공으로 남성 후배들에게는 연인으로 남게 된다.

조현이 구소현을 만난 지 두어 달 정도 지나자, 구소현은 타고난 건강 체질에 나이가 20대 말의 청년이라 회복이 빨랐다. 조현이 면서기를 시작한 후 또 한 사람 친하게 지내는 사람이 있었다. 경남 양산 출신으로 마산상업학교를 졸업 후 양우정의 도움에 힘입어 함안농지개량조합에 근무하는 이원수였다. 조현보다 아홉 살, 구소현보다 다섯 살 위로 아동문학가였다. 이원수는 독서회 사건으로 1년간 옥살이를 했고, 아동문학가 최정애와 젊은 나이에 사랑에 빠져 결혼에 성공한 후 함안읍에서 신혼살림을 하고 있었다. 최정애는 당시 구하기 힘든 포도를 구해 술을 담아 두 사람이 가면 내어놓기도 했다. 부부의 천성이 사람을 좋아했으나, 특히 조현이 젊은 등단작가임을 알고 무척 좋아했다. 조현과 가까이 지내는 구소현은 일본에서 대학을 두 군데나 다닌 대단한 지식인임을 알고 두 사람이 방문하면 늘 반갑게 맞아 주었다.

이원수의 집에서 이야기 주제는 대부분 문학이었고, 시와 소설을 논하다 술기운이 올라오고 기분이 좋으면 유행가를 같이 부르기도 했다. 함안에서 조현은 밤이 좋았다. 어느 날은 구소현 집으로 가서 정치, 경제, 법학 이야기를 듣고, 어느 날은 이원수 집으로 가 문학 이야기로 밤이 어떻게 가는지 모를 정도로 즐거운 시간을 보내고 있었다

8월에 접어들자, 들판의 벼가 하루가 다르게 쑥쑥 성장하고 있었다. 군청이 있는 함안읍성이 분지 속에 자리 잡아 여름이 되면 몹시 더워 이곳 사람들은 밤에 남의 집 방문하는 것을 매우 조심했다. 날씨가 너무 더우면 집 안에서 자연스럽게 속옷 차림으로 있는 경우가 대부분이라 밤이면 남의 집 방문 자체를 거의 하지 않았.

대신 여름밤엔 봉성(중촌은 후에 봉성에서 분동), 신교, 인근 마을 사람이 모이는 곳이 신교 숲이었다.

1940년대 초 봉성저수지가 완공되기 전 많은 비가 오면 주동·주서 골짜기에서 내려오는 물과 내곡·양촌 골짜기의 물이 너들이 근처에서 합쳐져 큰 물줄기는 금천(함안천)으로 빠져나가지만,

미처 함안천으로 빠져나가지 못한 물이 봉성마을을 덮쳐 물난리가 자주 일어났다.

봉성저수지가 생기기 전에 홍수를 막기 위해 봉성마을 위에 비스듬하게 물길을 따라 물이 못 넘어오게 제방을 쌓고 나무를 심었다. 그 후 봉성저수지가 생기자 홍수는 저수지에 의해 통제되었고, 그때 심은 나무는 근처에 수분이 많아 무성하게 성장하여 숲을 이루자 여름엔 좋은 피서지가 되었다. 숲 아래로 사람들이 이주해 와 새로운 마을이 하나 생긴 것이 신교였다.

여름 방학엔 경성이나 일본에 유학 간 자녀들이 돌아와 신교 숲에서 신문물과 정보를 제공했다. 가장 인기와 주목을 받은 것은 모깃불을 피워 놓고 신나는 아코디언, 바이올린, 기타 등의 악기 연주를 듣는 것이었다. 유행가도 배우고, 즉석에서 뻔한 대사가 오고 가는 이수일과 심순애 단막극도 하고, 입심 좋은 사람은 어린 학생들을 데리고 외진 곳에 가서 따로 옛날이야기를 들려 주기도 했다. 광복 전 이곳 청년들은 웬만하면 악기 하나 정도는 다 다룰 줄 알아 즉석에서 합주단이 만들어지기도 했다.

여름밤이면 경찰서에서 혹시 불온한 모임을 할까 순찰을 빙자해서 동태를 살피고 돌아가는 것도 빠지지 않았다. 경찰서에서는 사람들이 밤에 모이는 것과 전시체제에 노랫소리가 흘러나오는 것을 물리적으로 막으려고 했으나, 부작용과 충돌로 불상사가 날까 서로 적당한 선을 지키고 있었다.

와세다대, 경도대, 일본 중앙대, 북경대, 연희전문, 보성전문, 이화여전, 경성사범, 대구사범, 진주사범 등에 유학하고 있는 청년들이 인근 마을마다 여러 명씩 있었고, 유학생들도 자기 존재를 알리고 정보나 지식을 하나라도 가르쳐주려고 했다.

  일본에서 공부하는 유학생들이 몰래 전하는 말에 의하면 미군 비행기 수십 대가 시도 때도 없이 동경과 기타 도시를 폭격하고 있는 것으로 보아 전쟁이 막바지에 온 것 같다는 이야기를 낮은 목소리로 알려주었다.

  조현은 여름이라 밤에 집에서 책을 읽거나 간혹 신교 숲에 나가 마을 사람들과 어울리곤 했다. 8월 15일 조현은 오전 근무를 하고 가까이에 있는 집으로 가서 점심을 먹고 올 준비를 했다. 12시가 조금 넘은 시간에 면사무소 분위기가 웅성웅성하며 이상해지더니 누군가 외쳤다.

  "일본이 패망했다. 천황이 항복한다는 방송을 했다."

  조현은 귀를 의심하다 누군가 크게 틀어 놓은 재방송을 들었다. 뛸 듯이 기뻐 어떻게 해야 할지 잠시 정신을 놓고 있다가 구소현이 제일 먼저 머리에 떠올랐다. 구소현 선배 집으로 미친 듯이 달려갔다. 짧은 거리였지만, 무더운 날씨에 정오가 조금 넘은 시간이라 땀이 팥죽처럼 흘러내렸다. 대문 안으로 뛰어 들어가며 외쳤다.

  "선배님, 선배님, 일본이 항복했습니다."

  열린 문에 발을 내리고 방 안에 있던 구소현이 밖으로 뛰어나오면서 말했다.

  "나도 방금 들었다."

  두 사람은 얼싸안고 기쁨의 눈물을 흘렸다.

"선배님, 이런 날이 오네요."

"일본은 곧 망한다고 내가 늘 말하지 않던가?"

"이렇게 빨리 올 줄은 몰랐습니다. 선배님은 어떻게 하실 것입니까?"

"나는 내일 서울로 가네. 일이 급해졌어. 자네도 함안에 오래 머물지 말고 서울로 가서 뜻을 펼치게."

"예, 알겠습니다, 선배님! 함안에 선배님이 있어 즐거웠고, 행복했고, 많이 배웠습니다."

두 사람은 한참 동안 부둥켜안고 눈물을 흘리며 즐거워한 후 헤어졌다.

구소현과 헤어진 조현은 집으로 가서 점심을 먹는 둥 마는 둥 하고 다시 면사무소로 갔으나 업무가 손에 잡히지 않았다. 당분간 업무에 신경 쓸 필요도 없을 것 같았다. 친구들이 면사무소 조현을 찾아와 앞으로 어떻게 해야 하는지 걱정만 할 뿐 미래에 대한 대책이 서지 않았다. 조금 더 사태를 지켜보기로 하고 그날을 넘겼다.

다음 날이 밝자 함안면에 끔찍한 살인 사건이 일어났다. 일본 앞잡이 노릇을 하며 일제를 믿고 쥐꼬리 같은 권력을 휘두르다 미움을 받아 오던 사람이 죽창에 찔려 죽었다. 일제의 하수인으로 날뛰던 사람들은 죽도록 얻어맞았고 생명이라도 건진 사람은 그나마 다행이었다. 고개 너머 군북면 친척 집에 갔다 온 사람의 말을 들으면 군북에서도 일제 앞잡이 노릇을 한 여러 사람이 죽창에 찔려 죽었다는 말을 전했다.

분위기가 전쟁보다 더 살벌했다. 행정이나 경찰은 전혀 역할을 할 수 없었고, 공무원들은 자기 몸 하나 간수하기도 어려워 도주하거나 도피해 있는 경우가 많았다. 공무원을 하면서 선행을 베풀지 못했더라도 인심을 잃지 않은 몇 명이 남아 자리를 지켰다. 면사무소에 조현의 친구들과 청년들이 모여들었다. 그들은 하나같이 주장했다. 무질서가 계속되면 안 되니 청년 대표를 뽑아 스스로 질서를 잡고 지키자고 했다.

그들은 한발 더 나아가 이구동성으로 조현이 청년 대표를 맡아야 한다고 했으나, 조현은 사양했다. 자신이 너무 젊고, 아직 겉으로 나타나지는 않지만 언제 불거져 나올지 모르는 좌·우가 대립할 경우 정치적 문제에 휘말리기 싫어서였다. 구소현 선배처럼 자신도 빨리 서울로 가야 하는데, 청년 대표를 맡으면 우물쭈물하다 시간을 보낼 것 같아 완강하게 거부했으나, 함안에 있을 동안이라도 맡아라 하여 떠밀려 함안면 청년 대표가 되었다.

일제 치하에서 아무런 준비 없이 있다 갑자기 해방되자 무법천지가 되어 살인, 분풀이 구타, 폭행 등이 눈만 뜨면 일어났다. 군청과 면사무소에서 손을 놓고 있어 주민자치 기구가 필요하다는 것에 누구나 공감했다. 청년들은 일제가 망했는데 자존심 상하게 아직 군청에 군수와 앞잡이 공무원 일부가 얼쩡거리고 있으니 이들을 우선 밖으로 내쫓아버리고, 건물부터 인수한 후 자치 기구를 확대하자고 했다.

조현을 앞세워 이십여 명의 청년들이 함안군청을 접수하기 위해 들어갔다. 청년들이 정문을 통과한 후 사무실로 들어가면서 고함을 지르며 위협을 했다.

"일본 놈 똥구멍이나 빨고 다니던 일제 앞잡이 군수는 어디 있느냐?"

청년 중에 과격한 한 사람이 의자가 보행에 방해가 되어 발로 힘차게 차 버리자 벽에 가서 꽝하고 부딪친 후 와장창 부서졌다. 청년들이 군수실로 쳐들어가자 안용대 군수는 의자에 앉아 있었고, 직원 한 사람도 옆에 있었다. 조현은 군수가 제발 도망가고 없기를 마음속으로 간절히 바랐는데, 그는 의연하게 옛날 자기 자리에 그대로 앉아 청년들을 맞이했다. 청년들을 군수가 자기 발로 걸어 나가기를 바라며 의도적으로 욕설과 폭언을 했다.

"어이, 자네. 아직도 쪽바리에게 빌붙어 단물 빨던 미련이 남았나? 아니면 천황폐하가 하사할 훈장을 기다리고 있냐?"

다른 청년이 야유를 보냈다.

"저 자식 낯짝 봐라, 개기름이 번지르르하네. 군수 자리가 얼마나 좋은지 지 죽는 것도 모르네."

한 청년이 위협하기 위해 가져온 죽창 뒷부분으로 바닥을 탁탁 쳤으나, 군수 안용대도 기백이 대단했고 조금도 밀리지 않았다. 그가 벌떡 일어나더니 청년들을 보고 호통을 쳤다.

"무식한 멍텅구리들아, 내가 떠나면 모든 것이 해결될 것 같나?"

청년들은 속으로 조금 당황하고 있었다. 성질 급한 청년의 욕설이 오빌딘처럼 발사되었다.

"야이 새끼야, 그것은 네가 걱정할 문제가 아니야. 네가 오늘 이 자리에서 너희 조국을 위해 순국을 하고 싶은 모양이구나."

안용대가 청년들을 좌우로 둘러보며 말했다.

"언제부터 함안에 화적 떼, 도적 떼가 이렇게 많이 생겼나?"

성질 급한 청년 하나가 격분을 못 이겨 군수 뺨을 후려침과 동시에 두 사람이 치고받는 난투극이 벌어졌다. 조현이 자리에서 일어나 싸움을 말리기 위해 고함을 질렀다. 오척 단구의 왜소한 체구에서 나오는 고함 소리가 어찌나 큰지 엉켜 있던 두 사람이 놀라 자동적으로 떨어졌다. 조현이 청년들을 보며 말했다.

"회장을 뽑아 놓고 회장을 무시하고 멋대로 행동하려면 회장은 왜 뽑았나?"

일시에 모두가 조용해졌고, 안용대 군수가 바닥에 자빠져 있다가 일어나 조금 진정이 되는지 조현을 바라보고 말했다.

"자네는 함안면 조 서기 아닌가? 오늘 여기 온 가장 큰 목적이 무엇인가?"

조현은 안용대 군수를 정면으로 바라보고 또박또박 말했다.

"조 서기가 맞습니다. 오늘 우리가 여기 온 목적은 함안군청을 접수하러 왔습니다."

일어나 옷매무새를 바로 하던 안용대는 어이가 없는지 살벌한 분위기 속에 크게 한바탕 웃으며 말했다.

"면서기가 군청을 접수하면, 나는 빨리 도청을 접수하러 가야겠네."

뒤에 섰던 청년 몇 사람은 웃음을 못 참고 키들키들 웃었고, 앞에 서 있던 청년 한 사람이 고성으로 응수했다.

"저 새끼, 봐라! 친일파하고 우리하고 동격으로 아네. 너 같은 앞잡이는 필요없어, 군청을 비우고 빨리 꺼져라."

안용대 군수도 조금도 지지 않고 맞받아 고성을 높였다.

"군수 안용대가 도망갔다는 소리는 죽기보다 듣기 싫다. 차라리 오늘 여기서 죽겠다. 나는 체제가 잡히면 붙잡아도 인수인계를 하고 떠날 것이다."

청년들은 이구동성으로 외쳤다.

"그것은 니가 걱정할 문제가 아니다. 필요 없으니, 친일파는 빨리 꺼져라."

다시 고성이 오고 가고 손찌검이 있었다. 조현이 생각할 때 아무래도 오늘 불상사가 일어날 것만 같았다. 조현은 청년들을 먼저 진정시키면서, 머릿속에는 칙어함 사건 때 살아난 은혜를 오늘 꼭 갚아야 되겠다는 생각이 들었다. 그가 군수를 하면서 악랄했다면 대의명분이 먼저겠지만, 그가 일제치하에 군수를 하긴 했으나 뼈까지 일제 앞잡이는 아니었다는 생각이 스쳐 갔다. 조현은 자리에서 다시 일어나 조용조용 말했다.

"오늘 여기서 만약 군수가 살해되면 일제는 어떻게 생각할까? 애석하게 여길까? 우리끼리 죽고 죽이는 불상사만은 절대 안 되네. 지금 모두 격분되어 있어 여기서 조금만 더 나가면 큰일이 일어날 수 있겠다. 우리가 여기에 온 의사는 충분히 전달되었으니, 다시 오기로 하고 오늘은 모두 돌아가세."

청년들도 조현이 말에 수긍하며 조현을 따라 군청을 빠져나갔다. 일제가 망했다는 소식에 구소현이 제일 먼저 서울로 올리갔고, 함안에서 주옥같은 문학 작품을 발표하던 이원수 부부도 이원수가 서울에 교사 자리를 얻게 되자 넓은 세상인 서울로 떠날 준비를 했다.

조현은 고향에서 한 달가량 머물면서 읍내 장이 서는 날 시장과 함안보통학교에서 청년 대표로 모인 사람들을 앞에서 서로 미워하지 말고, 다시는 나라를 빼앗기는 불행이 있으면 안 된다 연설을 한 후 청년회장 자리를 내려놓고 서울로 자리를 옮겼다.

1947년 7월 19일 여운형이 암살된 후 구소현은 공산주의자들에게 배신자로 낙인찍혀 젊은 나이에 아내와 두 아들과 함께 처형된 것으로 알려져 있다. 그는 조국의 독립을 위해 누구보다 뜨겁게 살았으나, 우익으로부터는 공산주의자로 좌익으로부터는 배신자로 버림을 받았다. 그 후 아무도 그를 기억해 주는 사람은 없었다.

격렬한 친일 논쟁이 일어나 인민재판하듯 마구잡이로 사람을 판단할 때 광복 전 함안읍에 살았던 지식인 중 구소현 혼자만 친일 논쟁에서 빠질 수 있었다.

여항산 호랑이와 친하게 지낸 아낙

지리산에서 뻗어 내려온 긴 산맥 한 가닥이 한여름에 늘어져 낮잠 자듯 밋밋하게 누워 있는 것을 신이 보고 잠을 깨우기라도 하듯 한 손으로 산맥의 가닥을 잡고 아래위로 힘차게 흔들자, 힘이 파도치듯 전달되어 동쪽으로 수백 리를 줄기차게 달리다 여러 번 하늘로 치솟은 곳이 함안의 여항산, 서북산, 봉화산이다. 이 산들이 만든 계곡에 오래전부터 평화롭게 숨어 사는 사람들이 있었다.

계곡 가장 깊숙한 오지에 상별내, 하별내, 버드내가 있는데, 마을 간 거리를 보면 별개의 마을이나 다름없었으나 모두 한 마을로 독립하기에는 인구가 적어 3개의 자연마을을 합쳐 별천이라 부르고 있었다. 마을 주변을 병풍처럼 감싸고 있는 산의 경사가 가파르고 돌이 많아 경지로 쓸 만한 농토가 적어 처음부터 큰 부자가 나올 수 없는 여건이지만, 주민들이 각자 먹고 살 양식을 생산할 정도의 토지로는 충분했다.

풍부한 수량의 맑은 물이 사시사철 흐르고 산에는 나물, 약초, 땔감이 넘치고 있어 부지런하기만 하면 이를 채취해 이십 리 밖에 있는 읍내장, 삼십 리 밖에 있는 가야장, 험한 산길을 통해 중리장이나 진동장에 내다 팔면 제법 돈을 만질 수도 있었다. 함안군 대부분 지역이 낙동강과 남강의 하류 저지대에 자리 잡고 있어 메기가 아가미로 물을 조금만 내뿜어도 홍수가 나서 하루아침에 일 년 농사를 망치기 일쑤였으나, 이곳은 풍족하지는 못해도 안전지역에 속했다.

상별내에 여러 대를 이어 사는 재령이씨가 있었는데, 이 집안에 1903년 여자아이 하나가 태어났다. 출생 후 걸음마를 겨우 마치자마자 어른들을 따라다니며 산나물과 약초 이름을 익히고 채취 방법을 배우면서 자랐다. 어려서부터 평생 학습장인 여항산, 서북산, 봉화산 구석구석을 누비다 결혼할 나이가 되자 하별내에 그녀를 좋아하는 박 씨 총각이 있어 동네 혼사를 했고, 3남 3녀 아이를 키우느라 늘 아이를 등에 업고 자신의 농장이나 다름없는 산에서 살았다.

어느 골짜기에 가면 산나물인 두릅, 기새(원추리), 홑잎, 달래, 고사리, 냉이와 산 약초인 백출, 하수오, 쇠물팍, 천궁이 많은지 꿰뚫고 있었다. 어디에는 유독 뱀과 지네가 많고, 어느 골짜기에는 사슴, 고라니, 여우, 멧돼지가 가족을 이루며 살고 있고, 어디에는 호랑이가(표범) 새끼를 낳아 기르는지 훤히 알고 있었다. 죽은 참나무 고목 밑에는 신비의 영약으로 통하는 냄비 뚜껑만 한

진홍빛 영지버섯이 수두룩했으나 당시 이 지역에서는 약이 되는 줄 몰라 아이들이 영지버섯 여러 장을 모은 후 가운데에 참나무 토막을 넣고 삼끈으로 꽁꽁 여러 차례 묶어 공이 완성되면 이것으로 추수를 끝낸 논에서 축구시합을 하던 시절이었다.

호랑이와 같은 포유류는 어미 품에서 오랫동안 젖을 먹으면서 정을 받고 성장해 그들에게도 정이 있다는 것을 아낙은 알고 있었다. 동물들이 처음 사람을 만나면 이상한 모습에 겁을 먹고 줄행랑을 치지만, 여러 번 만나 낯이 익고 사람들이 정을 주면 사람을 봐도 크게 두려워하지 않았고, 용기가 있는 것들은 사람과 친해지려고 슬금슬금 가까이 다가오기도 했다.

재령이씨 아낙이 처녀였을 때 한번은 봉화산에 산나물을 채취하러 갔는데, 바위 사이에서 어린 표범 새끼들이 장난을 치며 놀고 있었다. 새끼 호랑이를 보자 고양이처럼 어찌나 귀여운지 가까이 가서 한참을 같이 놀면서 어루만지고 있는데, 어미 호랑이가 고라니를 사냥해서 덜렁덜렁 물고 오는 것을 보고 혼비백산하여 집으로 돌아온 적도 있었다. 오랫동안 계곡을 누비면서 호랑이와 가까이에서 여러 번 만나는 경험이 있었고, 이 골짜기에 늘 1~2마리가 영역으로 삼아 살고 있음을 자연스럽게 알고 있었다.

읍내에 보통학교가 생겼으나 아낙은 학교 앞을 자주 지나다니기만 했지, 한 번도 안으로 들어가 본 적은 없었다. 하지만, 그녀의 무대인 계곡과 산에서 일어나는 일에 대해서는 학교의 어느 선생이나 마을의 어느 노인보다 탁월할 정도로 많이 알고 있었다.

호랑이는 주로 밤에 사냥을 하고 배불리 먹은 후 더운 여름에는 주로 여항산에서 서북산으로 연결되는 시원한 석산바위, 말바구등, 늑대골 등에서 낮잠을 즐기고, 겨울에는 양지바른 봉화산 코디미바구, 북바구, 농바구 같은 곳으로 옮겨 다니며 낮잠을 잔다는 것을 아낙은 손바닥에 난 손금 보듯 꿰뚫고 있었다. 별천 골짜기에 사는 호랑이가 먹이가 모자라거나 심심하면 가까운 양촌 호랑이굴, 내곡 꼬치골, 여항산 북쪽 기슭인 미산까지 하룻밤에 돌아다니는 그들의 영역이라는 것도 알고 있었다.

같은 마을에 사는 사람들은 읍내장이나 가야장에 가서 산나물이나 땔감 등을 판 돈으로 생필품을 사면 돌아갈 길이 멀어 모두 서둘렀다. 사람도 성격이 못된 사람이 있듯 동물에게도 성질이 못된 산돼지, 여우, 호랑이를 늦은 밤길에 만날 수 있었기 때문이었다. 그런데, 유독 이씨 아낙만은 늦은 밤에도 자유롭게 다니며 전혀 시간에 제약을 받지 않고 살았는데, 이렇게 된 데는 사연이 있었다.

읍내장에 나물을 팔러 간 어느 해 봄날이었다. 웬일인지 그날은 해가 지는 파장까지 나물이 팔리지 않았다. 살 사람들이 약속이라도 했는지 나물이 안 팔리고 있다가 늦은 시간에 터무니없는 싼 가격으로 어쩔 수 없이 공짜로 주다시피 하는 가격으로 다 팔았을 때 해는 이미 서산마루로 넘어가고 있었다. 먼 길을 가기 위해 인절미를 몇 개 사서 간단하게 요기를 한 후 서둘러 집으로 발길을 재촉했으나, 읍의 인가가 끝나는 신교 숲 근처에 왔을 때 이미 어두움이 내리고 있었다.

등에 땀이 나도록 빠른 걸음으로 봉성저수지가 시작되는 나지

막한 호미산 고개를 넘어 오솔길을 따라 걸었다. 다행히 보름이 며칠 전에 지나 늦게 뜨는 달빛에 의지해 길을 걸을 수 있었다. 길이 직각으로 돌아가는 도롱시 모퉁이를 지나 계절폭포 바위 아래를 지나는데 머리카락이 설 정도로 무서운 살기가 있었다. 걸으면서 정신을 바짝 차리고 곁눈으로 바위 쪽을 살피자, 바위 위에 큰 표범 한 마리가 배를 깔고 누운 채 밑으로 내려다보고 있는 게 아닌가. 눈에서 뿜어져 나오는 번쩍이는 광채와 크르렁거리는 숨소리가 오금을 저리게 했다. 새끼였을 때 산에서 만난 적이 있거나 나물을 채취하면서 몇 차례 우연히 만난 적이 있는 호랑이일 것이라며 스스로 위로를 해보았다. 아무리 야수지만, 아는 체면에 정情도 없이 잡아먹기야 하겠냐며 정신을 바짝 차리고 걸었다.

산나물을 채취하려 다니다 가까운 거리에 호랑이가 있다는 것을 알면 아낙은 "아이고 산신령님! 멀리까지 행차를 하셨네예. 잘 계시지예?" 큰소리로 마치 앞에 있는 사람에게 하듯 계속 말을 하면 호랑이는 사라지곤 했다. 낮에 산에서 호랑이 출현을 알아차리는 것은 바람에 실려 오는 누린내가 있었고, 무엇보다 까치들이 몰려와서 호랑이가 있는 주변의 나무 위를 이리저리 깡총거리며 부산하게 날면서 호랑이를 놀려대기 때문에 쉽게 알 수 있었다. 까치는 놀릴 상대가 없고 심심할 때는 큰 뱀이라도 나타나면 오늘은 뱀이나 한번 놀려볼까 하면서 뱀을 따라다니며 놀려대다가 피곤하면 사라지는 습성을 가지고 있었다.

그런데, 오늘 밤 아낙은 목구멍이 막혔는지 도무지 말소리가 나오지 않았다. 온몸이 젖을 정도로 식은땀을 흘리며 빠르게 발걸음을 계속 재촉했다. 양천계곡의 물이 흘러오다 나뭇골의 물을 만나 하류로 흐르면서 금계천이라는 이름으로 바뀌고 수량도 많아지면서 봉성저수지로 입수하는데, 저수지 입구 큰 도랑 위에 나무로 만든 견고한 과모교寡母橋(과부교)가 놓여 있었다. 옛날에 물살이 급한 내를 건너다 인명 사고가 빈번하게 일어나자 이를 안타깝게 여긴 재물이 넉넉한 어느 과부가 적선을 하기 위해 사재를 털어 갹출하자, 주리사 승려들이 무료 봉사를 자원하여 다리를 만들게 되었고, 주민들이 과부의 덕을 칭송하면서 과부 어머니 다리라는 이름을 가지게 된 것이다.

아낙은 다리 근처까지 오면서 뒤를 돌아보지도 못하고 걸었으나, 느낌으로 호랑이가 일정한 간격을 유지하면서 계속 따라오는 것을 알 수 있었다. 다리 아래는 며칠 전에 온 많은 비로 불어난 물이 거친 소리를 내며 빠르게 흐르고 있어 마음을 스산하게 만들면서 정신을 더욱 바짝 차리게 했다. 다리를 건너면 백주 대낮에도 여우가 빈번하게 나타나는 야시담박골이었다. 호랑이는 모습을 함부로 보이지 않는 영물이라 장꾼들이 밤거리에 자주 만나는 것은 여우였고, 여우는 장꾼들이 가장 싫어하는 동물이었다.

이놈들은 어찌나 장난이 심한지 밤이 되면 사람들이 다니는 길보다 지대가 높은 논이나 밭에서 사람을 기다리고 있다가 사람이 지나가면 뒷발로 갑자기 흙을 날리거나 사람 주변을 뱅뱅 돌기도 하고, 졸졸 따라오면서 바지나 치마를 물고 당기기도 하는데, 이때 간이 작은 사람은 혼비백산하여 낭패를 당하는 경우가 있었다. 어느 여름날 밤, 마을에 두려움이 없고 간이 큰 사람이 술에 만취해 야시담박골 근처 바위 위에 누워 잠을 자고 있는데, 여우가 무논에 있는 물을 꼬리에 적셔 와 술 취한 사람 얼굴을 톡톡 치고, 간지럽혀 잠을 깨우자 부스스 잠에서 깨어난 취객이 코앞에서 빤히 쳐다보고 있는 여우를 보고 놀라 바지에 오줌을 지린 경우도 있었다.

지금 아낙 뒤에 호랑이는 계속 따라오고, 앞에는 야시담박골이 기다리고 있었다. 오늘 낮에 나물이 안 팔려 운수에 옴이 붙었다고 생각했는데, 밤까지 계속 일이 꼬이는 것으로 보아 왠지 오늘 밤이 제삿날이 될 것 같다는 방정맞은 생각이 자꾸 스쳐 갔다. 따라오는 호랑이 때문에 야시담박골을 어떻게 지났는지 모르고 우기미 주막 근처에 도달하자 주막에서 흘러나오는 불빛과 술꾼들의 떠들썩한 인적 소리에 아낙은 비로소 한숨을 내쉬며 뒤를 돌아보자 호랑이는 흔적도 없이 사라지고 없었다. 주막에서 오 리 정도 더 걸어 집으로 돌아왔을 때 소낙비를 맞고 온 것처럼 온몸이 땀으로 젖어 있었다.

아낙은 다음 날은 산에 가지 않고 집안일을 했다. 읍내 장은 2일과 7일에, 가야장은 5일과 10일에 장이 서고 있었다. 장에 갔다 온 다음 날은 집안일이나 밭일을 하고, 그다음 날은 산에 가서 나물을 채취하여 팔러가면 나물도 싱싱하고 일의 순서도 순조롭게 잘 돌아갔다. 집안일을 하면서 악몽 같았던 어젯밤의 일을 곰곰이 한번 생각해 보았다. 바위 위에 배를 깔고 누운 호랑이가 긴 꼬리를 톡톡 치면서 내려다보고 있던 모습이 눈에 선하게 떠올랐다.

긴 꼬리를 밑둥에서 싸뚝 잘라내어 허리 굽은 친정아버지 지팡이로 선물하면 참 좋겠다는 생각이 들었다. 바위에서 뛰어 내려 일정한 거리를 유지하며 송아지처럼 슬금슬금 따라오던 모습이 머리에 또렷하게 그대로 살아났다. 한참을 따라오다 제 갈 길로 간 것으로 보아 처음부터 해칠 마음은 없었던 것으로 보였다. 상대는 친해 보려고 다가오는데, 호랑이의 위엄에 눌려 자신이 지레 겁을 먹고 혼이 빠졌던 것은 아니었을까 하는 생각도 해보았다. 만약 다음에 또 만나면 담대해지겠다고 각오를 단단히 했다.

30리 밖에 있는 가야장은 날이 갈수록 시장이 번창해지고 있어 많이 걷는 것만큼 값을 제대로 받을 수 있어 좋았다. 이날은 장에서 나오면서 산중에서 구경하기 어려운 갈치 몇 마리 산 후, 대가리를 잘라 따로 보관한 다음 집으로 돌아왔다. 서둘러 집으로 왔지만, 야시담박골 근처에 왔을 때 10시경이 넘어가고 있었다. 이 시간에 생선을 가지고 지나가면 여우가 똥파리처럼 냄새를 맡고 나타날 텐데 오늘은 웬일인지 기척이 없었고, 어디서 나타났는지 지난번 호랑이가 간격을 유지하며 또 따라오고 있었다. 달은 청춘이라 할 수 있는 보름을 오래전에 보내고 기력이 늙어서 쇠잔해진 희미한 빛을 반사하고 있었고, 표범은 긴 꼬리를 뽐내며 슬금슬금 따라왔다. 아가씨 때 읍내에 사는 왈패가 좋아한다며 따라오던 것이 생각났다. 그때 정말 싫고 미치고 환장할 노릇이었으나, 오늘은 그때와 좀 달랐다. 두려운 짐승이기는 해도 못된 인간보다 나을 것 같다는 생각이 들었다. 아낙은 두려움으로 식은땀을 흘렸으나, 지난번보다 훨씬 담대해질 수 있었다. 표시 나게 넣어둔 생갈치 대가리를 꺼낸 후 걸음을 멈추고 뒤로 돌아 표범을 정면으로 바라보았다. 매화 무늬가 선명하고 아름다운 큰 표범이었다. 갈치 대가리를 길가 풀섶 위로 던져주면서 말했다.

"산신령님, 드리려고 갈치 사왔심더. 이거 잡수시고 저를 잘 보살펴 주이쇼."

땅에 떨어진 갈치 대가리를 코로 냄새를 맡는가 싶더니, 금세 한입에 넣어 오도독 씹어 맛있게 먹은 후 계속 따라오자, 두 개를 더 던져주었다. 산에서 맛보기 어려운 염분이 들어 있어서인지 어린아이가 볼때기에 묻은 꿀을 혀로 핥듯 호랑이가 맛나게 먹으면서 풀섶에서 찾을 때 코에 조금 묻힌 갈치 물을 혀로 싹싹 핥는 모습이 귀엽기까지 했다. 우기미 주막 근처에서 돌아보자 흔적도 없이 사라지고 없었다. 그 후부터 아낙은 늦게 밤길을 다니며 가격이 싼 정어리를 사서 토막 내어 가지고 가다 호랑이에게 몇 개씩 던져주었다. 늦게 나타날 때는 주로 대산마을이 끝나는 지점에서 나타나 정지백이 약수터 정도 가면 호랑이는 산으로 사라져갔다.

표범과 친해진 후 아낙은 늦은 밤길에 무서울 게 없었다. 표범이 나타나 아낙을 경호하듯 따라다니자 여우, 산돼지, 살쾡이 등이 아낙 주위에 얼씬거리지도 못했다. 호랑이와 친하게 지낸다는 소문은 마을에 조금씩 알려지자 반신반의하는 사람도 있었고, 신기한 일로 생각하며 부러워하는 사람도 있었다.

주민들이 순박하게 살아가던 별천에 누구도 예측하지 못한 사건이 터졌다. 한국전쟁이 발발해 어디에서 밀려왔는지 여항산, 서북산, 봉화산 일대에 군인들이 들어와 서로 죽이고 죽는 격전지로 변하자 표범에게도 수난이었다. 이 계곡에 살던 주민과 표범도 잠시 전쟁을 피해 다른 곳으로 갔다. 전쟁이 지나간 후 사람들이 마을로 돌아왔을 때 계곡에는 많은 군인들이 죽어 있었고, 묻어주지 못한 시체들이 계곡마다 그대로 썩어 갔다. 이런 끔찍한 일로 아낙은 나물 채취에 의욕을 잃었고, 오랫동안 이 계곡에서 나오는 나물을 사 먹는 사람도 없었다. 산에 산돼지, 여우와 같은 야생동물도 사라지고 숲도 황폐화되어 있었다.

10년 정도 지나자 자연환경이 어느 정도 복원이 되자 숲도 생기고 야생동물들도 간혹 눈에 보였다. 이씨 아낙이 어느 날 늦게 장에 갔다 오다 대산마을이 끝나는 지점에서 호랑이를 목격할 수 있었다. 아낙은 오랫동안 못 만났던 친구를 만난 것처럼 매우 기뻐했다. 호랑이가 골짜기로 다시 돌아온 것이다. 아낙은 헤어졌다 다시 만난 연인처럼 호랑이와 다시 친해져 먼 거리에서 서로의 존재를 느끼며 살았다.

그러던 중 1970년 3월 어느 봄날 아낙은 뜻밖에 들려온 소문에 마음이 아팠다. 봉화산 너머에 있는 내곡마을 뒤 꼬치골(花谷) 양지에서 태평스럽게 낮잠을 자던 표범이 사냥꾼이 겨누어 쏜 총알에 죽었다는 소문이었다. 소문에 의하면 스무 살 정도 되는 늙은 수놈 표범이라 했다. 상별내에 살림이 넉넉한 할음댁 닭을 한 마리 잡아가는 것이 목격되기는 했으나, 인가에 내려와 사람을 해하거나 소나 개를 해친 적이 없었는데, 왜 사람은 자기들끼리 생각이 다르면 총질을 하고 거기서 모자라 영물들까지 장난삼아 죽이는지 이낙은 이해하기기 어려웠다. 호랑이기 총에 죽었디는 말에 아낙은 마치 자신의 몸에 총탄이 박혀 있는 것처럼 아팠고, 일부러 여러 번 밤길을 걸어 보기도 하고 산으로 가봤으나, 공허하게 텅 빈 골짜기에 호랑이의 흔적은 어디에도 찾아볼 수 없었다.

쌍검대무

직장을 다니면서 일터와 셋방만 개미 쳇바퀴 돌 듯 왔다 갔다 하다 보너스 같은 휴일을 하루 얻자 별 할 일이 없어 집에서 멀지 않은 간송미술관에 가보기로 했다. 어떤 뚜렷한 목적이 있었던 것은 아니고, 그냥 방에서 비스듬히 누워 하루종일 TV나 보면서 시간을 보내는 것보다 그곳에 가는 것이 훨씬 낫겠다는 생각이 갑자기 들었던 것이다. 로또 복권을 살 때 혹시 당첨에 거는 기대 정도의 예측 못한 어떤 영감이라도 기다리고 있을지 모른다는 약간의 기대는 있었을 것이다. 국보·보물급의 소장품들을 옛날 선비들이 마치 황금을 보듯 주마간산 격으로 보고 지나가다 그림 한 점 앞에서 나도 모르게 발걸음이 멈추었다.

설명을 보니 신윤복의 〈쌍검대무〉다. 붉은색 계통의 옷을 입은 기녀와 청색 계통의 복장을 한 기녀가 장검을 들고 겨루고 있는 장

신윤복의 〈쌍검대무〉 중의 일부

면이 눈에 들어왔다. 칼날에 검기가 살아 화폭에 가득 차 있었다.

눈은 그림을 응시하고 있었지만, 머릿속에는 어릴 때 우연히 보았던 기철의 할머니가 아무도 없는 공터에서 달빛을 받으며 양손에 짧은 칼을 들고 한바탕 춤을 추던 모습과 나중에는 칼을 한쪽에 내려놓고 긴 막대를 한 손에 하나씩 잡고 추던 춤이 머리를 스치고 지나갔다. 조선의 무사들이 장검을 들고 춤을 추는 것을 기녀들이 보고 처음에는 장검을 들고 흉내를 내며 공연을 하자 선풍적 인기를 얻어 전국적으로 유행하게 된다. 화가 신윤복이 이런 풍속을 놓치지 않고 그림으로 남긴 것이다. 그 후 기녀들의 칼춤이 전국적으로 인기를 누리게 되자 왕의 귀에도 들어가게 되었고 궁궐에서 칼춤으로 유명한 기녀들을 전국에 수배하여 궁궐로 초빙하게 된다. 임금 앞에서 공연은 제일 중요한 게 임금의 신변안전이기 때문에 칼날이 없는 짧은 검을 들고 추었던 것으로 알려져 있다. 그렇다면 남자들이 저 그림의 기녀들처럼 장검을 들고 춘 춤은 어떤 춤이었고 왜 사라졌을까?

어릴 때 같은 마을에 살았던 기철이 할머니의 나이를 머릿속으로 빠르게 환산해 보니 100세가 넘어 아마 지금까지 생존해 있지는 못할 것 같았다. 그 할머니는 언제쯤 작고했을까? 할머니의 죽음과 함께 장검을 들고 추는 검무는 흔적도 없이 사라졌을까, 아니면 누군가를 통해 전해지고 있을까? 왜 나는 어리석게 할머니와의 인연을 쉽게 놓아버렸단 말인가. 눈으로는 전시관의 그림을 멍하게 보고 있었지만, 머릿속에선 기철 할머니가 허공 속에서 안타깝게 멀어져 가면서 나의 손을 잡으려고 허우적거렸고, 나도 손을 뻗쳐 할머니의 손을 잡으려 애쓰지만 잡지 못하는 상상을 하고 있었다. 나는 멀어져 가는 할머니의 모습을 안타깝게 바라보면서 내 생각은 과거로 돌아가고 있었고, 어릴 적 일이 생생하게 되살아나기 시작했다.

내가 사는 마을에 한국전쟁 때 이북에서 내려와 정착한 한 가족이 있었다. 황해도 어느 고을에 살다가 이런저런 우여곡절 끝에 최남단이라 할 수 있는 경상도 산골 마을까지 흘러와 터전을 잡은 것이다. 가족으로 50대 중반의 부부와 나보다 한 살 많은 동급생인 열두 살 된 기철이라는 늦둥이 아들과 80대 초반의 할머니가 그들 가족의 구성원이었다. 가족들끼리 하는 말을 마을 사람들은 무슨 말인지 절반도 알아듣지 못했다.

그들 가족은 말투나 사투리를 바꿀 생각이 없는지 아니면 노력을 해도 안 되는지 알 수 없었으나, 이북 방언을 그대로 사용했다. 그들이 하는 주요한 말을 마을 사람들이 알아듣지 못할 때는 남한에서 태어나 자란 기철이가 나서서 간단하게 통역을 하기도 했다.

기철은 허약 체질이었고 집이 마을의 끝자락에 있어 아이들과 함께 놀기보다 주로 집에서 혼자 놀기를 좋아했다. 1960년대 후반, 한국전쟁이 끝난 지 십 년이 조금 지난 시기라 어른들의 주요 화제는 전쟁이었고, 남자아이들의 놀이는 편을 나누어 전쟁놀이를 가장 많이 했다. 기철이와 나는 같은 학년으로 웃각단에 속해 같은 편이 되는 경우가 많았다. 웃각단과 아래각단은 가구 수가 비슷해 정월 보름날 격년제로 하던 줄다리기나 윷놀이를 할 때 나누기 편하게 아래각단과 웃각단 두 편으로 나누어 노는 경우가 많았다.

어른들은 웃각단이 이기면 풍년이 들고, 아래각단이 이기면 자녀들 시험합격과 같은 경사가 마을에 많이 생긴다며 승부에 집착하지 않았으나 아이들은 승부에 집착하여 어떤 일이라도 서로 지지 않으려고 했다. 읍내 가설극장에서 상영한 '의리의 사나이 외팔이'를 본 또래의 친구들이 많아 한동안 칼싸움 대결을 많이 하고 놀았다.

웃각단 아이들이 아래각단 아이들에게 번번이 지는 게 칼싸움이었다. 같은 또래로 나와 기철이가 포함된 웃각단 대표 3명과 아래각단 대표 3명이 마을 앞 버들밭 공터에서 십여 명의 어린 관중들이 지켜보는 가운데 같은 길이의 막대기로 시합을 몇 차례 하였으나 한 번도 이기지 못했다.

이기는 쪽이 정의이고 지는 쪽이 악당으로 알고 있는 우리는 그날도 구겨진 자존심을 안고 악당이 되어 서산마루로 넘어가는 해를 등지고 허탈감에 빠져 집으로 돌아와야 했다. 웃각단과 아래각단을 나누는 골목을 통과하면서 아래각단 아이들이 모두 집으로 흩어져갔고, 웃각단에서도 위쪽에 속한 기철이와 나 둘이 남게 되자 기철이가 침묵을 깨고 나를 보면서 말했다.

"니, 내 친구 맞제?"

갑자기 질문 같지도 않은 물음에 기철이를 바라보며 답했다.

"그건 왜 묻노?"

느리게 걷고 있는 나에게 심각한 표정을 지으며 기철이가 다시 물었다.

"나한테 비밀이 하나 있다. 니가 지켜 줄 수 있겠나?"

나는 어떻게 하면 우리가 칼싸움 게임에서 이길 수 있을까만 생각하고 무성의하게 근성으로 대답했다.

"… 응."

조금 망설이더니 기철이가 중대 발표를 하듯 나를 똑바로 보면서 말을 이었다.

"우리 할매, 나의 진짜 할매가 아니다."

기철이의 비밀에 대해 큰 기대는 안 했지만, 그래도 무엇인가 있을 것으로 기대했던 나는 실망이 컸다.

"나는 그런 문제에 별 관심이 없다."

그때부터 탁구공처럼 짧은 말들이 오고 갔다.

"우리 집에 우리 할매가 썼던 진짜 칼이 있다."

그 말에는 관심이 조금 끌렸다.

"… 여자가 무슨 칼을?"

"우리 할매 유명한 칼잡이였다 하드라?"

그 말에 나는 귀가 번쩍 열렸다. 영화나 만화에서 본 여러 문파들의 여자 협객들이 생각이 난 것이다.

"너거 할매가…? 진짜가?"

"응."

"그러면 너거 집에 진짜 칼도 있나?"

"응, 있다."

"칼 좀 보여 줄 수 있겠나?"

"할매 마실 가고 없을 때 보여 줄게. 칼은 우리 집에서 지켜야 할 제일의 비밀이라서…."

"알겠다. 진짜 보고 싶네."

거기까지 말하고 우리는 각자의 집으로 갔다. 기철이 아버지는 눈썰미가 좋아 마을 사람들의 집에 농기구나 가정에 쓰는 용품이 고장 나거나 파손이 되면 잘 고쳐 마을에서 칭찬이 자자했다. 쟁기, 써레, 풍구, 물레, 베틀, 금 간 장독, 나무로 된 장군 등을 저렴한 대가代價를 받고 잘 고쳐 주었다. 농한기가 되면 아예 며칠씩 다른 마을로 출장을 다녀 집을 비우는 경우가 많았다. 기철이 어머니는 몇 프로 모자라는 분이라 이 집을 실질적으로 이끌어 가는 사람은 할머니였다. 팔십이 넘은 나이였지만 보통의 키에 자세가 꼿꼿했고, 생기가 도는 눈동자와 몸에선 풍기는 기품이 있었다. 누가 보더라도 젊었을 때 미모를 갖춘 여인이었을 것으로 쉽게 짐작할 수 있었다.

일 년 중 가장 바쁜 농번기가 시작되고 있었다. 보리를 베어 말린 후 타작이 끝나자, 바로 논에 물을 대어 생갈이를 하고 모내기 준비에 들어갔다. 모심기는 부녀들이 나서 협동으로 했으나, 기철이 어머니는 모심기할 능력과 체력을 가지지 못했고 밥이나 간단한 음식 정도는 할 수 있었다. 모심기는 새벽부터 밤늦게까지 한 달 가까이 하는데 부녀들에게 일 년 중 가장 힘든 시기였다. 품앗이 중에 새벽 다섯 시경부터 아침밥을 먹을 8시 정도까지 품구리(품갚음)라는 것이 있어 모심기가 끝날 때까지 일 년 중 가장 고된 노동의 시간이었다.

　모심기가 끝나면 부녀들이 하루 날을 잡아 노는 회차(모꼬지)라는 축제를 했다. 모심기 중에 하루 신나게 마시고 놀 계획과 음식 마련 계획은 힘든 노동을 극복하는 수단이기도 했다. 나폴레옹이 오스트리아 정복을 위해 알프스를 넘을 때 병사들이 지쳐 앞으로 더 나아가지 못하자 이렇게 말했다고 한다.

　"제군들, 이 산 너머에 맛있는 술과 예쁜 여자들이 여러분을 기다리고 있다네. 빨리 이 산을 넘어가세나."

　농촌의 사정을 모르는 사람은 회차 때 부녀 중 술에 못 이겨 토하고 쓰러지거나 평소 모습에서 조금 어긋나면 뒤에서 혀를 껄껄 차며 흉을 보기도 했으나, 농촌에서는 어려운 사정을 알기 때문에 가볍게 이해하고 넘어갔다. 그해도 모심기 중에 회차 날을 잡았고 장소는 마을 앞 버들밭 공터에서 놀기로 했다. 매년 회차를 해도 기철이 어머니는 노는데 전혀 소질이 없다며 불참했고, 기철이 할머니는 연로하다며 노는 곳에 스스로 가지 않았으나, 그해 회차 때는 기철이 할머니가 마을 부녀들의 간곡한 초대를 받아 참석

했다. 술이 한 순배 돌아가자 신이 난 동네 아주머니 한 분이 흥을 돋우기 위해 장구를 어깨에 메고 신나게 쳤으나, 기분 내키는 대로 통탕거리기만 했지 장단 박자는 완전히 무시되고 있었다. 다른 아주머니 한 분이 장구를 건네받아 두들겼으나 앞사람과 크게 다를 바 없었다. 조금 망설이던 기철 할머니가 기분이 좋은지 장구를 건네받아 치자 분위기가 금세 바뀌었고, 모두가 일어나 장구 소리에 맞추어 춤을 덩실덩실 추면서 노래를 했다.

같은 악기인데 사람이 바뀌니 이렇게 다른지 감탄사가 절로 쏟아져 나왔다. 노래와 춤이 어우러져 한바탕 멋지게 돌아가자 처음에 장구를 통탕거렸던 아주머니가 술에 취했는지, 아니면 자기가 친 장구 소리와 너무나 비교가 되어 마음이 상했는지, 마을 어디서 누구한테 들은 말을 뒤에서 야유 비슷하게 했다.

"기생 장구라 역시 다르네."

노랫소리 중에 섞여 나온 이 말을 들은 기철 할머니가 장구를 치다 말고, 장구를 벗어 땅바닥에 내팽개치며 경상도 말로 번역하면 이렇게 말했다.

"무엇이라, 이년 기생 장구라 다르다 했나?"

흥이 올라 노래를 하며 춤을 추던 부녀들은 놀란 조개처럼 일제히 입을 닫고 제자리에서 그대로 멈추어 서버렸다. 잠시 쥐 죽은 듯한 침묵이 흘렀고 야유를 보냈던 아주머니가 미안해하며 말을 바꾸며 사과를 했다.

"할매가 장구를 하도 잘 쳐 기생처럼 잘 친다 했는데 그게 무슨 큰 죄요?"

할머니가 그 사람에게 장구채로 삿대질을 하며 분을 못 삭이면서 말했다.

"그기에 기생은 왜 나오노? 니가 기생을 아나? 우린 노래와 춤을 팔았지, 창녀처럼 몸을 팔지는 않았다, 이년아."

낭패를 당한 그 아주머니가 거듭 사과를 했다.

"아이구, 할매 무조건 잘못했심더."

그해 모처럼 날 잡아 노는 회차는 기생이란 한 단어 때문에 흥이 다 깨어져 흐지부지 끝나버렸다. 기철이가 나에게 알려준 비밀에 의하면 자기 아버지는 이 할매의 아들이 아니라고 했다. 자기 할아버지가 관아에 무관이라 돈을 잘 썼고 학식도 있고 인물과 말주변까지 좋아 기생들 사이에 인기가 짱이었다는 것이다. 어느 해 할아버지와 이 할매가 따로 살림을 차리게 되었고, 친할머니가 돌아가시자 아예 집으로 들어와 함께 살았다고 했다. 할아버지가 돌아가셨을 때 집의 살림이 빈털터리가 되었으나, 이 할매가 젊었을 때 모아 놓은 패물과 재산이 있어 가족이 큰 어려움 없이 그럭저럭 살 수 있었다는 말도 덧붙였다.

시골에 오일마다 서는 재래시장은 시장 주변 사람들의 생일 혹은 잔칫날이나 다름없었다. 열심히 일해서 키운 농작물을 필요한 사람에게 팔아 생기는 돈으로 장에서 만난 친구나 사돈과 돼지국밥과 막걸리를 사서 먹기도 하고, 내륙이라 구하기 어려운 생선과 생필품으로 바꾸어 왔다. 기철의 어머니는 물건값을 계산할 수 없어 시장에 갈 생각은 아예 하지 않았고 할머니는 오일장이 서는 날은 하루도 빠지지 않고 다녔다. 꼭 살 물건이 없어도 시장에 전시된 물건과 사람 구경하기를 좋아했으며, 제일 좋아하는 것은 음악이 있는 품바나 동동구리무 장사 구경을 낙으로 삼았다.

　모심기가 끝난 지 한 달 정도 지났을 일요일 어느 날 기철이가 집으로 놀러 와서 말했다.

　"오늘 우리 할매 장에 가셨다. 칼을 함 볼래?"

　"너거 아버지와 어머니는 안 계시나?"

　"아버지는 다른 마을에 일하러 가셨고 어머니는 밭에 김매러 가셔 집이 비었다."

　"칼이 크나 우리가 들 수 있나?"

　"충분히 들 수 있고, 두 자루인데 비단보에 함께 싸여 있다."

　나는 호기심에 끌려 빠르게 일어서면서 말했다.

　"빨리 너거 집에 가보자."

　울도 담도 없는 기철의 집은 비어 있었다. 다른 사람들이 우리를 볼까 재빨리 할머니가 기거하는 골방으로 갔다. 할머니의 옷만 넣어두는 직사각형의 장식이 없는 소박한 장롱이 방 한 모서리에 놓여 있었다. 기철이가 조심스럽게 장롱의 문을 열고 옷을 하나씩 모두 꺼내자 맨 아래쪽 바닥에 빨간 비단보에 싸인 물건이 하나 있었다. 비단보로 예쁘게 말은 후 아래와 위에 남는 자락으로 묶어 매듭을 지어 놓았다. 매듭을 풀자 보에는 하얀색 실로 수를 놓은 두 마리 학이 보였다. 비단보를 다 펼치자 똑같이 생긴 칼 두 자루와 한지를 여러 폭의 병풍 모양으로 접은 두툼한 책이 함께 나왔다. 잔뜩 기대했던 나는 칼을 보는 순간 실망하여 기철이 글 보면서 밀했다.

"이게 무슨 칼이고, 장난감이지! 너거 할매 가시나 때 가지고 놀던 칼인 것 같다. 손잡이에 노리개도 달려 있네."

기철이가 강하게 부인하며 말했다.

"아이다 이것은 칼이다. 우리 할매 유명한 칼춤 선수였다 하드라."

길이는 부엌에 있는 식칼보다 조금 긴 약 40cm 정도 되어 보였고, 여기저기 검은 녹이 나 있었다. 내가 실망한 투로 말했다.

"이 칼로 수박은커녕 오이도 하나 못 자르겠다."

나는 한지를 접어 만든 책을 펼쳐 보았다. 한 장씩 펼쳐 보게끔 된 책에는 사람의 동작이 그림으로 그려져 있었다. 한자로 간단한 설명이 있었으나, 글을 읽을 수 없어 무슨 내용인지 알 수가 없었다. 내용을 알 수가 없으니 관심이 갈 리가 없어 원래대로 접어 기철에게 주면서 말했다.

"고마 제자리에 다시 넣어두자."

아무리 해도 매듭을 지어 놓은 처음 모양대로 할 수가 없어 보에 칼과 책을 함께 대강 말고, 끝부분끼리 묶은 후 장롱 밑바닥 원래 자리에 놓았다. 꺼내 놓은 옷도 처음처럼 할 수 없어 대강 놓고 문을 닫았다. 내 마음속으로 할머니에게 검술을 배우고자 했던 생각은 완전히 사라져버렸고, 나는 실망하여 집으로 돌아왔다.

오후 늦게 시장에서 돌아온 기철 할머니가 외출복 대신 다른 옷으로 갈아입으려고 장롱을 뒤지다 다른 사람의 손이 지나간 것을 알아차리고 기철이를 제일 먼저 용의 선상에 올려 추달을 하자 기철이가 범인으로 금방 잡히고 말았다. 할머니는 평소 성격이 조용

조용했지만, 매사에 분명하고 한 번씩 불같은 면이 엿보이곤 했다. 기철이로 하여금 종아리를 걷게 한 후 물었다.

"무엇을 훔치려고 장롱을 뒤졌나? 커서 도둑놈이 되어 남에게 피해를 주려면 일찍 죽는 게 낫다."

기철이가 싹싹 빌었다.

"할매, 돈을 훔치려고 장롱 뒤지지 않았심미더."

"그러면 왜 장롱을 뒤졌나?"

"…… 저 갑자기 칼이 좀 궁금해서."

"니가 왜 남의 칼에 신경을 쓰나?"

"할 일도 없고 칼에 녹이 많이 났나, 궁금해서……?"

"요런 맹랑한 놈 봤나? 좀 컸다고 둘러대고 거짓말하는 것이 많이 늘었네."

대자(竹尺)로 기철이의 종아리를 사정없이 때리면서 추궁했다.

"내 생명과 같은 칼을 꺼내 또 엿 바꾸어 먹으려고 했제?"

"할머니 아닙니다. 정말 칼이 잘 있나 보고 싶었습니다. 사람들에게 물어 보이소, 오늘 우리 동네에 엿장수 안 왔심더."

"거짓말하지 마라. 니가 왜 내 칼이 보고 싶어?"

기철이가 종아리를 만지며 폴짝폴짝 뛰면서 빌자, 할머니가 매를 거두며 말했다.

"다음에 또 그랬다가는 발목이 부러질 줄 알아라."

"예, 할매."

기철이가 할머니로부터 매 맞은 일을 다음 날 나에게 소상하게 이야기해주었다. 이 마을로 오기 전 할머니의 칼을 엿 바꾸어 머기 위해 엿장수에게 가져갔던 이야기까지 해 주었다. 하도 엿이 먹고 싶어 보자기에 싸인 칼을 엿장수에게 보였더니, 칼을 본 엿장수가 무당이 쓰는 칼이라며 재수 없다고 침까지 뱉으며 받아주지 않았다는 이야기를 했다. 나는 이 이야기를 듣고 기철이 할머니가 혹시 무당이 아니었을까 하는 의심이 가기 시작했다.

"혹시 너거 할매 젊었을 때 무당 한 거 아이가?"

기철이는 강하게 거부하며 말했다.

"우리 할매가 무당은 안 했다. 아버지가 말했는데 유명한 칼춤꾼이고 우리 할배가 할매의 칼춤을 아주 좋아했다 하더라."

시간이 갈수록 기철이 할머니가 어떤 사람인지 호기심은 갔으나 내가 아는 지식의 범위로는 파악이 되지 않았다.

논에 심어 놓은 모가 금세 짙은 푸른색을 띠며 땅 냄새를 맡는가 싶더니, 얼마 가지 않아 들판이 황금색으로 변해 갔다. 이 시기는 벼가 한참 익어가는 시기로 가을걷이까지 농촌에서 조금 여유를 가지고 즐길 수 있으며, 날씨가 덥지도 춥지도 않아 활동하기 아주 좋은 시기였다.

마을 뒤에 낮은 산맥들이 비슷한 고도를 유지하며 물결치듯 달리다 조금 높은 산으로 연결되어 있었다. 마을에서 약 200m 떨어진 산기슭에 소 치러 다닐 때 먼저 나온 마을의 조무래기들이 근처 나무에 소를 매어 두고 아이들이 다 모일 때까지 기다렸다가 높은 산으로 출발하는 공터가 있었다. 삼십 평 정도 되는 이곳에서 여자아이들은 주로 모여 공기놀이를 많이 했다.

추석이 되면 거의 어김없이 읍내 공설운동장에서 면민 노래자랑을 했는데, 콩쿠르라 하여 주로 추석 다음 날 밤에 많이 열렸다. 대회를 홍보하는 방송과 음악이 며칠 동안 주민들의 마음을 흔들었고, 대회가 열리면 마을끼리 경쟁이 되기도 하여 즐기면서 마을을 대표해 나가는 사람을 응원했다. 대부분의 사람들이 구경하러 가기 때문에 마을은 한산하게 된다.

　기철이와 나는 어릴 때라 그런 행사에 관심이 없었다. 그해는 추석날이 늦은 10월에 들어 이미 단감에 단맛이 올라 있었다. 유난히 단맛을 좋아하는 기철이가 마을 아이들이 노는 공터에서 좀 더 산 쪽으로 올라간 밭에 단감나무 하나를 봐 두었다며, 단감 서리 가자는 제안을 했다. 낮에는 공터에 자유롭게 몰려가서 놀았으나 공터에서 조금만 더 올라가면 여우가 자주 내려오기도 해서 밤이 되면 아이들은 그 근처에 얼씬거리지도 못했다.

　추석날 밤 기철이와 나는 어렵게 구해 온 한국전쟁 때 켈로 부대의 무용담을 그린 만화를 몇 권 보고 동네가 쥐 죽은 듯 고요해지자 공터 방향으로 향했다. 내 기억 속에 그해 음력 팔월 보름달은 유난히 크고 밝게 남아 있다. 우리가 걷는 길은 대낮같이 밝았으나, 공터가 가까워지자 으스스 소름이 돋았다.

　단맛의 유혹에 끌려 집에서 쉽게 나왔으나, 공터와 가까워지고 집에서 멀어질수록 두려운 마음은 점점 커 갔다. 우리는 단감이 틀림없이 익었을 것이라며 모깃소리 같이 낮은 목소리로 서로를 격려하며 앞으로 전진해갔다. 공터는 낮에 사람들이 자주 사용하는 곳이라 풀이 자라지 못했고 부근에는 잡목과 풀이 우거져 있었다.

　그런데, 비어 있어야 할 공터에 사람의 움직임이 있는 것을 보고 앞서가던 나는 얼어붙고 말았다. 내 움직임을 본 기철이도 금방 알아차리고 같이 얼어붙었다가 동시에 우리는 몸을 낮춘 후 땅바닥에 엎드렸다.

하얀 소복을 입은 여자가 양손에 칼을 들고 춤을 추고 있었다. 어른들이 말하기를 '백년 묵은 백여우는 선 자리에서 열 바퀴만 돌면 사람이 된다'고 했는데, 오늘 우리가 틀림없이 백여우를 만났다고 생각했다. 따뜻하게 김이 모락모락 나고 야들야들한 아이들의 생간은 백여우가 제일 좋아하는 간식이라는 말을 어른들에게 여러 번 들은 적이 있었다. 오늘이 바로 우리 둘 공동 제삿날이라는 생각이 들었다. 나는 짧은 순간이지만 한편으로 아이 때 죽으면 제삿날도 없다는 생각이 머리를 스쳐 갔다. 둘은 숨도 제대로 못 쉬고 공터의 움직임을 살폈다.

머릿속에서는 호랑이에게 물려 가도 정신만 똑바로 차리면 살 수 있다는 말을 되새기며 앞의 움직임을 유심히 관찰했다. 춤인지는 모르겠으나 움직임에 절도가 있었다. 옆에 기철이가 내 귀에 입을 대고 모깃소리보다 더 낮은 목소리로 말을 했다.

"저…… 칼,…… 우리 할매 칼이다."

자세히 보니 사람도 기철 할머니처럼 보였다. '그렇다면 기철 할매가 동네 가운데 사람들과 섞여 살고 있는 백여우였다는 말인가?'

춤인지 이상한 유희인지 움직임은 계속되고 있었다. 한참을 춘 후 두 칼을 한쪽 땅바닥에 내려놓고, 이번에는 칼보다 좀 긴 나무 막대기 두 개를 칼처럼 들고 춤을 추기 시작했다. 앞서 짧은 칼로

했던 동작보다 훨씬 빠르게 움직이며 한 칼은 방어동작을 하고 한 칼은 찌르고 휘둘렀다. 동작이 잘못되었는지 간혹 고개를 갸우뚱거리기도 하며 반복하며 수정을 하기도 했다. 짧은 칼로 하던 동작이 귀여운 초등학교 여학생 같았다면 뒤에 펼치는 동작은 남자 대학생이 하는 동작처럼 빠르고 힘이 실려 있어 움직임이 판이하게 달랐다.

춤이 끝났는지 땀을 닦으며 돌아가기 위해 물건을 수습하자, 우리는 기어서 길에서 완전히 벗어난 곳에 이르러 하늘을 보고 죽은 듯이 큰대大자로 누웠다. 이런 자세로 하면 안전할 것 같았지만, 독사가 등에 눌려 금방 목을 물고, 참새 잡으러 초가집을 타고 다니던 누런 큰 구렁이가 발목을 칭칭 감을 것 같은 기분이었다. 그래도 꼼작 못하고 하늘만 쳐다보고 숨을 멈추고 있었다.

약간의 시간이 흐르자 기철 할머니가 동네 방향으로 완전히 내려간 것을 확인할 수 있었다. 우리는 단감 서리를 깨끗이 잊고 마을로 돌아왔다. 돌아오는 길에 기철이가 나에게 두 번 세 번 다짐을 했다.

"오늘 일은 절대 비밀이다. 죽을 때까지 아니 죽어서도 말해서는 안 된다. 알았제?"

나는 근성으로 대답을 했다.

"응, 알겠다."

며칠 시간이 흐른 후 기철이를 설득해 보았다.

"너거 할매한테 칼춤 좀 배우면 안 되것나. 지난번 공터에서 본 것 중에 앞에 춘 것은 가시나들 춤이고 뒤에 춘 것은 남자 춤 같더

라. 그것 좀 가르쳐 달라고 해보자."

내 말을 들은 기철이가 펄쩍 뛰었다.

"니 죽을라고 환장했나? 그런 말을 하면 지난번 춤추는 것 몰래 훔쳐본 것 들통 난다."

그 후 그 문제에 대해서는 말도 꺼내지 못했다. 하지만 기철이 할머니가 혹시 여우가 아닐까, 밤만 되면 의적이 되어 남의 집을 털러 다니지는 않을까 의심의 눈으로 살폈지만, 그 이상 이상한 면은 찾을 수 없었다. 그즈음 내 몸에 이상이 생겼다.

이유도 없이 많이 아팠다. 감기나 몸살로 생각하고 약을 먹어도 낫지 않았고, 음식에 체했는지 의심이 되어 소화제를 먹어도 효과가 없어 손가락 열 곳을 바늘로 다 따도 낫지가 않았다. 옆집 할머니의 진단은 객귀를 물리면 괜찮을 것이라 하자 귀가 얇은 나의 어머니가 큰돈 드는 것도 아니니 밤에 그렇게 해보기로 했다.

어머니 본인은 말주변이 없어 안 되겠다며 기철이 할머니께 부탁했다. 저녁 식사가 끝나고 기철이 할머니가 우리 집으로 왔다. 어머니의 고맙다는 인사에 기철이 할머니는 다른 사람의 부탁이라도 충분히 들어줄 건데 이 집 아들이 기철이의 친한 친구임을 알기 때문에 기꺼이 왔다고 했다.

기철이 할머니가 나를 부뚜막으로 데리고 가더니, 나의 형이 칼을 숫돌에 갈아 날이 시퍼렇게 된 식칼을 뽑아 들더니 칼날이 입 쪽으로 오게 한 후, 아래위 턱의 힘을 이용해 입으로 칼을 물으라고 했다. 어린 나는 턱에 힘이 없어 무겁고 무서운 칼을 입에 물고 버티기가 힘들어 첫 시도에서 입에서 칼을 떨어트리자 기철이 할머니의 불호령이 떨어졌다.

"사내자식이 칼도 하나 제대로 못 물고 있나? 그래 가지고 무슨 큰일을 하겠노?"

나는 칼을 입에 다시 물고 안간힘을 다해 버티었다. 이때 나는 칼에도 독특한 쇠 내음이 있다는 것을 처음 알았다. 기철이 할매가 칼에다 물을 세 번 부으면서 말했다.

"입에 들어오는 물은 마셔야 한다. 많이 마실수록 효과가 크고 니한테 득이 된다."

물을 부을 때 나는 양손으로 칼이 입에서 안 떨어지게 받치면서 할머니가 칼 위에 붓는 물이 칼을 타고 입으로 들어오게 했다. 입에 물고 있는 칼의 칼등이 밖으로 가 있어 입 쪽이 낮은 위치라 입으로 물이 쉽게 들어와 나는 조금 마실 수 있었다. 다음 순서로 기철이 할머니가 바가지에 밥을 세 숟가락 넣고 물을 세 번 부은 후 밥덩이를 숟가락으로 툭툭 깬 후 물과 섞은 다음 나를 데리고 비가 부슬부슬 오고 있는 마당으로 갔다. 마당 가운데 서게 한 후, 비가 오고 있으니 땅바닥에 바로 앉으면 엉덩이가 젖을까 사람들이 드나드는 대문 방향으로 보게 한 후 꿇어앉게 했다.

그리고는 물고 있던 칼을 자기가 잡았다. 왼손에는 바가지를 잡고 오른손엔 칼을 잡은 후 막나니가 사형수 주위를 빙빙 돌 듯 내 주위를 돌면서 말했다.

"어느 귀신인지 모르지만, 물밥 잘 자시고 곱게 떨어지시오. 고운 말 할 때 가야지 안 그러면 욕보게 될 거요. 내가 이래 봬도 황해도 해주 감영에서 칼로써 밥 먹고 산 사람이었소. 곱게 말할 때 떨어져 가시오. 객귀야 물러가라, 객귀야 물러가라, 객귀야 물러가라."

 기철이 할매가 내 주위를 세 바퀴를 돈 후 바가지를 대문 쪽으로 먼저 던지고 난 후, 칼을 같은 방향으로 가볍고 자연스럽게 휙 던졌다. 그런데 나는 내 눈을 의심해야 했다. 밥이 흩어져 있는 뒤에 칼이 날아가 칼날이 바깥쪽으로 향한 채 땅에 푹 박히는 것이 아닌가. 신기에 가까웠다. 땅바닥에 떨어진 칼의 칼날이나 칼끝만 밖으로 향하면 되는데, 할매는 단 한 번에 자신 있게 칼날이 밖이 되게 그것도 땅에다 깊이 꽂은 것이다. 용하다고 소문나 있는 옆 마을의 무당 김씨는 이처럼 칼을 땅에 꽂는 것은 상상도 못 할 것이다. 던져서 칼끝이 집 밖으로만 향해도 성공인데, 그게 한 번에 안 되어 여러 차례 시도한다는 말을 들은 적이 있었다. 잠시 시간이 흐른 후 어머니가 밖으로 나가 칼과 바가지를 수습했고, 수고한 사례로 쌀을 한 되 정도 드리자 할매는 안 받겠다고 몇 번을 사양했으나, 주는 사람이 물러서지 않고 안 받으면 하신 일이 효과가 없다고 하자 고맙다는 인사를 하고 받아갔다. 객귀를 물리쳐서 그런지 곧 나는 증세가 좋아지더니 무슨 일이 있었는지 모르게 다 나았다.

 곧 겨울 방학이 되자 기철이와 나는 붙어 다니다시피 하며 공부도 하고 같이 놀았다. 그해 겨울 기온이 유독 많이 내려가고 매우 추웠다. 마을 위에 있는 저수지의 물이 오랫동안 얼은 후 녹지 않아 어른들 몰래 그곳에 가서 일본 사람의 나무 게다 같은 신발 아래 철사를 대어 만든 스케이트를 타기도 했다. 겨울 방학이 끝나갈 무렵 기철이 어머니의 부주의로 집에 불이 나서 기철이가 사는 오두막집이 모두 불타버렸다. 집이 타고 남은 잿더미를 보고 기철이 아버지와 어머니는 대성통곡을 했으나 할머니는 감정이 없는 바위처럼 침착했다.

언제 챙겼는지 할머니의 손에 칼을 싼 빨간 비단보자기를 들고 있었다. 숯검정이 묻은 옷과 일부 머리카락이 불에 그을려 있는 몰골로 울고 있는 기철이 아버지를 보며 꾸짖어 말했다.

"나라가 망해도 살아 나왔는데, 사내자식이 집이 불탔다고 아녀자처럼 징징거리며 울고 자빠졌나?"

평소 기철 아버지는 할매의 말에 거역하는 경우가 없었다. 기철 아버지가 10여 세 소년 때부터 할머니가 집에 들어와 같이 살았다고 하며, 기철 아버지는 보통 사람들이 친어머니에게 하는 것보다 더 잘했다. 마을 사람들이 십시일반 양식과 옷가지를 도와주어 금방 굶어 죽을 처지는 면했으나, 이왕 이리된 것 기철이 할머니의 용단으로 부산 근교에 아는 연고자가 있다며 그곳으로 이사를 했다.

기철이가 그곳으로 간 후 정착하자 우리는 편지를 몇 차례 주고받았으나, 중학생이 되었을 때 내가 쓴 편지에 답장이 없었고, 그 후 소식이 끊어졌다. 나중에 알았는데, 심장질환으로 갑자기 죽었다는 말을 들었다. 감수성이 예민할 그 당시 그의 죽음은 나에게 너무나 큰 충격이 아닐 수 없었다. 며칠 동안 나는 아무것도 하지 못했다. 이웃집에 사는 동생이 뇌염으로 죽었을 때보다 더 큰 충격이었다.

마을에 말단 공무원을 하기에는 너무나 아까운 사람이 호구지책으로 공무원을 하고 있었는데 아주 유식했고 세상 돌아가는 일에도 밝았다. 그가 마을 사람들과 술을 마시면 자주 하는 말이 있었다.

"기철이 할매가 우리 마을에 계속 살았다면, 그분은 살아있는 인간문화재가 될 사람이었는데, 참으로 애석한 일이야."

옆에 앉아 듣고 있던 반골 기질을 가진 뼛다기 아저씨가 듣고 기철이 할매를 멸시하는 말투로 받았다.

"우리 사회에 기생충 같은 인간이 무슨 인간문화재요?"

"아닐세, 그분은 교방청에서 춤과 노래와 장구를 정식으로 배운 예기였던 모양이야. 제대로 문화를 전수받았던 거지. 요새 정부에서 그런 분을 발굴해서 인간문화재로 보호하고 계승시키고 있다네."

무엇이든지 먼저 부정부터 하는 뼛다기 아저씨가 지지 않으려고 말했다.

"기생 문화가 무슨 쓸모가 있다고 비싼 혈세를 낭비한다 말인가? 에이 골 빈 놈들!"

자기 마음에 안 맞으면 그가 늘 들고나오는 말은 혈세였다. 그의 말을 듣고 있으면 국고란 모두 자기 혼자서 내는 세금으로 착각이 들 정도였다.

"자네는 흥이 나면 노래도 한 곡 안 하나? 자네처럼 살면 인기 있는 가수나 춤꾼들 다 굶어 죽을 거야? 너무 편협되게 그러지 말고, 한 번 왔다 가는 인생 좀 유연하게 사시게."

"무슨 말을 해도 나는 기생이 기생충 같다는 생각에는 변함이 없어."

친구 사이인 두 사람은 만나기만 하면 말다툼이 일어났고, 한 번은 술상이 날아간 적도 있었다. 그 당시 나는 두 사람이 왜 만나는지 이해하기 어려웠다. 얼마 후 나는 중학교 졸업과 함께 학업을 위해 고향을 오랫동안 떠나 있어야 했다.

대학 2학년 겨울 방학 때 스터디 동아리에 좋아하는 동생이 아버지의 회갑이라고 회원들을 그의 고향 집에 초대했다. 칠팔 명이 진주에서 시외버스를 타고 경남 고성군 상리면 면사무소 근처에서 내려 동생이 사는 마을까지 십 리 정도 되는 비포장도로를 걸어서 잔칫집으로 간 적이 있었다.

바다와 가까운 마을이었지만 강원도 내륙을 연상시킬 정도로 산으로 싸여 있었고 30여 가구 정도가 평화롭게 사는 마을이었다. 그날 우리처럼 삼삼오오 무리를 지어 산길을 걸어가는 사람들이 많이 있었다. 물어보니 모두 동생 아버지 회갑 잔치에 가는 손님들이었다. 잔칫집에 솥이 모자랄 것이라며 두 사람이 솥을 장대 가운데 매달아 한쪽을 잡고 가는 사람, 술병이나 닭을 안고 가는 사람과 이것저것 보자기에 싸서 들고 가는 사람들이 눈에 많이 들어왔다. 같이 가고 있는 학생 중에 나이가 많은 축에 들어가는 나는 길을 가는 사람들을 보고 가슴을 한 대 얻은 맞은 것처럼 부끄러움이 밀려왔다. 아무리 학생이라 하지만 우리는 모두 빈손으로 걸어가고 있었다. 하다못해 음료수나 사그마한 축하 선물 하나는 마련하는 것인데, 이게 뭐란 말인가? 학생이란 핑계를 대고 빈손으로 가는 것이 부끄러워 공연히 동행하는 손님들의 물건을 대신 들어주기도 하고 어색한 이야기를 하면서 길을 갔다.

회갑을 맞는 분의 동생이 사회에 잘되어 있고, 아들들이 효심이 지극해 잔치를 크게 연다는 것을 함께 길을 가면서 알았다. 나중에 들은 이야기지만 그날 큰 돼지 세 마리를 잡았다는 말을 동아리 동생을 통해 들었다. 이날 나의 귀를 솔깃하게 하는 이야기가 있었다.

점심 식사 후 진주검무 공연이 있다는 것이다. 회갑을 맞는 주인공의 동생이 특별히 진주검무 공연단을 초청했다는 것이다. 수년 동안 까맣게 잊고 살았는데, 고성의 산골 마을에서 검무 공연이란 말에 나는 내심 놀라움을 금할 수가 없었다. 중학교 다닐 때 학교 정문에서 남쪽으로 좀 떨어진 거리에 헌책방이 하나 있었다. 만화와 무협지를 빌려주기도 해 나는 무협지에 많은 시간을 빼앗겨 성적에 부정적 영향을 끼치기도 했다. 진주검무란 중국 무협소설에 나오는 무당파, 아미파, 화산파들처럼 검술을 전수받은 특별한 문파로 알았다. 검무에 사전 지식이 조금 있는 회원들은 전혀 관심을 가지지 않았다. 같이 간 남녀 동아리 회원들이 점심을 거나하게 먹고 벼를 베어낸 논에서 소화제로 어릴 때 한 자치기 놀이를 잠시 하다 슬슬 버스 시간에 맞추어 돌아갈 생각을 했다. 진주검무 공연을 꼭 보고 싶은 나는 혹시 공연을 못 볼까 안달이 났다. 곧 덕석이 깔린 논에 남색과 붉은색이 섞인 검무복에 붉은 띠를 맨 공연자들이 사뿐사뿐 걸어 나왔다. 인사를 한 후 장구 장단에 맞추어 칼춤을 추기 시작했다. 전투용이나 실전에 사용되는 사위를 기대했던 나는 저런 유희 같은 동작으로 어디에 써먹겠냐는 생각이 들었다. 그런데 손에 든 칼이 어디서 많이 본 듯해서 칼만 주시했다.

그랬다. 기철이 할머니가 공터에서 들고 춘 칼의 길이와 모양이 비슷했다. 그리고 보니 춤의 동작도 비슷했다. 나는 마음속으로 기철이 할머니가 해주에서 저런 춤을 추었겠구나 하는 생각이 들었다. 그런데, 기철이 할머니가 저런 유사한 춤을 춘 다음 긴 막대기 두 개를 들고 빠르고 격렬하게 춘 춤은 무엇일까? 진주검무에 장검으로 추는 춤을 기대했으나, 그런 춤은 없었다. 기철이 할머니가 앞에 춘 춤은 오늘 본 검무와 유사했다.

기철이 할머니가 뒤에 춘 춤은 바로 실전에 쓸 수 있을 것 같았는데…… 그것은 남자들의 검무였을까? 기녀들의 춤이 공연으로 인기가 좋아 기녀들을 통해 계승되었지만, 남자들의 춤은 왕조의 멸망과 함께 사라지고 말았을까? 기녀들의 검무를 좋아했던 기철 할아버지가 남성용 검무를 기철 할머니에게 전해 주었을 것 같은 생각이 자꾸 들었다. 나는 학교를 졸업하고 직장 생활을 서울서 하면서 오랫동안 검무를 잊고 살았다. 어느 날 무료를 달래기 위해 간송미술관에 갔다가 신윤복이 현장에서 정밀하게 묘사한 풍속화 〈쌍검대무〉에 장검을 든 두 기녀를 보고 이 땅에 살면서 검무를 사랑했던 한 할머니를 생각했고, 잊지 못하고 그리워하는 것이다.

동창들의 비밀 작전

봄이 되자 겨울에 얼었던 몸이 풀리는지 전날 밤에 마신 술 때문인지, 온몸이 매우 나른했다. 세상은 코로나19로 야단법석이고 일상생활은 마비될 지경이다. 학교는 개학을 했으나 학생들은 등교를 못 하고 있었고, 어느 유명 입시학원에서는 몰래 강의를 하다 확진자가 여러 명이 나와 전국적으로 매스컴을 타면서 하루아침에 악덕 업자로 전락되고 있었다. 어느 종교단체에서 확진자가 한 번에 무더기로 나오자 질병관리본부에서 보균자 동선 파악을 위해 명단을 요청했는데, 요리조리 피하며 협조하지 않아 언론의 몰매를 맞고 있다.
　잠에서 깼으나 일어나기가 싫어 눈을 감고 그냥 누워 있는데, 잘 때 머리맡에 둔 휴대폰에서 '카톡' 하는 소리가 났다. 눈은 감은 채 머리맡에 둔 폰을 손으로 더듬었다. 폰을 찾아 감각으로 눈과 동시에 폰을 열자 4월의 화창한 봄기운이 눈 안으로 가득 밀고 들어왔다. 톡방에 창원 사는 초등학교 동창 종혁이가 보낸 문자가 기다리고 있었다.

"다들 오늘 작전에 차질 없제?"

제일 먼 데서 출발하는 연미로부터 귀여운 고양이 이모티콘을 앞세우고 반응이 왔다.

"물론. 나는 숙이와 함께 가고 있다."

오늘 함께 벚꽃 구경 같이 가기로 한 연미는 대구에 살고, 미숙이는 김해에 살고 있다. 코로나 바이러스로 나라 전체가 아니 지구촌 전체가 완전히 뒤흔들리고 있었다. 숨을 못 쉴 정도로 바쁘게 돌아가던 일상이 통제로 어쩔 수 없이 속도를 줄이는 순기능 역할도 하는 것 같다.

한국전쟁이 지난 지 십여 년밖에 되지 않아 같은 마을에서 자란 친구들은 어릴 때 부모들이 근면 절약하는 것을 보고 자라면서 보이지 않는 그런 문화가 몸에 스며 있었다. 사회생활을 시작하고 중년의 나이가 될 때까지 자신이 하는 일에 충실해 나름대로 위치를 구축하고 있어 평일에 하루 정도 시간 내는 일은 어려운 일은 아니었다. 연미가 김해 사는 미숙이를 태워 함안 트라이얼 주차장에 차를 정차해 두고, 창원에서 출발하는 종혁의 차로 함안에서 합류하여 진주까지 오기로 되어 있었다. 여행 계획이 비밀 첩보작전처럼 복잡하여 실행에 정확해야 했다.

진주공설운동장 주차장에서 8시에 나와 만나기로 되어 있는데, 지금 시간은 7시가 조금 넘어가고 있었다. 진주서부디는 내 차로 이동하여 화개장터에 가서 점심을 먹고, 차는 장터 근처에 정차시킨 후 환상의 벚꽃길을 함께 걷기로 계획되어 있었다. 동창들이 어디까지 오고 있는지 위치도 궁금했고 나도 준비하고 있다는 것을 알리기 위해 톡을 날렸다.

"모두들 어디야?"

5초도 안 돼 미숙이로부터 톡이 즉각 날아왔다.

"연미와 함께 막 창원을 지난다."

5분 정도 지나자 종혁이가 반응했다.

"왔노라, 보았노라, 창원대로 벚꽃을."

종혁은 창원대로를 타고 있음을 알 수 있었다. 오늘 만나는 우리 4명은 1966년 같은 마을에서 태어난 병오년 말띠들이고 같은 초등학교와 중학교를 졸업한 동창들이다. 같은 마을에 우리 외에 다른 동창생들이 몇 명이 더 있다. 모두 함께 친목계를 모아 1년에 한 번씩 모임도 하고 작년에는 함께 동남아 여행을 다녀와 고향 마을 사람들이 듣고 대부분 부러워하기도 했으나, 보수적인 잔재가 많이 남아 있는 시골이라 중년에 접어든 남녀 동창들이 뒤섞여 3박 4일 해외로 여행을 갔다 왔다는 소리를 듣고 기겁을 하는 사람들도 있었다. 말띠 해에 태어나서 사주팔자에 모두 역마살이 끼였는지 어려서부터 어울려 돌아다니기를 좋아했다.

우리가 태어나던 해에 출생을 축하하듯 우리나라 역사에 기념이 될 만한 일이 있었다. 1966년은 최초로 승용 자동차를 만든 해였고, 차 이름은 코로나였다. 이 해는 국산 자동차 이전의 세대와 이후의 세대로 나누는 해라 우리끼리는 말띠라 하지 않고 코로나 따라 불렀다. 부모님들에 의하면 1966년 이후 10년 정도 서울이나 부산에서 직장 다니면서 고향 올 때 코로나를 타고 나타나면 출세하여 성공한 사람으로 이웃 마을까지 소문이 났다고 한다.

오늘 번개팅을 마을 친구 모두에게 알려 같이 떠날 생각도 해 보았으나, 코로나로 모임이나 대면을 극도로 자제시키는 분위기라 가까이 사는 네 명이 조용히 바람이나 쐬고 오는 것으로 축소되었다.

종혁은 모 공대를 1학년 다니다 학생운동으로 퇴교되어 창원에 자리를 잡은 후 이런저런 과정을 거쳐 그길로 자동차 정비공을 하고 있어 먹고사는 데는 아무런 이상이 없었다. 대구에 사는 연미는 작은 병원에 수간호사로 근무를 하고 있고, 김해에 사는 미숙은 학교 식당에서 영양사로 근무하고 있다.

남자 초등학교 동창들은 흔히 말하는 고추 친구들이다. 집에서 학교까지 개울 옆으로 난 오 리 길을 6년 동안 함께 다녔고, 거기서 모자라 같은 학년이 한 반밖에 안 되는 인원이라 친구들 표현을 빌리면 지겹도록 6년을 같은 반에서 보냈다. 같은 마을에 사는 동창 중 한 명을 제외하고는 초등학교와 담 하나를 경계로 등을 맞대고 있는 중학교에 수용 학생이 한 반밖에 안 되어 다시 3년을 같이 다녔다. 초등학교 때 여름이면 학교 수업을 마치고 마을로 오는 길에서 조금만 벗어나면 큰 냇가가 있어서 그곳에 가서 멱을 감고 집으로 오는 일이 자주 있었다.

어리지만 내외를 힌다고 길에서 가까운 아래쪽 수심이 조금 깊은 곳에서는 남자아이들이, 위쪽에 물이 더 맑고 수심이 조금 얕은 곳에서는 여자 동창들이 떡을 감았다. 자리 배정은 선배들이 해온 전통이라 그대로 지켜져 내려왔다. 남의 떡이 더 커 보인다고 위쪽은 나무가 몇 그루 있어 그늘이 좋았다. 자리를 바꾸려는 시도는 우리보다 몇 년 선배들이 한 적 있으나, 그때 쿠데타군들은 무참하게 진압당하고 말았다는 이야기를 들은 적이 있었다.

우리 때도 쿠데타 시도가 한 번 있었다. 그날 돌격대 남자 친구 두 명이 발 빠르게 먼저 움직였다. 부모님 세대 때 남자 선호 사상이 아직 남아 있는 지역이지만 아들 딸 선택만은 마음대로 되는 일이 아니고 하늘이 정해주는 일이라 같은 해에 태어난 남자 친구들은 다섯 명이고, 여자 친구는 여섯 명이었다. 같은 학년이 한 반뿐이라 청소나 숙제 때문에 한두 명이 늦게 따로 집으로 오는 경우가 간혹 있었지만 주로 함께 뭉쳐 다녔다. 동생이나 형들과 수업을 마치는 시간이 겹치면 간혹 섞이기도 했지만, 그들도 주로 자기 동기들끼리 몰려다녔다.

이날은 여름방학을 하는 날이었던 것으로 기억된다. 길은 경지 정리를 하기 전 산 밑으로 난 농로가 개울과 길이 평행으로 같이 가다 잠시 떨어졌다 다시 만나게 되어 있었다. 길이 꾸불꾸불하고 돌아가는 모퉁이가 있어 조금만 떨어지면 앞서가는 사람들의 모습을 볼 수가 없었고, 남자아이들이 떼를 지어 앞서가면 여자아이들이 떼를 지어 따라왔다. 이런 문화는 선배들이 해 왔고, 선배의 선배들은 아버지가 앞서가면 어머니가 조금 거리를 두고 따라 외출하는 것을 배워 자연스럽게 정착되어 있었다. 남자아이들이 두 명이 먼저 빠르게 이탈해 가자, 여자아이들은 남자아이들 사이에 안 좋은 일이 있었나 하며 대수롭지 않게 생각했을 것이다. 남자 친구들과 여자 친구들 사이에 분위기가 좋으면 보통 30m 정도 거리로 두고 다녔고, 요새처럼 수영장 장소 문제로 여론이 팽팽하게 맞서면 분위기가 서먹해져 자연스럽게 50m 이상 정도의 거리가 났다.

먼저 빠르게 걸어간 둘이 여자 동창들 수영장인 수양 버드나무 아래에 옷을 벗어놓고 물속으로 뛰어 들어가서 열대 지방에 사는 게으른 물소들처럼 물속에서 머리만 내놓고 여자아이들이 나타나기를 기다렸다. 조금 늦게 냇가에 도착한 남자 친구들은 남자 장소로 가야 할지 위쪽 여자 친구들 장소로 가야 할지 잠시 우왕좌왕하는 사이에 여자아이들이 위쪽 수영장에 도착하자 금세 난리가 났다. 여자 동창 한 명이 더 많은 것에서 오는 차이가 대단히 컸다. 일당백이라는 말이 실감 나게 했다. 입이 싼 두 명이 먼저 전쟁을 알리는 따발총을 난사하기 시작했다.

"이 새끼들 어디에 와서 물을 더럽히노? 날이 더워 더위를 처먹었나."

옆에 있던 동창도 지원 사격을 즉각 개시했다.

"이 새끼들이 돌았나? 아니면 벌써 치매에 걸렸나?"

다른 여자 동창은 남자아이들이 어른들 몰래 막걸리를 조금씩 훔쳐 먹는다는 것을 알고 비밀을 온천지에 공개라도 하는 듯 말했다.

"오늘은 벌써 낮술을 처마셨는가베?"

물이 흘러가는 냇가 안은 온통 자갈밭이지만, 둑에는 제방공사를 해 놓아 풀이 제방을 덮고 있어 돌을 찾기가 어려웠다. 누구로부터 작전 지시가 있었던 것도 아닌데, 여자 친구 세 명은 재빠르게 돌을 찾아왔고 몇 발 앞에 나서 따발총을 난사하던 여자 친구들 앞에 즉각 탄약을 지원했다. 두 따발총이 물속에서 머리만 쏘옥 내놓고 있던 햇볕에 그을린 두 마리 새까만 물소 새끼들에게 사정없이 돌을 던지기 시작했다.

물소 새끼들은 날아오는 돌멩이 포탄에 혼비백산하여 팬티를 벗어놓은 제방 쪽으로 못 나오고 물이 없는 냇가 건너편으로 도망쳤다.

그 당시 남자아이들은 모두 팬티를 벗어놓고 알몸으로 멱을 감았고, 여자아이들은 팬티를 입고 멱을 감았는데, 훗날 거머리 때문임을 알았다. 남자 동창들끼리는 고추에 점이 있는 놈, 고추 근처에 사마귀가 있는 것까지 서로 잘 알았다. 여자 동창들은 상의는 벗어놓고 전혀 변별이 안 되는 작은 젖꼭지를 모두 내놓고 멱을 감았다. 동창회를 하면 간혹 남자 동창들이 여자 동창들 젖꼭지를 다 보았다며 놀렸고, 그래서 고추 친구들과 별도로 여자 동창들을 지칭할 때는 꼭지 친구라며 우리끼리 쓰는 은어를 들이대곤 했다.

물소가 된 종혁이가 이날 급하게 도망가면서 팬티를 못 챙기고 고추를 내놓고 도망질을 했는데, 이 사건은 여자 동창들 사이에서 두고두고 입방아에 올랐다. 언젠가 동창회에서 쿠데타 때 있었던 추억을 이야기하면서 미숙이가 너스레를 떨었다.

"세상에 여자로 태어나 그날 남자 꼬추를 처음 본 날이었다."

미숙이의 말에 연미도 가만히 있지 않고 끼어들었다.

"아마 내 기억으로 좀 짧았던 것 같은데."

사방에서 돌멩이가 날아오자 아들만 사 형제 중 막내인 종혁은 두 손으로 머리를 감싸고 도망질을 했고, 3대 독자 진태는 머리보다 고추를 보호하기 위해 두 손으로 가리고 도망쳐 진태의 것은 여자 친구들에게 노출이 되지 않았다. 종혁과 그날 쿠데타군 동지였던 진태가 은근히 종혁이를 방어해 주며 자기와는 아무런 관계가 없는 남의 일처럼 말했다.

"생각해 봐라, 고추가 얼마나 놀랬겠노. 지도 살라고 머리를 꼭 꼭 숨겼겠지?"

미숙이가 다른 친구들을 보며 낄낄거리며 말했다.

"딸랑딸랑 요롱 소리를 내는 게 참 귀엽더라. 히히"

옆에 있던 여자 동창 하나가 미숙이를 보면서 말했다.

"그때부터 니 종혁이 좋아했지? 내 다 안다."

동창들 모이는 술자리에 이야기 소재가 떨어지면 이 사건은 자주 술안주로 올라오곤 했다. 중학교에 진학하면서부터는 여자 동창들은 멱 감으러 다니는 경우가 없었고, 주로 남자 동창들끼리 어울려 다녔다. 어려서부터 같이 자라고 사춘기를 지나면서 서로 좋아하는 사이도 있었고, 은근히 삼각관계와 이중 삼각관계가 형성되기도 했으나 동창끼리 결혼을 한 친구는 아무도 없었다. 모두 다른 여자를 만났고 다른 남자를 만나 결혼을 했다. 남녀 동창들은 부부도 아니고 형제도 아니지만, 도회지에서 학교 다닌 사람들은 도저히 이해할 수 없는 이럴 때는 형제나 부부 이상 차지하는

동창들의 비밀 작전 — 87

다른 영역이 있음을 알지 못한다.

　나도 가정이나 사회생활에 어려움이 생겨 여자의 상담이 필요할 때 제일 먼저 머리에 떠오르는 사람은 연미라고 할 수 있다. 새들이 높고 넓은 창공을 날기 위해 둥지를 떠나듯이 20세 정도가 되었을 때 직장을 구하기 위해, 대학 진학이나 병역 문제로 동창들은 고향을 모두 떠나야 했다.

　진주공설운동장 주차장에 종혁이의 차를 세워두고 내 차를 이용해 우리는 화개장터로 향해 출발했다. 차가 섬진강을 따라 올라가다 평사리 앞들을 지나는 길에 벚꽃이 흐드러지게 피어 있어 우리는 모두 동심으로 돌아가 환호성을 질렀다. 나는 자동차 앞뒤 문을 반 정도 열어 놓고 차를 저속으로 몰았다. 모두 탄성을 계속 질렀고, 차는 섬진강을 거슬러 벚꽃 길을 계속 달렸다. 강변에 무성한 풀은 살이 오르고 봄볕을 받아 윤기가 반질반질했다. 미풍이 불어오자 이웃끼리 부딪치며 웃고 속삭이는 소리가 들리는 듯했다.

　연미가 말했다.

　"종혁아, 오늘 니 날 참 잘 뺐다."

　쌍계사 가는 길로 벚꽃 놀이 가자는 말은 내가 먼저 꺼냈지만, 날짜 조정은 종혁이가 한 것에 대한 말이었다. 화개장터에서 점심을 먹을 계획이었으나, 시간은 아직 열 시도 되지 않았다. 일찍 출발한다고 아침을 먹지 못한 상태라 무엇이라도 먹자며 시장 안을 둘러보았다.

　평일이라 사람들이 좀 있을 줄 알았는데, 다니는 사람은 없었고 너무나 한산했다. 아예 가계 문을 안 연 곳이 많았다. 코로나가 아니라면 아무리 평일이라도 전국에서 밀려오는 관광버스로 미어터질 것인데, 조용해도 너무나 조용했다. 모두 마스크를 착용하고 다니지만, 이 비상시국에 돌아다니는 것을 부끄럽게 만들었다. 네 명이 서로 마스크를 챙겨주며 국밥집을 찾아 들어갔다. 첫 손님으로 맛있게 먹은 후 계획을 바꾸어 오늘은 차 속에서만 구경하자고 약속을 한 후 차를 천천히 몰면서 계곡을 거슬러 올라갔다.

  벚꽃 길은 환상의 터널 그 자체였다. 어떤 화가가 이 아름다운 자연의 모습을 만 분의 일이라도 표현하고, 어떤 사진작가가 이 아름다운 모습을 카메라로 잡을 수 있을까? 옆으로 보이는 개울에는 손으로 퍼서 마시고 싶은 지리산 맑은 물이 깨끗한 바위틈으로 흘러가고 있었다. 초등학교 때 자주 불렀던 '고향의 봄' 하춘화의 '하동포구 아가씨' 등을 폰 노래방으로 불렀다. 노래방이 유행하기 전 동창들끼리 모여 노래 부르면 놀 때 누군가 하동포구 아가씨를 부르면 자동으로 따라 나오는 곡이 '흑산동 아가씨'와 '동백 아가씨'가 있고, 누군가 강에 대한 노래를 부르면 '소양강 처녀', '두만강', '저 강은 알고 있다', '처녀 뱃사공' 등이 자연스럽게 따라 나왔다.

  오늘도 차 속에서 몇 곡 부르며 벚꽃 길로 접어들은 지 얼마 지나지 않아 연미의 폰에서 까톡하는 소리가 들려왔다. 종혁이가 짜증을 내며 말했다.

  "이 분위기 좋은 시국에, 아니 누가 폰을 안 껐노?"

  연미가 삭은 핸드백을 열고 폰을 끼내면서 미안해하는 표정으로 말했다.

"내다."

뒷자리에 연미와 같이 앉은 미숙이가 자기 폰을 꺼내 무음으로 한 후에 연미 폰을 넘어다보면서 말했다.

"너그 큰아들이가?"

동창들끼리 쓰는 은어로 큰아들은 남편으로 통했다. 연미는 노안이 빨리 왔는지 폰을 약간 앞으로 밀면서 보다가 화들짝 놀라며 나에게 말했다.

"친구야, 차 좀 돌려라. 빨리 대구로 돌아가야겠다. 큰일이 났다."

내가 고개를 조금 뒤로 돌리며 물었다.

"무슨 일인데?"

연미는 간호학과를 졸업하고 큰 병원 외과에 근무한 적이 있어 여자치고 담대한 동창으로 인정받고 있었다. 교통사고로 엉망이 된 환자가 앰뷸런스에 실려 병원으로 오면 뼈가 박살이 나 이리저리 뒤섞여 있고 피가 터져 나와 비릿하고 역겹지만 침착하게 외과 의사를 도와 대수술을 오랫동안 하면서 자신도 모르게 배짱이 생겼다는 말을 한 적이 있었다. 지금은 작은 병원에 수간호사로 근무하고 있고 여간한 일에는 눈도 한번 깜박 안 하고 침착한데, 오늘은 크게 당황하고 있었다. 폰으로 들어온 문자를 다시 읽은 후 말했다.

"어제 중국에서 돌아온 딸이 자가 격리 중이었는데, 확진 판정을 받았다."

조수석에서 듣고 있던 종혁이가 평소 쓰는 말투로 말했다.

"아, 좆 됐네."

도로가 조금 넓고 한적한 곳이 있어 내가 차를 돌리는데, 미숙이가 종혁의 말투에 그냥 넘어가지 않고 한마디 했다.

"니는 낼모래 사위 볼 놈이 말투가 그게 뭐꼬?"

종혁이 웃으며 말했다.

"그럼 내 것으로 욕해야지, 니꺼 빌려서 욕할까?"

심각해 있던 연미가 어이가 없는지 웃으며 말했다.

"둘이 지금 불난 집에 부채질 하는기가?"

화개장터에서 벚꽃 길에 접어들다 말고 왔던 길로 되돌아가야 했다. 여장부로 통하는 연미가 딸이 확진 판단을 받았다는 그 말 한마디에 풀이 완전히 죽어 버렸다. 내가 연미에게 물었다.

"집으로 돌아간들 무슨 뽀족한 수가 있나?"

"마음이 안 편한데, 무슨 여행을 하겠노?"

연미의 남편한테 다시 전화가 걸려왔다.

"딸내미한테 전화 왔드나?"

"응, 막 톡으로 문자 들어왔다."

"지금 어디고?"

"제주도."

"간호학과 동창들하고 섬진강 벚꽃 구경 간다 안 했나?"

"맞다."

"그런데, 왜 제주도고?"

"의심하는 투로 말하니까. 그라제."

"빨리 돌아 오이라."

"가고 있다."

군살이라고는 없는 간결한 두 사람의 말이 끝나자 차 속은 한참 동안 침묵이 흘렀다. 올 때는 노래도 부르고 즐거웠던 분위기가 얼음처럼 싸늘하게 가라앉아 있었다. 섬진강을 따라 한 십 리 정도 내려오는데 내 폰에서 까톡까톡하는 소리가 연방 겹쳐서 났다. 찹찹하게 얼어 있는 분위기도 바꾸고 톡도 확인할 겸 전망이 좋은 도로변에 차를 세우면서 말했다.

"좀 쉬었다 가자."

모두 차 밖으로 나왔다. 모두 크게 기지개를 몇 번 편 후 허리 운동을 했고, 종혁은 오리걸음으로 몇 걸음 걷다가 앉았다 일어서기 운동을 반복하고 있었다.

톡에는 직장동료, 동아리, 고등학교 때 친구들로부터 코로나에는 어떤 음식이 좋은지, 초기 증세가 어떠한지 대비는 어떻게 해야 하는지 온통 코로나와 관계된 정보들이 들어와 있었다. 같은 마을에서 자란 초등학교 동창 진태가 보낸 톡을 열어 보았다. 눈이 번쩍하고 충격적인 내용이 기다리고 있었다.

"친구야 큰일 났다. 정수가 코로나 확진을 받았다."

망치로 머리를 한 대 맞은 것처럼 핑 돌았다. 정수는 신학대학을 나와 대구 근교에서 개척교회 목사를 하는 친구다. 나와 정수는 장남이고 어머니가 아직 고향에 살고 있어 고향 가면 가장 만날 확률이 높다. 지난 3월 말 일요일 고향에 농사일을 도와주러 갔다가 마을 앞 길가에서 만나 정자나무 아래에서 20분 정도 이야기를 나눈 후 헤어졌던 친구다. 다른 친구라면 그날 시간 내어 막걸리라도 한잔 나누어 마실 시간을 가졌을 텐데, 그는 목사가 된 이후 술은 일체 입에 대지 않았고, 사는 방식이 달라 다른 동창들보다 조금 서먹한 편이다. 만약 정수가 확진자라면? 아니 확진자라 하는데……?

그야말로 큰일 났다는 생각이 들었다. 톡을 읽은 후 내 인상이 심각하게 변하는 것을 보고 연미가 다가와 물었다.

"무슨 일이고?"

최대한 침착하게 답했다.

"우리 목사님, 정수가 확진자에 당선되었단다."

강 건너편에 끝이 안 보일 정도로 강변을 따라 벚꽃이 만발해 있었다. 굽이쳐 흐르는 아름다운 섬진강 풍경에 빠져 있던 미숙이가 종혁을 바라보며 태연한 말투로 내뱉었다.

"진짜가? 정말 좆 됐네!"

나와 연미가 크게 웃었고, 종아리 운동한다고 오리걸음을 하고 있던 종혁이가 용수철처럼 튀어 오르며 말했다.

"야 이, 가스나야 욕할라모, 남의 것 빌리지 말고 니꺼 가지고 해라."

연미가 근심 어린 표정으로 나를 쳐다보며 물었다.

"참 아까, 너 며칠 전에 정수 만났다 안 했나?"

"응, 일요일이니까 삼 일 전이네?"

종혁이가 나를 바라보면서 말했다.

"그러면 너도 검진을……? 받아야 되는 것 아이가?"

우리 일행은 모두 갑자기 날벼락을 맞은 신세가 되었다. 어떻게 해야 할지 몰라 잠시 우왕좌왕했다. 간호사를 하는 연미가 말했다.

"우선 진주보건소에 전화해서 검진받으러 간다 해라."

진짜 엿 됐다는 생각이 들었다. 연미에게 물었다.

"보건소 가서 동선 체크하면 오늘 우리 만난 것 다 이야기해야 되제?"

죄지은 것은 없지만, 몰래 여자 동창하고 놀러 간 것을 세상에 다 까발리면 우선 색안경부터 끼고 볼 것이고… 요즘 아이들 말로 쪽 다 팔았다는 생각이 들었다. 연미가 조금 퉁명하게 말했다.

"당연하지."

내가 미숙이를 보면서 말했다.

"오늘 니는 너거 큰아들한테 어디 간다하고 나왔노?"

"오늘 평일인데 말은 뭐 한다고 하노? 근무하는 척하고 그냥 나왔지 뭐. 그라고 이 연세에 일일이 다 보고해야 하나? 그건 그렇고…..아씨, 진짜 전국에 쪽 다 팔리겠네."

미숙이가 나를 보면서 물었다.

"그러면 니는 너거 작은 엄마한테 뭐라 하고 나왔노?"

미숙이가 말하는 작은 엄마는 여자 동창들이 남자 동창들의 마누라를 지칭하는 말이다.

"업무차 하동 갈 거고 조금 늦을 수 있다고 했다."

평일에 만남은 구차한 설명이 없어서 좋긴 한데, 오늘 일은 아무래도 문제가 좀 확대될 것 같은 예감이 들었다. 소태 씹은 표정으로 종혁이가 나를 보면서 말했다.

"쪽팔리는 것은 다음 문제고, 사느냐 죽느냐 하는 문제다. 빨리 진주보건소에 전화부터 해라."

내가 운전석으로 걸어가면서 말했다.

"일단 모두 타라. 가면서 조금 생각해 보고 진주 근처에 가서 전화할게."

내가 운전대를 잡자 종혁이가 마스크를 손가락으로 가리키며 말했다.

"야 저기 벗어놓은 것부터 먼저 써라."

운전대 앞 유리창 아래 벗어놓은 마스크를 나는 아무런 대꾸도 하지 않고 썼다. 종혁은 바지 뒤 포켓에 아무렇게 넣어 놓은 마스크를 꺼내면서 뒷좌석에 있는 여자 동창들에게도 말했다.

"가스나들아, 지금부터 전투다. 빨리 마스크를 쓴다. 실시."

미숙이는 대학 때 강성 운동권은 아니었으나 닭장차도 여러 번 타고 구류도 살았지만, 졸업은 간신히 할 수 있었다. 대학 초년 때 많은 시간을 아스팔트 위에서 보낸 세대들이라 마스크의 위력은 말을 안 해도 온몸으로 체득하고 있었다. 사방에서 최루탄이 터지면 투명 셀로판 마스크를 쓴 사람과 안 쓴 사람이 받는 고통은 천양지차였다는 것이 생각났다. 1980년대 중반에 최루탄 공장이나 셀로판 공장을 한 사람이라면 운동권 학생들 도움으로 돈을 좀 만졌을 것이라는 생각이 들었다. 모두가 마스크를 착용하자 마스크 때문에 불편해서인지 분위기 때문인지 차 속에 침묵이 흘렀다. 섬진강 강변길이 끝나고 도심으로 들어가는 길로 접어들었을 때, 내가 미숙이에게 말했다.

"미숙아, 정수의 상태가 많이 심각한지 톡 한번 날려봐라."

미숙이 손사래를 치며 거부했다.

"불난 집에 휘발유 뿌리라는 말이가? 나는 안 할란다."

미숙이를 달래면서 말했다.

"그냥 모른 척하고 안부를 물어보면서 낌새를 파악하면 되지 않겠나?"

미숙은 조금 생각하더니 폰을 꺼냈다. 그리고는 손가락으로 문자를 찍는 모습이 거울로 보였다. 조금 있다가 이렇게 보내면 되겠나 하고 크게 읽은 후 친구들에게 자문을 구했다.

"친구야 잘 지내나? 네가 매일 보내주는 감동적인 글 잘 읽고 있다. 요즘 코로나가 교회를 중심으로 퍼지고 있어 조금 걱정이 되어 안부 겸 문자를 보낸다. 너희 교회에서는 아무런 이상이 없제? 너도 잘 있고?"

정수는 동창들에게 매일 아침 365일 중에 며칠 안 빠지고 좋은 글이라고 보내는데, 그 글을 받는 동창들은 거의 고문을 받는 수준에 가까웠다. 바로 대놓고 보내지 말라고 할 수도 없고, 그가 없을 때 친구들끼리 이것도 화제가 되었다.

종혁이가 차창 밖을 보면서 착 가라앉은 분위기를 깨기라도 하듯 말했다.

"코로나 세대로 태어난 우리 중에 정수가 제일 먼저 코로나 타고 고향 가는 것 아니가?"

연미가 약간 노기가 섞인 말투로 종혁이의 말을 단호하게 잘

랐다.

"야, 너 재수 없는 말 고만해라. 말이 씨가 되는 수가 있다."

진주공설운동장 주차장 근처에 왔을 때 미숙의 폰에서 까톡 하는 소리가 나자 즉각 미숙이가 폰을 꺼냈고, 모두 궁금한 눈초리로 미숙의 표정을 읽었다. 미숙의 굼뜬 동작에 연미가 갑갑한지 불만을 터트렸다.

"가스나야 빨리 읽어봐라, 갑갑해서 죽겠다."

나도 한 마디 도왔다.

"연미가 자궁이 매우 답답하시단다. 시원해지게 빨리 읽어봐라."

미숙이 웃음을 못 참고 낄낄거리며 폰을 들면서 말했다.

"그 말 들으니 갑자기 내가 가려워지네."

웃음을 간신히 참으면서 미숙이 크게 읽었다.

"친구야 고맙다. 평소 마누라에게 고생을 너무 많이 시켜 오늘 함께 여행하고 있다. 니도 잘 지내제? 끝."

물론 마지막 끝은 미숙이가 다 읽었다는 소리이다. 뭔가 좀 이상하다는 생각이 들었다. 듣고 있는 연미가 고개를 갸우뚱거리며 미숙에게 말했다.

"한 번 더 보내 봐라. 지금 어딘지?"

미숙이도 맞장구를 쳤다.

"그래, 좀 이상타."

미숙은 빠르게 몇 자 찍고는 크게 읽었다.

"부부가 같이 다니니 보기 좋고, 잘 지낸디니 고맙구나. 마나님께 안부 좀 전해주고. 그리고 어디 좋은 곳으로 갔노? 나도 한번 갈라고."

몇 초 지나자 미숙의 폰에서 까톡하는 소리가 났다. 미숙은 빠르게 문자를 크게 읽었다.

"화개장터에서 점심으로 국밥 먹고 있다. 옆에 마누라에게 안부 전하니 고맙단다. 점심 식사 끝나면 쌍계사 계곡과 벽소령 입구까지 갔다 오려고 한다. 니도 시간 나면 이쪽으로 드라이버 한번 해봐. 벚꽃 길이 너무 좋다. 강추."

미숙이가 크게 내뱉은 말은

"지랄하네. 뭐, 쌍계사 계곡에 갔다고…?"

종혁이는 박장대소를 하며 크게 외쳤다.

"아흐, 씨팔 닝기리. 또, 진태한테 속았다."

나는 차를 주차장에 정차시켰고, 조수석의 종혁이가 연미를 돌아보며 말했다.

"진태한테 니가 톡 한번 보내 봐라"

"뭐라 보내꼬?"

"정수하고 연락 잘하고 지내는지 함 물어 봐라. 지난번 모임 때 진태가 카톡으로 문자 너무 많이 보낸다고 말해, 서운한 감정을 가지고 헤어졌잖아? 그 후 두 사람 괜찮은지 모르겠다."

연미는 무슨 말인지 알아듣고 문자를 찍기 시작하더니 보냈다.

5분 정도 있다가 연미의 톡에서 소리가 났다. 연미가 마스크를 벗어 핸드백에 넣은 후 크게 읽었다.

"히히 진주에 있는 억만이한테 문자 왔던가베. 너 보고 한번 알아보라고 하제. 안 봐도 삼천리다. 오늘이 만우절 아이가. 정수 코로나 걸렸다고 내가 문자 보내놓고 반응을 기다리고 있다. 히히."

이번에는 미숙이가 박수를 치며 말했다.

"세상에 믿을 놈, 믿을 년 없다. 너거 딸내미한테도 진짠지 톡 한 번 날려봐라."

연미가 톡으로 문자를 찍으려고 하는 찰나. 갑자기 연미의 전화벨이 터졌다.

"청춘~을 돌~~려다오~~ 젊~음을~~"

연미가 자신의 긴 검지 손가락으로 입술을 누르며 말했다.

"우리 큰아들이다. 모두들 조용히 좀 해라."

우리는 모두 입을 다물고 쥐 죽은 듯이 조용히 있자 연미가 전화를 받았다.

연미의 전화기를 통해 목소리가 들려왔다.

"오고 있나?"

"응 가고 있다. 아는?"

"119에 실려 B 병원 5백 모 실에 입원 격리되었다네."

"면회가 되는가?"

"접근 자체가 통제란다. 자기 간호사 맞나?"

연미의 얼굴에 어두운 그림자가 지나갔다. 힘없이 전화를 끊으면서 말했다.

"알것다."

연미 딸의 확진은 장난이 아니고 정말인 것 같았다. 미숙이가 연미를 위로하는 말을 했다.

"만우절 날 장난 문자였다면 얼마나 좋겠나? 우리나라 의료 시스템이 좋아 딸내미 걱정은 크게 안 해도 될끼다."

종혁이도 미숙이를 이어 위로의 말을 했다.

"아직 백신은 없지만, 그래도 의술이 좋아 걱정은 안 해도 될 거야. 우리 여장부 파이팅!"

나도 연미를 위로했다.

"니가 간호사라 더 잘 알겠지만, 딸내미는 지금 피 끓는 청춘이라 금방 회복할 거다. 크게 걱정하지 마."

연미의 폰에서 또 소리가 터졌다. 연미가 톡을 읽자 미숙이가 물었다.

"이번에는 또 누고?"

연미가 눈으로는 톡을 읽으면서 미숙이에게 말했다.

"병원에서 빨리 복귀하란다. 요즘 동네 병원도 다 비상이다. 의료 인력이 딸리는 판이다."

나는 진주공설운동장 주차장에서 동창들과 작별 인사를 했고, 세 명은 왔던 길로 돌아가기 위해 종혁의 차로 옮겨 탔다. 막간을 이용해 재충전 좀 하자는 모임이 보이지도 볼 수도 없는 코로나바이러스로 엉망이 되고 말았다. 대한민국 코로나 세대들이 코로나 바이러스에게 완전히 농락당한 하루였다.

우리의 부장님

설이 막 지난 2월 중순 새벽 일곱 시, 어두움은 아직 남아 있고 날씨는 쌀쌀했다. 하나둘 하품을 하며 숙소에서 일어난 노동자들이 차가운 공기를 가르며 운동장으로 꾸역꾸역 모여들었다. 그들의 천근같이 무거운 몸은 아직 남아 있는 새벽의 어둠만큼 잠이 모자랐고 따뜻한 이불 속이 그리웠다. 지친 노동자들은 하루 정도 공쳐도 좋으니 제발 비나 때늦은 눈이라도 펑펑 쏟아지기를 간절히 소망했으나, 하늘에서 전혀 응답이 없었고 가뭄만 계속되고 있었다.

함안-진주 간 복선 철도공사 현장에 투입될 노동자들은 굳은 몸을 풀고 정신무장을 위해 젊은 여인의 젖가슴같이 묘하게 생긴 장구산 기슭에 자리 잡은 운동장에 도열하기 시작했다. 평소 같으면 바로 카세트테이프가 작동되고 음악에 맞추어 체조에 들어갈 텐데, 오늘은 50대 중반의 김 사장이 이마빡에 주름살로 찌그러진 상사 계급장을 달고 앞으로 걸어 나왔다.

"어이 심 부장, 앞으로 나와!"

열 외로 한쪽 옆에 서 있던 심 부장은 새벽 1시까지 노래방에서 마신 술기운이 덜 깬 채 사장이 부르는 소리를 못 듣고 약간 까칠하고 초췌한 모습으로 연신 하품을 해대고 있었다. 그는 어젯밤 노래방에서 도우미가 인사주라며 권하는 계곡주를 마신 후 안주로 도우미의 빨간 유두를 쪼옥 소리가 나게 빤 기억을 하며 혼자 열쩍게 웃고 있었다. 사장이 빽 다시 고함을 질렀고 누군가 옆구리를 쿡 찌르면서 부른다는 암시를 하자 심 부장은 그때야 사태 파악을 하고 앞으로 반사적으로 튀어 나갔다. 앞으로 나오는 심 부장을 보면서 사장이 말했다.

"니가 사장이야."

뚱딴지같은 사장의 말에 심 부장은 무슨 뜻인지 감을 못 잡고 사장 앞에 멍하게 서 있다.

"······."

사장은 다시 한번 호통을 쳤다.

"심 부장, 니가 사장이냐구?"

심 부장이란 호칭에 다른 업체 몇 명이 조소 섞인 웃음으로 낄낄거리는 소리가 들려왔다. 사장이 호통을 치고 있었지만, 심 부장은 사장으로부터 자신이 부장으로 불리자 왠지 기분이 좋았다. 50대 초반인 심 부장은 회사로부터 **부장에 명한다는 임명장을 받고 부장이 된 사람이 아니었다. 심 부장이 속한 회사는 60여 명의 노동자가 속해 있는 경전선 복선 공사 여러 하층업체 중 한 곳으로 사장 아래 부장은 없고 과장이 두 사람이 있었는데, 사장과 한 명의 과장은 공대 토목과 출신이고 다른 한 명의 과장은 경영대 경영학과 출신이었지만, 심 부장은 시골 오지에 있는 졸업장이 인정되지 않는 공민 중학교 2학년 중퇴가 그의 최종 학력이었다.

심 부장이 어리둥절한 모습으로 서 있자 사장이 본심을 드러내는 말을 했다.
"야 임마, 누구 마음대로 조퇴를 시키고 그래?"
그때야 심 부장은 사장의 마음이 꼬인 이유를 알아차렸다.
"김 씨가 과로에 고열이라 참사랑 병원에 가서 링거를 맞은 후 들어온다기에 그냥 숙소에 가서 푹 쉬어라 했습니다."
한 달에 한두 번 쉬고 토요일 일요일도 없이 강행군하는 공사라 몸살감기를 하는 노동자들이 빈번하게 생기고 있었다. 김 씨가 병원에 간 것은 과장을 통해 보고가 되어 사장은 알고 있었다. 사장이 불쾌하게 생각하는 것은 노동자들이 어려운 일이 생기면 회사에는 엄연히 체계와 계통이 있는데 과장과 사장보다 너도나도 심 부장을 찾고 의지하는 것이 은근히 못마땅했다.
오늘 김 씨 문제도 그런 면이 있었다. 이날 병원에서 링거를 맞은 김 씨가 병원에서 심 부장에게 전화를 걸었다.
"부장님, 전데요."
휴대폰을 꺼낸 든 심 부장이 휴대폰에 뜨는 김 씨 이름을 확인했다.

"그래, 괜찮냐?"

"주사와 영양제를 맞았고요. 휴식을 취하면 나을 거라 했습니다. 우선 현장으로 들어갈까요?"

"퇴근 시간이 두 시간 남았네, 오늘은 그냥 숙소에 가서 푹 쉬어라."

"그래도 될까요? 혹시 문제가 생기면, 어쩌죠?"

"내가 뒤처리할 테니까, 걱정 말어."

"부장님, 그럼 믿고 바로 퇴근하겠습니다."

"그래, 알았어."

이리하여 김 씨는 병원에서 바로 퇴근을 하려고 했다. 여기까지는 좋았는데, 공교롭게 사장도 과로로 병원에 들렀다가 같은 유니폼을 입고 있는 김 씨를 병원 입구에서 만났다. 2년 동안 함께 일을 해 사장은 김 씨 얼굴을 기억하고 있었고, 김 씨도 사장을 금방 알아보고 반갑게 인사를 했다.

"사장님은 여기 웬일이세요?"

"나도 과론가 봐. 온 만신이 쑤시고 아파."

"올해는 왜 이리 가무는지 모르겠어요. 비라도 오면 좀 쉴텐데."

"그러게 말이야. 자넨 치료를 다 받았나?"

"네. 주사와 영양제 맞고 조금 쉬었더니 좀 살 것 같습니다."

"그래, 오후엔 작업장이 어디지?"

"심 부장님이 오늘 오후는 푹 쉬라 해서 숙소로 갑니다."

사장은 순간적으로 어이가 없었다.

"뭐, 심 부장이 지네에게 퇴근하라 했다고?"

"네……?"

"심 부장이 사장이냐? 자기 멋대로 하게."

김 씨는 어떻게 해야 할지 판단이 서지 않아 가던 걸음을 멈추고 어정쩡하게 서 있자, 경과야 어찌 되었던지 사장의 머리에 부장의 체면은 세워주어야겠다는 생각이 스쳐 갔다. 김 씨가 다시 사장에게 물었다.

"사장님, 어떻게 할까요……?"

"뭘 어떻게 해, 부장이 그렇게 시켰으면 그렇게 해."

사장이 생각해도 심 부장 문제는 참 웃기는 일이었다. 사장 휘하에 노동자들은 철근반, 목수반, 콘크리트반으로 나누어져 있고, 한 반에 20여 명 내외의 노동자가 소속되어 있었다. 같은 사장 밑에 일하면서도 일 문제로 다른 반과 아옹다옹 싸우는 일이 자주 일어났고, 한 달 전에는 철근반과 목수반이 사소한 문제로 다투다 철근반 전원이 빠져나가 공사 일정에 큰 지장을 주기도 했다.

평소에는 자기 반원끼리 싸우다가도 다른 반과 갈등이 생기면 금세 뭉쳐 자기 반을 편들어 패싸움이 일어나는 경우가 허다했다. 사장이 처음 심 부장을 만났을 때 성격이 원만하고 좋은 것 같아 3개 반을 돌면서 장비가 필요하면 읍에 나가 장비를 대여해 오고, 고장 난 장비가 있으면 수리를 해다 주는 일과 무엇보다 중요한 것은 60여 명분의 중참을 오전과 오후 두 번 정해진 시간에 조달해 주는 일을 시켰다.

사소하다고 볼 수 있는 일들이었지만, 심 씨의 일 처리는 감탄을 자아내게 했다. 고장이 빈번한 장비는 아예 차에 대기시켜 놓고 있었고, 수리 센터에서 수리하는 것을 어깨너머로 한번 보면 거의 수리가 가능했다. 중참 배식을 한 지 며칠 되지 않아 60여 명의 입맛을 파악하고 같은 부식비 안에서 융통성을 발휘해 개개인의 비위를 잘 맞추어 주자 가는 곳마다 현장에서 인기가 좋았다. 인원수가 비슷한 하층 업체가 몇 개 있었는데, 모두 정규 대학을 나온 부장들이 있었으나 심 씨가 소속된 업체에서만 부장이 없는 것에 은근히 열등의식을 가지고 있던 노동자들이 어느 날부터 심 씨를 자신의 부장이라며 심 부장님으로 부르기 시작했다.

3개 반끼리 의견 일치가 잘 안 되는 일이 많았으나, 심 부장에 대한 호칭만은 만장일치가 되어 모두 '우리 부장님'으로 부르기 시작했고, 흰색 헬멧을 쓴 심 부장이 은색 무소 지프차를 타고 작업장 아래로 지나가기라도 하면 노동자들은 손을 흔들며 부장님을 환호했다. 읍에 있는 웬만한 노래방에서는 심 부장의 이름을 대면 외상이 되었고, 빈 주머니로 나가 마음만 먹으면 돈만 밝히는 작부와 받을 의지도 갚을 생각도 없는 외상 O×을 식은 죽 먹기보다 더 쉽게 하고 다니는 것이 그였다.

사장은 현장 노동자들이 모두 심 부장으로 부르는 것을 알고 처음에는 불쾌하고 황당했지만, 그렇다고 부장 월급을 주는 것도 아니고 해서 모르는 척하며 그냥 두었다. 진료를 받기 위해 의사 앞에 앉은 사장이 심 부장을 생각하면서 혼자 히죽히죽거리고 있자 의사가 물었다.

"좋은 일이 있는 모양이지요?"

"아, 네."

사장은 진료를 받으면서 심 부장 생각에 미치자 웃음이 절로 나왔다. 사실 그와 처음 만날 때부터 좋은 인상만 있은 것은 아니었다. 몸이 피곤하거나 생각할 문제가 있으면 사장은 군북면 동촌에 있는 한적한 느티나무 아래에 휴식을 취하러 자주 갔는데, 어느 날 오후 함안면 광정으로 넘어가면서 그날도 습관이 되어 느티나무를 찾았다. 심 씨에게 일을 시킨 지 얼마 되지 않은 날이었는데, 반성 쪽에 있어야 할 심 씨가 느티나무 아래에서 낮잠을 자고 있었다. 사장의 눈에 번갯불이 일어났고, 그 자리에서 엉덩이 차서 깨운 후 당장 해고시키고 싶었으나, 한 번만 참기로 하고 앞으로 그를 유심히 지켜보기로 마음먹었다. 그 후 사장은 느낀 바 있어 느티나무를 다시는 찾지 않았다. 공사는 작년 여름부터 작업 진도가 빠르게 진행되었고, 추석 휴가를 갈 무렵에 철근과 같은 많은 건설 자재들이 도착해 수 km 노지 여기저기에 깔아 놓은 채 노동자들은 추석을 보내기 위해 고향으로 떠나야 했다.

사장도 가족들이 있는 서울로 가기는 가야 하겠는데 걱정이 태산 같았다. 이때 사장의 머리에 심 부장이 떠올랐다. 해결하기 어려운 문제가 생기면 심 부장을 찾고 의지하는 마음이 언제부터인가 사장에게도 생겨 있었다. 사장이 부르자 심 부장이 사무실로 들어왔다.

"심 부장도 고향에 가야겠지?"

사장의 마음을 꿰뚫고 있는 심 부장이었다.

"여기 현장은 제가 남아 지킬 테니, 염려하지 마시고 다녀오십시오."

　사장과 직원들이 모두 고향이나 가족들이 있는 곳으로 돌아가 추석 휴가를 즐기고 있을 때, 공사구역인 진주-함안 지역에 많은 비가 내렸다. 휴가를 반납한 심 부장은 새벽부터 혼자서 이리저리 뛰어다니며 천막이 바람에 날려 비를 맞고 있는 자재는 다시 덮고, 교각을 세우기 위해 파헤친 웅덩이에 고인 물을 양수기로 며칠 동안 퍼내기도 했으며, 무너지는 흙더미에 차의 보닛이 완전히 망가지는 등 손해와 고생이 많았다는 것을 사장은 누구보다 잘 알고 있었다.

　병원에서 영양제를 맞고 기운을 차린 사장은 퇴근 때 심 부장을 오대양 횟집으로 불러 먼저 위로를 한 후 멋대로 노동자들을 조퇴 퇴근시키는 것에 주의 주고 타일렀으나, 심 부장은 건성으로만 듣는 척하고 마음으로 받아들이는 것 같지가 않았다. 심 부장의 주장은 김 씨의 경우 현장에 왔다 갔다 하는 시간과 현장에 도착해 작업을 준비하는데 드는 시간이 1시간 이상 소요되기 때문에 차라리 그 시간에 푹 쉬는 것이 낫다며 자신의 의견을 굽히지 않았다.

　사장은 심 부장을 설득하는 것을 포기하고 다른 화제로 이야기를 나누고 술을 마신 후 두 사람은 2차로 노래방까지 갔다. 고등학교 갈 나이에 부산으로 내려가 밤무대에서 노래를 불렀다는 심 부장이 애절한 노래를 한 곡조 뽑으면 도우미의 치마 속 지프는 반쯤 내려가기가 일쑤였다.

　심 부장에게 나름대로 개똥철학이 있었다. 남자는 인체의 구조와 생리적으로 여자를 즐겁게 해주기 위해 태어난 존재이며, 남자가 여자에게 하는 일은 전적으로 봉사 내지는 서비스 업종이기 때문에 의무에 충실해야 한다는 게 그의 지론이고 이론이었다. 손님에게 서비스를 거절해도 안 되고 절대로 강요해서도 안 되며, 만약 서비스가 필요한 경우 잘생기고 못생기고를 따지는 것은 천리를 거역하는 대역죄란 것이 그가 술을 마시며 늘 하는 헛소리이기도 했다.

심 부장이 멋대로 조퇴시키고 퇴근시키는 습관은 회사를 위해 확실하게 짚고 넘어가지 않으면 안 되겠다는 결심을 한 사장은 조례 때 계획적으로 이 문제를 꺼낸 것이다. 사장은 많은 노동자들이 들을 수 있게 심 부장을 향해 크게 소리쳤다.

"멋대로 조퇴 퇴근시키려면 심 부장 니가 사장해."

땅딸하고 다부진 사장이 말을 내뱉을 때마다 찬 기운으로 인해 입에서 뭉툭뭉툭 나오는 입김은 마치 증기 기관차가 달리면서 굉음을 낼 때 함께 뿜는 증기처럼 힘 있게 보였다. 60여 명의 직원 앞에서 아침부터 사장에게 불려 나가 깨지자 심 부장은 배신감을 느꼈다. 어젯밤 아니 불과 몇 시간 전까지 형님 동생 동서라 부르면서 서로 안주까지 바꾸어가며 먹고 할 때는 언제고, 이렇게 여러 사람 앞에 불러내어 배신을 때리다니……. 심 부장은 얼근해진 술기운이 마치 새벽의 어두움이 아침이 되면 완전히 사라지듯 머리 안이 깨끗하게 되었으나, 새벽에 급하게 먹은 라면 면발이 모두 회충으로 살아난 듯 온 속이 뒤틀리고 요동을 치기 시작했다. 기분을 잡친 심 부장은 체조 시간에 음악이 아닌 자신이 내뱉는 "니기미"에 맞추어 마치 꿈틀거리는 연체동물처럼 체조하는 흉내만 내다가 작업현장으로 이동하기 위해 차 쪽으로 갔다. 앞서가던 사장이 심 부장을 뒤돌아본 후 표정을 살피며 말했다.

"왜 입안이 떫냐?"

"쓰네요."

"야, 임마 니 멋대로 직원들 조퇴 퇴근시키는 버릇은 고쳐."

심 부장은 약간 튀듯 말했다.

"알고 보면 그게 싸게 먹힌다니까요."

"공사 현장이 무슨 고스톱판이냐? 싸게 먹히게."

경선전 복선 공사는 노동자들의 많은 사연을 쌓으며 하루가 다르게 진척되어 갔다. 사월 초에 폭설이 내리자 하늘의 은총이라며 노동자들은 며칠을 푹 쉬는 소원 성취를 이루었고, 몇 차례 비가 오는가 싶더니 곧 여름이 왔다. 심 부장이 속한 회사의 공사는 3년 수개월 만에 수주한 공사가 모두 끝이 났다. 사장은 작업반장 과장 부장을 위해 마련한 회식 자리에서 술잔을 높이 들면서 입을 열었다.

"여러분 그동안 고생 많았소. 여러분 덕택에 계약 시간 안에 우리가 해야 할 공사를 마무리했고, 특히 심 부장이 있어 매우 즐거웠소."

사장과 마주 앉아 있던 심 부장도 헤어짐이 아쉬웠다.

"저도 저를 알아주는 사장님이 있어 즐거웠습니다."

사장이 흰 봉투를 하나 꺼내면서 말했다.

"말만 부장이었지 사실상 반장 월급이었는데, 이것은 마지막 달 부장 월급이니 자 받으시오."

반장과 과장들이 크게 박수를 치고 술잔을 권하며 축하를 하자, 심 부장은 봉투를 챙기면서 쑥스러워했다. 사장이 심 부장을 보며 말했다.

"다음 달 우리는 다른 공사판으로 옮겨 갈 것이오. 심 부장도 부장으로 함께 가는 것이 어떻겠소."

"사장님 참 고맙습니다만, 저는 함안에 그냥 남겠습니다."

"다른 일자리를 구했나?"

"아닙니다. 저는 그냥 사람들이 좋고 일하는 것이 좋아 즐기러 다닌 것입니다."

"심 부장은 머리도 좋고 품성도 좋아 공부만 제대로 했다면 큰 인물이 되었을 텐데 정말 아까워."

"어머니 혼자 벌어서 여러 형제를 공부시키는 것이 너무 안타까워 일찍 자립하기 위해 공부를 포기했던 것입니다. 형제들 중에는 명문대학을 나와 대기업의 중역으로 있는 형제도 있습니다."

"심 부장은 이 시대에 보기 드문 휴머니스트요. 자자 오늘은 함안에서 마지막 밤일세. 심 부장의 노랫소리 한번 들어 보는 게 어떻겠소?"

모두들 앞에 놓인 술잔을 비우고 심 부장과의 작별을 아쉬워하며 노래방으로 향했다.

음주 운전

12월 중순이 되자 남부지방에선 보기 귀한 눈이 펑펑 쏟아졌다. 눈이 온 후 기온이 급강하하고 다시 몇 차례 눈이 더 오자 병원의 창으로 보이는 산하는 온통 백색으로 변해 있고, 도로는 빙판이 되어 자동차들이 거북이처럼 엉금엉금 기어 다닌다. 이런 날씨가 되면 읍의 외곽에 있는 K병원 응급실은 병원 앞으로 지나는 국도와 남해안 고속도로에서 교통사고와 빙판에 미끄러져 팔다리 골절로 앰뷸런스에 실려 들어오는 환자들로 인해 응급실이 분주해진다.

중상은 처음부터 진주나 창원 등 큰 병원으로 이송되지만, K병원으로 오는 대부분의 환자들은 가벼운 골절이나 타박상들이라 응급실에서 엑스레이와 CT 촬영을 한 후 응급조치 후 외과 병실로 옮겨진다. 심각한 환자들이 없어 입원실의 분위기도 무겁지 않다. 혈연 학연 지연 등으로 한 다리만 건너면 모두 알 만한 사람들이라 6인실 병실은 재래식 시장을 연상시킬 정도로 왁자지껄하다.

입원실에 새로운 환자가 한 사람이 들어오면 처음에는 서로 서먹하다가 두 시간만 지나면 무료를 달래기 위해 사고 경위나 다친 사연을 슬슬 말하기 시작하고, 하루 정도 지나면 살아온 인생 역정과 추억의 보따리가 미화되어 하나둘 풀리기 시작한다.

오십 대 중반으로 팔뼈가 부러진 장대호 씨가 3시간이나 걸린 수술을 마치고 오후 5시경 수술대에 실려 외과병실인 308호 입원실로 들어왔다. 저녁을 먹은 후 여덟 시 뉴스가 끝나자 말 휴양소에서 일하다 말 뒷다리에 오른쪽 손목을 차여 입원한 지 일주일째 되는 박대룡 씨가 장 씨를 보고 상체를 일으키면서 물었다. 두 사람은 한때 같은 직장에서 잠시 일을 한 적이 있었는데, 그때부터 만나기만 하면 아옹다옹하며 격의 없이 지내는 사이가 되었다고 한다.

"형님은 어쩌다 그렇게 크게 다쳤소?

수술 후 아직 환자복을 못 갈아입어 장 씨의 상의에는 여러 곳에 붉은 핏자국과 소독액으로 얼룩져 있었고, 무통과 링거 줄이 주렁주렁 전선줄처럼 달린 팔을 베개 위에 올려놓고 누워 있던 장 씨가 박대룡 씨의 말에 답했다.

"초등학교 동창 몇 명과 술을 마신 후 집으로 가려고 나서는데, 눈이 하도 많이 와서 차를 주차장에 그냥 두고 걸었지. 교통은 이미 마비되어 있어 어쩔 수 없이 눈을 맞으며 집을 향해 오 리(2km

정도)가 좀 넘는 길을 터벅터벅 걸었다네. 동네 앞에 있는 다리를 막 지나는데 갑자기 똥이 마려워지데."

똥이란 말에 박 씨가 웃음을 참지 못하고 장 씨의 말을 자르고 끼어들었다.

"형님의 장난끼가 또 발동되었군요."

장 씨는 하던 말을 느릿느릿 능청스럽게 계속했다.

"혁대를 푼 후 다리 난간에 올라가 눈을 맞으면서 쭈그리고 앉아 똥을 누는데, 한참 동안 앉아 있어도 이놈의 똥은 빨리 안 나오고 술기운이 있어 졸면서 시계추처럼 앞뒤로 몇 번 왔다 갔다 하다 그만 3m 정도 되는 높이에서 뒤로 떨어져 왼쪽 팔이 부러졌다네."

장 씨의 말을 듣고 있던 병실의 환자들은 모두 배를 잡고 웃었고, 난간 위에 올라간 장 씨의 행동에 박 씨가 궁금해 다시 물었다.

"아니 난간에는 뭐 하러 올라갔소?"

"남한테 욕먹기 싫어서."

"하하, 형님이 생각한 수세식 화장실은 좋은데, 그만 똥통에 빠지고 말았군요."

장 씨는 자신이 생각해도 한심한지 멋쩍어하면서도 옆에 듣고 있던 환자들이 재미있어 하자 영웅담을 풀어놓듯 이야기를 계속했다.

"다리 밑으로 떨어지면서 얼음을 깨고 빠지는 바람에 팔뼈가 부러지고 완전히 물에 빠진 생쥐 꼴이 되어 버렸어."

옆에 누워 있던 박 씨가 똥냄새라도 나는 것처럼 인상을 살짝 찌푸리며 놀리듯 말했다.

"틀림없이 옷에 똥은 묻혔을 것 같은데요?"

장 씨는 확실한 대답은 피하면서 박 씨에게 물었다.

"그런데, 자넨 어쩌다 다쳤나?"

"마구간에서 말똥 청소를 하는데……"

이번에는 장 씨가 크게 웃으며 말했다.

"둘 다 똥 같은 인생이라 똥 때문에 병원에 입원했는가베."

박 씨는 웃으며 계속 말을 이어갔다.

"형님, 지금 생각하니 이놈의 말이 아침부터 나를 차기로 작심했던 것 같소. 내가 움직일 때마다 궁둥이를 내 쪽으로 방향을 휙 돌리기를 몇 번 반복하여 짜증이 나서 그만 포기하고 나오려다, 말이 잠시 그냥 서 있기에 이때다 싶어 옆으로 가서 후단 작업을 하는데, 갑자기 방향을 돌리면서 내 오른쪽 손목을 순식간에 차는 바람에 오른쪽 손목뼈가 부서졌다네요."

"말에 차이면 중상인데, 그만하기 다행이네. 그런데, 틀림없이 그 말은 암말일 것이고 자네가 음흉한 눈빛으로 말을 쳐다봐서 그랬을끼다. 말이 얼마나 영리한 동물인가? 자네가 바람꾼인 것을 동물적 직감으로 척 알아본기라. 똥 치우는 척하면서 틀림없이 올라탈까 봐 그랬을끼다."

한여름에 소낙비 지나가듯 308호실엔 또 한차례 웃음이 지나갔다.

"형님, 나도 옛날 같지가 않아요. 거시기 위에 털이 하나둘 세더니 뽀얗게 되고부터는 영 생각이 없어졌소."

박 씨의 말에 장 씨도 맞장구를 쳤다.

"이상하게 나도 그렇더라."

두 사람의 이야기를 듣고 있던 환자들이 낄낄거리며 모두 환자복을 내리고 자신들의 아랫도리를 확인한다고 법석을 떨었다.

두 사람의 이야기가 웃음과 함께 여기서 잠시 멈추고 침묵이 흐르자, 문 옆에 있는 서 씨가 일어나 재빨리 텔레비전 볼륨을 크게 올려 소리가 꽝꽝 울려 정신이 없을 지경이 되었다. 여섯 명의 환자 중 들어오는 입구에 마주 보고 누워 있는 두 명은 귀에 이상이 있었다. 서씨는 눈 오는 날 카툰 박스를 화물차에 싣다 박스가 무너져 내려 팔 골절로 입원했다. 어려서 귀에 물이 들어갔는데 오랫동안 그냥 두고 치료하지 않아 한쪽 귀로는 듣지를 못했고, 맞은편의 한 명은 빙판에 미끄러져 대퇴골에 금이 가서 입원했는데 당뇨로 한쪽 귀는 큰 소리가 아니면 아예 듣지를 못했다. 소리를 잘 듣지 못하는 두 사람은 시간만 나면 교대로 텔레비전 소리를 자꾸 높여, 308호실 앞을 지나가면 마치 시끄러운 길거리 행사장 앞을 지나가는 것을 연상케 했다.

맨 안쪽 텔레비전과 가장 가까운 곳에 자리 잡은 양 씨는 척추에 이상이 있어 입원했으나 위장 과민으로 더 고생을 하고 있었다. 양 씨가 속 시원하게 말은 못하고 혼자 짜증만 내었다.

"이 방에는 귀머거리들만 모였나? 정신이 사나워서 원….."

이 병실의 제일 고참은 양 씨 옆에 그러니까 가운데에 누워 있는 안 씨였다. 음주 운전을 하다 교통사고를 내어 정강이 아래의 뼈가 몇 조각으로 부서져 여러 차례 수술을 받고 3년째 누워 있었다. 안 씨는 오후에 보험회사와 전화로 옥신각신하더니 기분이 안 좋은지 말없이 검은 오리털 잠바를 환자복 위에 걸치더니 어렵게 목발을 짚고 슬며시 밖으로 나갔다.

텔레비전에서는 대통령 후보 찬조 연설자들이 나와 자기가 지지하는 사람을 찍어달라고 감언이설을 토하고 있었고, 이를 힐끗 쳐다본 장 씨가 독설을 내뱉었다.

"국민들이 가지 모르고 좆 모를 줄 알고, 씨팔 빌붙어 한 자리 해볼까다고 온갖 알랑방귀를 다 뀌고 있네."

장 씨의 말에 히죽 웃으며 텔레비전을 보고 있던 박 씨도 빠지지 않고 한마디 거들었다.

"공약을 반만 지켜도 내가 니 아들이다."

온 나라가 대통령 선거로 정치열병을 앓고 있었다.

입원 환자 6명은 지지자별로 여·야당으로 나누어져 격론을 펼쳤는데, 3명은 여당 2명은 야당으로 나누어져 있었다. 장 씨는 집권당 대표로 나온 여당 후보를 자기 일이라도 되는 듯이 열렬히 지지했다.

"우리나라도 이제 여성 대통령이 나올 때가 되었다."며 열변을 토했고, 박 씨는 유명한 정치평론가가 텔레비전 방송에 나와 자기 주장을 펼치듯 제법 논리적으로 반론을 폈다.

"여성 대통령은 좋지만, 자연적으로 구태 정치인들이 재집결하게 되어 역사가 역주행하게 될 수밖에 없게 될 것 같다."며 야당을 지지했다.

성치 이야기로 열을 내고 있을 때 백의의 천사 간호사가 환자들

음주 운전 — 119

에게 놓을 여러 개의 주사기가 수저처럼 놓여 있는 주사통을 들고 들어왔다. 꽝꽝거리는 텔레비전에서 나는 소리와 큰 목소리로 열변을 토하는 논쟁에 놀란 토끼 눈을 하고 장 씨에게 다가가며 말했다.

"이 방은 왜 이리 시끄럽습니까?"

갑자기 간호사의 출현으로 논쟁은 멈추었으나, 텔레비전 소리는 그냥 꽝꽝거리고 있었다. 간호사는 키가 작고 예쁘장하게 생겨 환자들 사이에 별명이 땅콩으로 통했으나, 그 간호사 있는 앞에서는 백의의 천사라 불렀다. 장 씨는 혈관이 안 나타나 주사 맞을 때마다 고생하는 것을 박 씨가 쳐다보고 장난기 있는 투로 말했다.

"이 병원에서 제일 예쁜 우리 천사님, 우리 행님 사람 되어 병원에 안 오게 주삿바늘을 최대한 깊이 푹 찌르고 한 바퀴 빙 돌려 아프게 좀 놓아주소."

간호사가 혈관을 찾기 위해 장 씨의 팔뚝에 고무줄을 다시 매면서 어제 아침에 있은 사건을 폭로하며 박 씨에게 말했다.

"오리발 아버님은 좀 조용히 하세요."

주삿바늘을 외면하기 위해 얼굴은 옆에 누워 있는 박 씨 쪽으로 돌린 채 찡그리며 박 씨에게 말했다.

"오리발은 무슨 말인가? 무슨 일이 있었는가베?"

땅콩이 장 씨에게 일러바치기라도 하듯 말했다.

"술병은 왜 5층 복도에 갔다 두어 5층의 주 씨 아버님을 어렵게 만듭니까?"

병원에서 외과 환자들이 술을 마시는 것은 문제만 안 일으키고 조용히만 마시면 의사와 간호사도 어느 정도 묵인을 해주었으나, 어제 아침에는 일이 터지고 말았다. 5층에 술만 마시면 옆에 있는 환자와 간호사에게 욕을 하고 주정을 부리는 주정꾼이 있었는데, 이미 경고를 두 번이나 받았고 한 번만 더 행패를 부리면 강제 퇴원시키기로 약속이 되어 있었다. 주정꾼은 서울에 있는 명문대학을 나와 한때 사업에 성공하여 고향에서 명성이 높았으나, 어떤 일로 실패 후 몇 차례 재기를 위한 도전에서도 거듭 실패하자 패인이 되어버렸다. 엎친 데 덮친 격으로 교통사고까지 당해 장기간 입원하고 있었다.

병원에서 술을 마시고 추태나 행패를 부리면 도회지 큰 병원에서는 바로 퇴원 수속에 들어가지만, 군 단위에서 강제 퇴원되면 갈 데도 없고, 대부분 고향 사람이라 약간의 배려를 해주고 있었다. 박 씨가 며칠 전 밤늦게 몰래 술을 마신 후 이런 사정을 모르고, 빈 소주병 세 개를 어떻게 처리할까 고민하다 5층 비상계단에 슬쩍 갖다 두었는데, 간호사들에게 공동 미움을 받고 있던 주정꾼이 의심을 받게 되었던 것이다.

주정꾼이 입원한 병실과 가까운 비상계단에서 술병이 나오자 간호사들이 술렁였고, 적진에 들어가 첩보활동을 하러 가듯 주정꾼 동태를 살피기 위해 간호사 몇 명이 교대로 주사통과 링거를 들고 할 일 없이 기웃거렸으나, 주정꾼의 입에서 술 냄새가 나는 것 같기도 하고 안 나는 것 같기도 한 상태에서 곤히 잠들어 있었다. 욕을 먹고 피해를 봤던 간호사들은 당장 강제퇴원을 주장했고, 수간호사는 일단 행패를 목격하거나 신고가 없었으니 좀 더 두고 보자고 해 겨우 봉합이 된 상태로 있었다.

  그 일이 있은 후 박 씨가 다시 밤늦게 빈 소주병 세 개가 든 검은 비닐봉지를 들고 지난번에 두었던 그 자리에 두기 위해 가는데 병실을 돌던 땅콩이 박 씨를 보고 놀라며 물었다.

  "아버님, 손에 들고 있는 게 뭡니까?"

  박 씨는 가던 길을 계속 가면서 대수롭지 않게 답했다.

  "소주병, 처음 봤어? 천사님이라 소주도 안 마시나 보다."

  "며칠 전에도 아버님이 여기에 소주병 두고 갔지요?"

  땅콩을 지나쳐 걸어가면서 박 씨는 태연하게 말했다.

  "응, 마땅히 둘 데가 없어서."

  "5층에선 소주병 때문에 얼마나 난리가 났는지 모르시군요?"

  박 씨가 가던 걸음을 멈추고 뒤돌아보며 말했다.

  "…… 왜?"

  "아버님 때문에 한 사람 강제 퇴실당할 뻔했어요."

  땅콩으로부터 자초지종 설명을 들은 박 씨가 방향을 바꾸어 병원 밖으로 나가 분리수거 통에 두었다. 이날 있었던 일로 박 씨가 오리발이 된 사정을 땅콩으로부터 알게 된 장 씨가 땅콩이 주사통을 들고 병실을 나가자 천장을 쳐다보면서 중얼거렸다.

  "언제쯤 오리발 안주로 따뜻한 정종 한잔 마시나?"

  박 씨는 자기보고 하는 말인 줄 알고 답했다.

  "요즘은 닭 다리보다 오리가 훨씬 더 비싸요."

  "누가 모르나?"

  "형님, 퇴원하시는 날 내가 바로 한턱 쏠께요."

"말만 들어도 고마워."

이때 병실 문이 열리면서 환자복을 입은 누가 봐도 참 곱게 늙었다는 생각이 들게 하는 할머니 한 분이 얼굴을 반쯤 빼꼼 내밀자, 박 씨가 그 여자를 보고 손가락으로 307호실 방향을 가리키며 큰 목소리로 말했다.

"저 방으로 가세요."

할머니는 살짝 미소를 지은 후 방향을 못 잡아 우물쭈물하며 문을 닫지 못하자 간병인이 달려왔다. 장 씨는 박정하게 말하는 박 씨를 보고 나무랐다.

"용무가 있어 왔을텐데 사람을 왜 그렇게 무안하게 내쫓나?"

"치매기가 있어 화장실 갔다가 방을 못 찾아 하루에 몇 번씩 저래요."

간병인이 나타나 치매 환자를 데리고 나가면서 문을 닫으려고 하자, 치매 환자가 주인이 하인에게 말하듯 말했다.

"이 방 일꾼들에게 술상 한 상 잘 차려서 넣어주어라."

간병인은 웃으며 궁녀가 중전을 모시듯 허리를 굽히며 말했다.

"예~, 중년마마. 분부 시행하겠습니다."

치매 환자와 간병인의 엉뚱한 말과 수작에 박 씨는 낄낄거렸고, 장 씨는 영문을 몰라 어리둥절해하자 박 씨가 상황을 설명했다.

"방금 그 할매, 옛날 젊어서 엄청 부자로 살아 지금 자기 눈에 전부 자기 집 하인으로 알고 있어요."

장 씨는 좀 늦게 이해를 하고 웃었다. 병실 입구에 마주 보고 누워 있는 귀가 안 좋은 환자 두 명은 벌써 잠이 들어 있었다. 서 씨는 심하게 코를 골았고, 다른 한 명은 헛소리를 하면서 이빨을 갈았다.

꽝꽝거리던 텔레비전 방송이 갑자기 저절로 중단되면서 화면에서 찌지직하는 소리를 내고 있었다. 박 씨가 일어나 텔레비전 옆으로 가면서 말했다.

"벌써 12시가 다 됐네."

장 씨가 천장을 보고 바로 누우면서 안 씨의 자리가 비어 있는 것을 보고 말했다.

"오늘 안 씨는 외박인가 보다?"

박 씨가 텔레비전 전원을 끄고, 방 안의 형광등 스위치를 내리자 사방은 모든 생명체가 죽은 듯이 고요해졌다. 장 씨는 병원에서 맞는 첫날 밤이라 쉽게 잠을 못 이루고 있었다. 10분 정도 지났을 때 엘리베이터 문 열리는 소리가 들리고 누군가 불규칙하고 둔탁한 목발 소리를 내며 308호 쪽으로 걸어오는 소리가 들렸다. 잠시 후 문이 열리고 복도의 불빛과 함께 안 씨가 술 냄새를 풍기며 힘들게 방으로 들어왔다. 바깥 날씨가 매섭게 추운데 안 씨는 문도 제대로 안 닫고 자기 자리에 가서 목발을 침대에 아무렇게나 걸쳐 놓고 검은 오리털 잠바만 벗은 채 그대로 쓰러져 누웠다. 박 씨가 일어나 문 쪽으로 가서 문을 닫으며 짜증을 냈다.

"꼬리가 참 길기도 하네."

문을 닫자, 병실은 다시 어둠 속에 고요했다. 병원 주차장에서 누군가 여러 번 자동차의 액셀러레이터 밟는 소리가 들렸다. 얼마 안 있어 차가 엉금엉금 기어서 간신히 어디론가 사라져 갔다.

음주 사고로 들어온 안 씨가 돌아눕는지 침대에서 삐걱거리는 소리가 났고, 조금 있으니 얼지 못하게 수도꼭지를 약간만 틀어 놓았을 때 나는 물 흐르는 소리와 비슷한 소리가 났다.

"짤~짤 촬~촬촬 ~……."

액체가 시멘트 바닥에 떨어지는 소리와 일부는 반사하여 다시 떨어지면서 소리가 겹쳐 묘한 화음을 내고 있었다.

"촬촬촬~~"

옆자리에 누워 잠을 자는 둥 마는 둥 뒤척이고 있던 예민성인 양 씨가 정적을 깨며 갑자기 자리에서 벌떡 일어나면서 크게 고함을 질렀다.

"씹팔 더러워서 같이 못 자겠네. 에잇 씹팔!"

양 씨가 반복해서 외치면서 일어나 벽 쪽으로 가더니 형광등 스위치를 올리자 방 안은 대낮같이 환하게 다시 밝았고, 안 씨는 이때까지 양 씨의 침대 쪽으로 모로 누운 채 남자의 소변기를 환자복 밖으로 쑥 내어놓고 소변을 보고 있었다. 장 씨와 박 씨도 놀라 몸을 반쯤 일으켜 이 모습을 지켜보면서 순간적으로 어떻게 수습해야 할지 속수무책으로 쳐다만 보고 있었다. 박 씨가 무슨 묘책이라도 생각났는지 안 씨가 환자복을 침대 바닥에 벗어놓은 것을 보고 홍수 때 제방을 넘쳐 들어오는 물을 재빨리 막기 위해 흙 포대를 들고 달리듯 오줌이 떨어지는 곳으로 뛰어가 오줌이 멀리 번지지 않게 막았다. 박 씨는 그 일 외는 방도가 생각나지 않는지 간호사를 데리러 나가는데, 양 씨의 고함 소리에 야간 근무 조 두 명의 간호사가 놀라 급히 들어오다 이 광경을 보고 어이가 없는지 황당한 표정을 지었다.
 잠시 후 안 씨의 오줌발이 멈추는 것을 기다렸다가 나이가 든 간호사가 내려져 있는 환자복 바지를 위로 당기자 남자의 소변기는 용무를 끝내고 제자리로 돌아가 보이지 않았다. 간호사가 방금 환자복을 당겨 입힌 것에 대해 심사위원이 평가라도 하듯 장 씨가 박 씨를 보며 조용히 말했다.
 "애석하게 한 과정이 빠졌다."
 "…… 뭐가요?"
 "원래 마지막 오줌 방울은 두 번을 딸랑딸랑 소리가 나게 털어주어야 하는데……."
 박 씨가 킥킥거리며 물었다.
 "형님, 세 번은 안 되고요?"
 "세 번부터는 마스터베이션이지. 보고만 있지 말고 니가 좀 도와라."
 "형님, 내가 팔 병신이잖소?"
 "아 참, 그렇지."
 다른 간호사는 재빨리 이불 하나를 가져와 바닥의 오줌을 닦았다. 병실에 소동이 벌어졌는데도, 그때까지도 병실 입구에 동서 방향 사이 좋게 대칭으로 누워서 자고 있는 귀가 좋지 않은 두 명의 환자 중 한 명은 입으로 침을 흘리며 코를 골고 있었고, 다른 한 명은 간혹 이빨을 갈며 달게 자고 있다가 갑자기 불빛과 소동 때문에 늦게야 부스스 일어났지만, 적어도 10초간은 둘 다 사태 파악이 전혀 안 되는 듯했다. 예민성 환자 양 씨는 투덜거리며 베개와 이불을 들고 다른 병실의 빈자리로 갔고, 바닥을 물걸레로 닦은 간호사가 오줌으로 흠뻑 젖은 안 씨의 환자복 하의를 얼굴을 돌린 채 벗기고 새 바지로 갈아입히고 돌아갔다.

박 씨가 환자들에게 창문을 열고 탁한 방 안 공기를 환기시키자고 제안했으나, 바깥 기온이 영하 15도 정도라 춥다고 거절해 방 안에는 불쾌한 지린내가 고삐 풀린 망아지처럼 자유롭게 돌아다니고 있었다. 새벽 1시가 넘어서 308호의 소동은 수습되었고 환자들은 다시 잠자리에 누울 수 있었다.

아침에 동이 트기가 무섭게 예민성 환자 양 씨는 몇 가지 소지품을 챙겨서 간호사의 안내를 받으며 303호실로 이사를 갔다. 아침식사 때까지 안 씨는 일어나지 못했고, 점심식사 때도 그의 배식기는 주인의 냉대를 받으며 싸늘하게 식은 채 그의 머리 쪽에 놓여 있었다.

안 씨는 이불을 뒤집어쓰고 부끄러움 많은 조선시대 시골 처녀가 임신이라도 한 것처럼 아침부터 저녁까지 얼굴을 이불 밖으로 내밀지를 못했다. 간호사가 여러 번 왔다 갔다 하며 안 씨의 동태를 살피기 위해 왔고, 오후 늦게 원무과장이 직접 올라와 다음 날 아침까지 퇴실시키라는 말을 간호사에게 남기고 내려갔다. 밤 10시경에 간신히 일어난 안 씨가 복도에서 전화로 부인에게 병원을 옮겨야 하니 내일 아침 일찍 와서 수속 밟기를 도와 달라는 목소리가 들렸다.

아침 일찍 예쁘장하게 생긴 젊은 부인이 다섯 살 정도 되어 보이는 깜찍하게 생긴 어린 딸 하나를 데리고 병원으로 왔다. 이들은 안 씨가 며칠 전 박 씨에게 이야기한 적이 있는 캠퍼스 커플로 만나 결혼했다는 안 씨의 부인이었다. 젊은 부인은 결혼하면서 직장을 그만두었고, 결혼한 지 2년 만에 남편이 음주 운전하다 사고를 내어 3년째 병원 신세를 지게 되자 가정에 어려움이 많다고 했다. 부인이 시간에 쫓기며 아르바이트 등으로 살림을 꾸려가고 있는데, 갑자기 병원을 옮겨야 하고 그것도 이제 집에서 차를 타고 30분 이상 더 걸리는 창원까지 가야 한다는 이야기를 듣고 남편에게 짜증을 내며 볼멘소리를 했다.

"여기 오는 날은 하루 쉬어야 하고 다른 일도 못하고……."

안 씨는 주눅이 들어 빌다시피 했다.

"미안해, 그만 그렇게 되었어."

"자기, 병원에서 사고 쳤지?"

안 씨도 박 씨에게 배웠는지 오리발을 내밀고 있었다.

"사고는 무슨?"

부인은 다잡아 다시 물었다.

"솔직히 말해, 술 마시고 사고 쳤지?"

"사고는 무슨, 아니야."

딱 잡아떼는 안 씨의 연기에, 듣고 있는 박 씨와 장 씨는 아무리 참으려고 해도 안 되는지 킥킥거리는 웃음을 흘리고 있었다. 국회의원과 남편의 공통점이 있다면 거짓말을 아주 잘한다는 말이 생각났다. 부인은 계속 몰아붙였다.

"그러면, 갑자기 병원을 옮겨야 하는 이유가 도대체 뭐야?"

"이 병원이 별로 마음에 안 들고, 의사 선생님도 옮기기를 권하고……."

부인은 화가 나서 계속 따발총처럼 말했다.

"어젯밤에 통지해 놓고 다음 날 아침에 짐 빼라는 병원이 어디 있어. 가서 간호사와 의사에게 좀 따져야겠어."

부인은 병원의 처사가 부당하고, 무시당했다고 생각했는지 화가 많이 난 채로 복도에 있는 간호사 데스크로 따지러 갔다. 같은 병실에 있는 환자들은 아무도 이런 부인을 말리지 못했다. 얼마 안 있어 복도에서 언성을 높인 부인의 말이 들였다.

"세상에 무슨 이런 병원이 다 있어요? 장기 환자에게 밤에 통보하면서 다음 날 병원을 옮기라는 데가 어디에 있어요? 도대체 이유가 뭡니까?"

308호실 담당 간호사도 시원하게 이유를 밝히지 못하고 큰 목소리로 말했다.

"정확한 이유는 남편이 알 테니, 남편에게 가서 직접 물어보세요."

부인은 몇 차례 같은 질문을 더 했고, 간호사도 녹음기를 다시 틀듯 똑같은 대답만 했다. 부인과 간호사가 언성을 높여 주고받는 말을 들으면서 안 씨는 어찌할 바를 몰랐다.

이때 병실 문을 조용히 열면서 사십 대 초반으로 보이는 수더분하게 생긴 여인이 한 손에 음료수 한 박스를 든 채 머리를 반만 내밀고 구석 자리부터 환자들을 차례로 쭈—욱 훑어보다 안 씨와 눈이 마주치자 안심하는 표정으로 문을 닫은 후 안으로 들어왔다. 순간, 그녀를 본 안 씨의 얼굴은 완전 흙빛으로 변해 갔다.

그 여인은 안 씨 옆으로 가서 음료수 박스를 침대 옆에 내려놓으면서 말했다.

"외상 술값이 여러 번 밀려 있고, 갚으러 온다고 여러 번 다짐해 놓고 연락도 안 되고 하여 다리가 성한 제가 왔어요."

안 씨는 짜증을 내면서 말했다.

"술값 몇 푼 된다고 안 갚을까 봐 병원까지 찾아옵니까?"

"사장님한테는 몇 푼 안 되지만, 밤늦게까지 포장마차 해서 재료 값 빼고 나면 얼마나 남겠어요. 그리고 외상 술 자주 마시는 환자들 한 병원에 오래 못 있더라고요. 술값 갚고 가는 환자는 더 없고요."

안 씨는 부인이 혹시 이때 문을 열고 들어올까 문에 고정된 눈을 떼지 못했고 불안에 떨면서 신경질적으로 물었다.

"얼마요?"

"17만 원밖에 안 돼요."

안 씨는 다른 병원으로 이사하려고 묶어 놓은 짐을 다시 풀고 숨겨 놓은 비상금인지 작은 가방 하나를 꺼낸 후 안쪽에서 돈을 꺼내 재빨리 10만 원을 건네주었다. 나머지는 다음에 갚겠다 말하며 손짓으로 빨리 나가라고 했다. 포장마차 주인은 고맙다는 인사말을 남기고 천천히 문을 닫고 사라졌다. 이 장면을 처음부터 보고 있던 장 씨가 박 씨에게 말했다.

"술이 웬수다. 나는 몸 망쳤고, 안형은 몸 망치고 한술 더 떠 망신당하고."

장 씨의 말에 박 씨가 반발하며 말했다.

"술이 없는 세상은 사막과 같아서 상상만 해도 끔찍해요. 술을 잘못 배운 인간이 문제 아닐까요?"

박 씨의 직설적인 반박에 기분이 약간 꼬인 장 씨와 박 씨는 아침부터 술을 소재로 입씨름을 하기 시작하고 있는데, 양 씨가 다른 병실로 이사 간 후 비어 있는 자리에 이 병원에서 삼일 이상 있은 환자라면 다 알 정도로 유명한 5층의 주정꾼이 자기가 있던 병실이 마음에 안 든다며 짐을 챙겨 이사를 왔다.

308호 환자들은 전혀 예상 못 한 일에 대한 놀라움인지 앞으로 병원 생활에 대한 걱정 때문인지 모두 날벼락에 놀란 조개가 되어 두 입술을 굳게 닫고 넋 나간 표정으로 서로의 얼굴만 한참 동안 멀뚱멀뚱 쳐다만 보고 있었다. 마음 같아서는 연판장을 돌려 이사 오는 것을 반대하고 싶었으나 차마 그렇게 할 수 없었다. 간호사가 빈 자리 침대를 청소한 후 새 시트를 깔면서 옆에 엉거주춤 서 있는 주정꾼보다 더 미안하고 난감한 표정을 지으며 아무도 물은 바 없는 말에 어색한 변론을 하고 있었다.

"이사를 하여 심기일전해 보고 싶다네요."

농민 김차돈

오척 단두에 피부가 새까맣고 깡마른 김차돈 씨는 평생을 한 마을에서만 살았다. 잠시 마을을 벗어나기는 소년시절 한국전쟁 때 부모님을 따라 김해 어디로 피난 가서 그곳에서 두 달을 살다 온 게 마을을 떠난 전부였다. 그 나이 웬만하면 다 다녔던 국민학교를 문 앞에도 가보지 못해, 1%가 될까 말까 하는 한글을 읽지 못하는 문맹인이다.

동네에서 제일 먼저 일어나 밥 먹는 시간 외는 들에 나가 오직 농사일만 했다. 비가 오는 날에는 비를 맞으면서 모종 내기를 하거나 실내에서 할 수 있는 농기구 손보는 일 등을 했다. 그에게 쉰다는 것은 죄를 짓는 것과 같았다.

젊은 날 김차돈은 남이 다 가는 군에 가고 싶었으나, 키가 너무 작고 왜소해서 징집 면제를 받는 바람에 가지 못했다. 같은 동네에 홀어머니를 모시고 사는 만득이란 친구가 있었는데 키가 크고 건강하였으나, 군에 가기 싫어 병자처럼 보이려고 신체검사 전 열흘 동안을 단식도 했고 폐병으로 과장하기 위해 잉크를 마시기도 했으나, 신체검사 때 갑종을 받아 군에 가게 되었다.

그 당시만 해도 아직 농사일에 기계화가 되지 않았던 시대라 농사일을 힘으로 하는 경우가 대부분이었다. 친구가 군대 생활을 하는 3년간을 친구 집 일을 제일 먼저 해 놓고 자기 일을 했다. 군에 간 친구는 3년이 지나도 제대를 하지 않고 군이 자기 적성에 딱 맞는다며, 하사관에 지원하여 다시 몇 년을 더 군대생활을 하게 되었어도 김차돈은 불평불만 한마디 없이 자신의 병역의무 일부를 친구를 통해 대신한다는 신념으로 예전과 조금도 다름이 없이 친구 집 일을 보상 없이 해주었다.

마흔 살 가까이 되었을까 김차돈 씨를 비롯해 동네 청년들이 돈을 모아 잉어 치어 3만 마리를 저수지에 넣어 길렀다. 삼년 정도 지나자 저수지는 좀 과장하여 물 반 잉어 반이라 할 정도 고기로 가득 찼고, 잉어가 떼를 지어 다니는 모습은 볼 만한 구경거리였다. 일대에 소문이 퍼져 도둑 낚시꾼들이 똥파리처럼 사방에서 몰려왔으나 동민들이 일치단결하여 낚시꾼들이 저수지 가에 못 안게 막았다.

하루는 당시 고급 차로 알려진 검은 세단 관용차를 탄 인근 M시의 검사가 수행원 2명을 데리고 동네 저수지에 낚시하러 왔다. 수행원 한 명이 낚시용 바늘에 지렁이를 끼워주면 진한 감색 양복을 입은 검사는 수행원이 가져온 의자에 비스듬히 앉아서 낚싯바늘이 매여 있는 낚시대의 줄을 물에 던져 잉어를 잡았는데, 잉어가 낚시에 걸려 올라오면 지렁이 담당이 재빨리 잉어를 잡아 통발에 넣고 지렁이를 끼워주었다. 금세 동민들 사이에 M시에서 온 검사가 마을 저수지에서 낚시를 하고 있다는 소문이 마을 전체에 퍼졌다. 아마 수행원 중 한 명이 저수지로 가면서 동민 누군가에게 미리 귀띔을 해 주고 올라간 모양이었다. 평소에 동네서는 '내가 내다'하고 말깨나 한다는 사람들이 검사란 위세에 눌려 옆에 가서 낚시하면 안 된다는 말을 하지 못했다.

김차돈 씨 귀에 이 말이 들어가자 그는 괭이를 어깨에 멘 채 저수지 낚시꾼 옆으로 갔다. 검사는 옆에 서서 부하가 씌워주는 양산 아래에 앉아서 물속에 잠겨 있는 찌를 응시하고 있었다. 김차돈이 검사 곁으로 뚜벅뚜벅 걸어가서 한 말은 대충 이러했다.

"양어장이라 여기서 낚시를 하면 안 되는데요."

키는 겨우 150센티도 정도 되고 몸무게는 38킬로그램이 될까말까 하는 새까만 농부 하나가 괭이를 땅바닥에 짚고 말하는 모습이 너무나 초라하고 우스꽝스러워 검사는 웃음이 절로 나오는 것을 간신히 참고 있었다. 검사 옆에서 지렁이를 끼워주던 수행원이 째려보면서 얇시리한 입술 사이로 '이 좆만한 새끼가, 감히 어디서?'라는 말이 도저히 참을 수 없는 방귀 새듯 두 입술 사이로 이미 미끄러져 나와 버렸다. 김차돈 씨는 정확히 들었지만, 조금도 개의치 않고 다시 말했다.

"여기서 낚시하면 안 됩니다."

양산을 들고 햇볕을 가려주고 있던 수행원은 산천초목을 떨게 하는 호랑이 검사를 새까만 쥐새끼 같은 놈이 사람을 못 알아보는 게 한심스러웠다. 그는 팔이 아픈지 양산을 오른손에서 왼손으로 옮겨 잡으면서 말했다.

"이분은 M시에서 오신 직위가 아주 높은 검사님이시다."

말하는 투가 꼭 암행어사가 마패를 꺼내 들고 암행어사 출두를 외치는 듯한 자세였다. 들판에는 보리가 누렇게 익어가고 있었다. 계절은 춥지도 덥지도 않고 잉어의 산란기라 낚시가 잘되는 시기였다. 검사란 말에 김차돈 씨는 '지가 검사면 검사지 그래서 어쩌란 말이야' 하는 생각이 들었지만, 그래도 예의는 차려야지 생각하고 퉁명스럽게 물었다.

"무슨 검사를 하는데요?"

양산잡이가 짜증을 내며 다시 말했다.

"이 어른은 검사라니까."

김차돈의 마음이 일시에 확 꼬이고 있었다. 좀 있으면 보리타작이 끝나고 곧 보리 수매가 시작되겠지. 보리 수매 때 검사원들이 도장을 들고 온갖 생색을 내가며 1등 2등 매기는 검사 짓을 하면서 도둑질을 얼마나 하였으면 고급차에 비서를 두 명씩이나 달고 낚시를 다닌단 말인가. 보리 매상 때 3등을 받는 손해를 보는 한이 있어도 '아닌 것은 아니다'라는 생각에 이르자 마음이 더욱 확고해졌다.

"여긴 낚시터가 아니라니까요. 검사 때 꿀등을 때리든지 말든지는 그것은 당신 마음이고, 여기서 나가시오."

검사란 자는 너선 억양으로 기분 나쁜 하대의 말투로 말했다.

"여기서 낚시를 하면 왜 안 돼? 무슨 법적인 근거라도 있어?"

그때부터 김차돈과 검사가 잠시 옥신각신 싸우기 시작했다. 김차돈이 말했다.

"당신이 법을 알면 얼마나 아는지 모르지만, 여긴 우리 동네 사람들이 회의를 열어 낚시를 금지하기로 했소."

검사는 시선을 김차돈에서 다시 찌로 옮기면서 비웃는 투로 말했다.

"생긴 것 하고는…무식하게…… 그래 그 괭이로 나를 찍을라고?"

김차돈 씨의 머리에 뚜껑이 열리고 있었다. 몸을 뒤로 돌려 화풀이를 괭이에게 하듯 뒤로 멀리 휙 던져버리면서 말했다.

"군인에게 중요한 게 총이고, 농부에게 괭이요. 더 이상 시비 걸지 말고 여기서 나가시오."

검사가 기분을 상했는지 양산잡이를 보고 말했다.

"예이 씨팔, 오늘 완전히 똥 밟았네. 이 형사 철수해."

양산잡이는 안절부절 어찌할 바를 몰랐다.

"예, 영감님. 죄송합니다. 이런 무식쟁이가 있는 줄 모르고… 안내를 잘못해서…."

김차돈은 검사란 말보다 형사란 말에 사실 찔끔 놀라긴 했다. 하지만 자신이 촌놈이라고 이들이 얕잡아 보고 지금 연극을 하고 있다는 생각했다. 김차돈도 지지 않고 내뱉었다.

"뭐, 이 형사? 꼴값을 떨고 있네, 그래 쇼를 해라. 쇼를 해."

김차돈의 활약으로 낚시를 하던 검사의 일행은 낚시터에서 꼴

좋게 쫓겨나고 말았다. 이 일이 있은 후 김차돈은 위세 등등한 검사를 혼내 주었다 하여 동네 영웅이 되었으나, 그는 어리둥절해하며 왜 사람들이 그러는지 이해하지 못했다. 보리와 벼 매상 때 등수를 때리는 건방지고 썩은 검사원 하나 혼내 주었다고 동네서 이렇게 호들갑을 떨며 자기를 이야기의 주인공으로 삼는 이놈들이야말로 우물 안 개구리요 진짜 촌놈들이라고 생각했다.

 김차돈 씨에게 육십 중반 즈음 한번 큰 위기가 찾아왔다. 평생 병원을 모르고 살던 그에게 몸에 이상이 있어 국민학교 교사를 하는 외아들의 손에 억지로 이끌려 병원에 갔다. 시골의 작은 개인 병원 의사는 큰 병원에 가서 진단을 다시 받아보라 해서 며칠 사이 병원을 두 군데나 방문하게 된 것이다.
 김차돈 씨가 평생에 이틀 이상 연속으로 일을 못한 날은 아마 장가가던 날과 부모님 장례식 이후 처음 있는 일이었다. 병에 대한 걱정보다 농사일이 더 신경 쓰여 안절부절못했다.
 도시에 있는 종합병원에서 내린 진단은 아들에게 청천벽력과 같은 일이었다. 김차돈 씨의 아들을 조용히 부른 의사가 시커먼 여러 장의 엑스레이 사진을 돌려가며 비교하면서 한 말은 이러했다.
 "여기 조그마한 게 보이시죠? 대장에 암이 많이 진행되었습니다. 날을 잡아 빨리 수술을 하는 게 좋을 것 같습니다."
 경찰 앞에 앉은 죄인처럼 의사 앞에 앉아 듣고 있는 김차돈 씨 아들의 가슴은 주눅이 들어 마음이 돌집처럼 무너져 내리고 있었다. 의사가 김차돈 씨 아들에게 조심스럽게 물었다.

"환자에게 바로 알려도 될까요? 충격받지 않겠습니까?"

김차돈 씨의 아들은 잠시 생각 후 말했다.

"일단 아버지와 의논해보고 다시 오겠습니다."

아들이 힘없이 의사의 방에서 문을 열고 나오자 김차돈 씨는 대기실에서 농사일에 대한 걱정으로 멍하게 앉아 텔레비전을 건성으로 보고 있었다. 그의 머릿속에는 집에 가면 무슨 일을 어느 것부터 먼저 해야 할지 하는 생각으로 가득 차 있었다. 아들이 맥없이 자기 앞으로 걸어오는 것을 보고 말했다.

"큰 병은 아니제?"

아들은 우선 아버지를 안심시키고 천천히 기회를 잡아 말해야겠다는 생각을 하며 대답했다.

"… 예, 아버지."

완행버스를 타고 집으로 돌아오는데 걸리는 시간은 40분 정도였다. 차가 중간중간 서는 곳마다 국회의원 선거철이라 홍보용 벽보가 시멘트 담장에 덕지덕지 붙어 있었고, 시의 경계를 벗어나 김차돈 씨가 사는 군 지역으로 들어오자 멀리 들판에서 가족들끼리 서너 명씩 모여 모판 준비하는 모습들이 보였다.

버스가 서는 한 곳에서는 풀칠이 제대로 되지 않았는지 일곱 명의 후보 사진이 굴비 엮이듯이 한 줄에 묶여 앞에서 2명은 벽에 매달려 있고 뒷부분은 꼬여 땅바닥에 내동댕이쳐져 있었다. 바람이 불자 끈 떨어진 현수막처럼 홍보물이 펄럭거렸다.

아직 벽에 붙어 있는 홍보물의 제일 앞 진홍색 정장을 입은 홍

일점 여자 후보자의 닭 똥구멍 같은 시뻘건 입술이 먼저 눈으로 들어왔다. 김차돈 씨가 콘크리트 벽에 안간힘을 쓰며 붙어 있는 홍보물 보면서 아들에게 물었다.

"넌 이번에 누구 찍을끼고?"

무뚝뚝한 아들이 말했다.

"관심 없어요. 아버지 건강이나 신경 좀 쓰세요."

김차돈 씨의 눈으로 볼 때 초등학교에서 교사를 하는 아들은 평소에 정치에 영 관심이 없었다. 김차돈 씨의 아들은 아버지 대장 수술을 언제 해야 하나, 처음에 어떻게 말을 꺼낼까 하는 고민을 하고 있는데, 아버지는 지겨운 정치 강의를 시작하려고 했다.

완행버스 안에 손님은 대부분이 노인들이었고, 모두 합해서 열 명이 되지 않았다. 두 사람의 대화에 아무도 관심을 가지는 사람은 없었다. 아들의 기분을 아는지 모르는지 김차돈 씨는 당부의 말을 계속했다.

"이번에도 1번 박 의원 한 번 더 찍어야 주어야 한다."

아버지는 아들이 자신이 시키는 대로 지난번 선거에 박 의원을 찍은 줄 알고 있었으나, 아들은 다른 사람을 찍었다. 현재 여성 의원인 박 의원의 아버지도 국회의원을 지냈는데, 잘했다는 평가와 못했다는 평이 극단적으로 갈렸다. 재임 중에 급사하자 맏딸이 아버지의 지역구를 이어받아 동정심으로 겨우 당선되었고, 이번에 재선에 도전하고 있었다.

김차돈 씨는 평생 1번 외는 찍어 본 역사가 없었고, 이를 은근히 자부심으로 여기고 자리에 앉으면 자랑으로 삼았다. 2번 이하는 머릿속에 있는 사상이 시뻘겋게 물이 들어 생각해 볼 가치가 없었다. 김차돈 씨가 혼자 중얼거렸다.

"박 의원이 참 불쌍한 기라. 어머니는 교통사고로 가고 아버지는 급사하고…. 쮜쮜."

아버지의 싸구려 동정심은 아들의 귀에는 근성으로 들리었고, 무슨 이야기를 하고 있는지 귀 밖에서만 맴돌았다. 아버지가 다른 생각을 하고 있을 때 수술에 대해 말하는 게 좋겠다는 생각이 스쳐 갔다.

"아버지, 박 의원이 뭐가 불쌍해요?"

김차돈 씨가 아들을 바라보며 진지하게 말했다.

"작고한 박 의원 아버지, 우리 지역과 가난한 사람들을 위해 얼마나 뛰어다녔나? 그리고 나라가 잘되어야 우리 같은 농민과 나같이 못 배운 사람이 잘살 수 있다."

"아버지 아무래도 수술을 한 번은 해야 될 것 같습니다."

아들의 기습적인 말에 당황하며 말했다.

"큰 병은 아니라면서…?"

아들은 빠르게 둘러대었다.

"예, 큰 병은 아닌데 그냥 두면 큰 병이 된답니다."

아버지는 잠시 생각하다 단호하게 말했다.

"…… 수술은 안 할끼다."

"아버지 해야 되요, 빨리하면 빨리 완치가 되요."

"안 한다. 내 병은 내가 더 잘 안다. 내 병보다 너는 이번 투표 잘 보고 찍어야 한다."

아들은 아버지가 답답하고 화가 났지만, 천성이라 어쩔 수가 없다고 생각했다.

김차돈 씨는 집에 도착하자마자 무슨 일이 있었느냐는 듯 날이 삼 분의 일쯤 닳아 없어진 괭이를 메고 들판으로 나가 일을 했다. 이 이후에도 아들이 수술에 대한 말이 나오면 손사래를 치며 말도 못 꺼내게 했다. 김차돈 씨가 집을 나설 때는 상징처럼 늘 괭이를 메고 다녔고, 동네에 그를 아는 사람들은 그를 일하는 기계로 여겼다.

사람들이 잠에서 깨기 전에 일을 시작했고, 해가 지고 깜깜해야 집으로 돌아오는 게 그의 일상이었다. 저녁을 먹고 산책 겸 운동 나오는 동네 사람들이 가로등이 설치되기 전 불빛이 없는 길에서 그를 만나 도깨비인 줄 알고 혼비백산하게 만든 적이 한두 번이 아니었다. 김차돈 씨의 아들은 아버지가 암에 걸린 것이 무슨 자랑거리도 아니고 해서 일절 말을 입 밖에 내지 않았다. 하지만, 한 달 정도 지나자 동네 사람들은 김차돈 씨가 대장암에 걸린 것을 알게 되었고 주변에서는 걱정을 많이 했으나, 당사자인 김차돈 씨는 태연히 아무 일도 없었다는 듯이 일만 계속했다.

국회의원 투표일이 가까워지자 분위기가 가열되어 갔다. 폭로전으로 후보자들의 온갖 비리가 불거져 나오기 시작했다. 근거 없는 것도 있었으나, 대체로 연관이 조금씩 있는 것이 많았다. 김차돈 씨는 정신병에 가까울 정도로 박 의원의 열열한 지지자로 변해 있었다. 누군가 박 의원을 험담하는 말이 나오면 장소를 가리지 않고 어디서나 비분강개하며 변론을 했다. 이런 모습을 보고 그를 아는 사람들은 공부만 제대로 했다면, 돈 잘 버는 변호사가 되었을 것이라고 이구동성으로 말했다. 학생을 가르치는 아들도 아버지의 잠재적인 재능을 말한다면, 변호사라고 친구들에게 웃으며 말하곤 했다.

지난해 폭염주의보가 내린 여름 어느 날 마을 앞 정자나무 아래 잠시 누워 있다가 동네 누군가 박 의원이 잘못하고 있다는 말을 하자, 벌떡 일어나 변론을 하여 동네에 화제가 되기도 했다. 그의 주장은 논리적으로 분명 옳은 주장은 아닌 것 같은데, 비유도 잘하고 달변이라 감탄이 절로 나오게 했다.

참모를 통해 김차돈 씨의 충성심을 전해 들은 박 의원이 동네를 지나면서 사람들 모르게 음료수 한 박스를 보낸 적이 있었다. 이때부터 김차돈 씨에게 박 의원은 대한민국 최고의 국회의원이었다. 국회에서 무슨 법안을 냈는지, 어떤 일에 찬성표를 던졌는지 혹은 반대표를 던졌는지 그것은 중요하지 않았고 알 필요도 없었다.

이번 선거에는 7명이 출마했으나, 1번과 2번 외는 별로 경쟁력이 없었고 결국 두 사람 싸움으로 되어갔다. 2번은 독재 정권을 반대하다 대학을 중퇴한 젊은 친구였다. 증조부가 조선 말에 진사를 지냈고 조부는 독립운동한 경력이 있으며 대대로 학자를 배출한 집안이었으나, 경제력 면에서 비교가 안 될 정도로 많은 차이가 났다.

박 의원의 할아버지는 일제 때 헌병 하사관을 지냈고, 많은 재산을 모아 후손들에게 전해주어 후손들이 지역유지로 활동하는데 큰 도움이 되었다. 치마만 둘렀지 여장부로 통하는 현재의 박 의원도 조상의 재산을 기반으로 재산을 증식하는데 특출한 재능을 발휘했다. 아니 정확하게 말하면 재능이라기보다 돈이 되는 일에는 철면피했다. 부동산 투기를 하여 숨겨 놓은 땅이 많았고, 얼마 전에는 목이 좋은 곳에 모텔과 주유소도 매입했다는 소문이 돌았다.

2번 장 후보는 학생운동하다 시국범으로 잘린 게 아니라 연애한다고 등록금을 제대로 못 내고 성적까지 안 좋아 퇴교조치되었다는 말이 돌았다. 그는 마이크를 잡고 동네마다 다니며 다른 후보는 거들떠보지도 않고 오직 1번 후보의 인신공격만 하고 다녔다. 상대방의 약점과 흠집만 강조하면서 현 시국에 불평불만을 토로하면서 만약 자신이 당선만 되면 모두 일 안 하고 먹고 살 수 있는 신선들이 사는 세상으로 만들 수 있다는 감언이설만 늘어놓았다.

김차돈 씨의 아들은 마음속으로 어떤 경우라도 1번과 2번만은 찍으면 안 되겠다는 생각을 했다. 3번 이하에 관심을 가지고 보자 오히려 자격이 있는 사람이 거기에 더 많았다. 정치에 마약 성분이 있는지 한번 취하면 빠져나오지를 못했고, 정치 이야기를 하다 보면 시간이 너무나 잘 갔다. 노름꾼들이 며칠을 밤을 새워 가며 시간 가는 줄 모르듯이 정치도 그런 면이 있었다.

인생을 살면서 김차돈 씨를 가장 어렵고 난처하게 만든 사건은 박 의원의 당이 정권을 잃어 기호 2번으로 출마했을 때였다. 평생

2번 이하를 찍어 본 적이 없어 마음속에 결정을 내리지 못하고 선거 마지막 날까지 고민하다 사람을 보고 2번을 찍은 것이 일생에 기록될 만한 변화요 사건이었다. 김차돈 씨가 1번에서 2번으로 옮기는 것은 임산부가 아이를 낳는 것보다 더한 고통이었고, 지키고 싶었던 순결이 혐오하는 양아치에게 더럽혀지고 명예에 흠집이 나는 순간이었다.

  사람들은 많은 것을 기억하지만 흐르는 세월에 대부분 흘려보내고 10년만 지나도 남는 것은 그리 많지가 않다. 시골 마을도 사람이 사는 곳이라 크고 작은 사건과 일이 끊임없이 생겼다가 사라져 갔다. 동네 사람들은 김차돈 씨가 암에 걸렸다는 것도 다른 망각과 함께 모두 까맣게 잊고 지나갔다. 남의 일이라 쉽게 잊는 것도 있었지만, 본인이 철저히 병을 무시하고 살아온 게 더 크게 작용했을 것이다. 병원에서 진단을 받고 나온 그날부터 김차돈은 1mm의 빈틈이나 흔들림 없이 자신의 일만 했다. 처음 소문이 났을 때 약국에서 약이라도 사서 먹을 생각은 애당초 없었다. 들판에 지천으로 있는 흰 민들레와 부추가 암에 좋다는 정보를 주어도 거들떠보지 않았다. 아들도 두 번 다시 병에 대해 언급하지 못했다. 다만 마음속으로 이삼 년 동안 혹시 갑자기 어떤 일이 생길까 걱정을 했으나, 시간이 갈수록 아들도 아버지에 동조하며 물 흐르듯 그렇게 시간이 흘러갔다.

  10여 년이 지난 후 어느 추석 전날 객지 생활을 하다 고향에 온 사람들이 마을회관에 모여 술을 마시는 자리가 있었다. 여러 이야기 중에 기억력이 좋은 젊은이 하나가 동네 어른들을 회상하면서 김차돈 노인이 암에 걸렸던 것을 기억해 낸 사람이 있었다. 자리에 함께 있었던 젊은이들이 모두 박수를 치며 '맞어, 그때 그런 일이 있었지' 하며 대단한 것을 발견을 한것처럼 재미있어 화제의 주제로 삼고 한마디씩 했다.

A: 인류에게 암이 생긴 이후로 환자에게 암이 그렇게 철저히 무시당한 적은 없었을 것이다.
B: 그러게, 우리도 정말 까맣게 잊고 살았네. 정말 희귀한 일이야.
C: 난 김 노인의 대장이 정말 궁금해. 한 번 해부를 해보고 싶어. 김 노인만 원한다면 내가 돈을 내서라도 초음파 검사를 한번 해보고 싶어.
A: 그리고, 저수지에서 있었던 '검사 사건' 말이야. 지금은 검사가 무엇 하는 사람인지 알고 있을까?
B: 김 노인은 정말 연구대상이야.

김차돈 씨를 아는 사람들은 그의 오장육부와 머릿속의 구조가 어떻게 이루어져 있는지, 무척 궁금해했다. 보통 사람과는 뭔가 다름이 있을 것이라는 믿음을 가지고 있었다.

흐르는 세월과 함께 김차돈 노인에게 약간의 변화의 모습이 있었다. 변화라기보다 약간의 여유를 보이기 시작한 계기는 박 의원의 당이 정권을 잃고 2번으로 출마했을 때 어쩔 수 없이 1번에서 2번으로 사람을 보고 옮기는 사건 후부터였다.

김차돈 노인이 잠시도 쉬지 않고 새벽부터 밤늦게까지 일했지만, 능률이나 효율을 거의 무시하고 일하는 편이라 노력에 비해 수확과 소득은 형편없을 정도로 적었다. 10여 마지기 논과 20여 마지기 밭에서 죽어라 일하지만, 수입은 10년 전이나 20년 전이나 같았다.

　박 의원은 처음 출마할 때부터 자기만 찍어주면 우리 고장을 부유하게 만들고 농촌을 도시 못지않게 잘살게 만들겠다고 호언장담을 했다. 그녀는 이미지 관리에 귀재였다. 시장바닥의 나이 많은 할머니들은 여우에게 홀리듯 그녀를 환호했다. 박 의원은 그 후에도 출마할 때마다 변함없이 시장바닥을 돌며 서민을 위한 정치를 하겠다는 같은 말을 했고, 김차돈 씨를 비롯해 사람들은 속는 것을 알면서 그녀만 찍어주었다. 살림이 나아지기는커녕 공교롭게 그녀가 당선되어 국회로 갈 때마다 물가는 더 오르고 농민의 주요한 소득품목인 벼 매상 가격과 농산물 가격은 오히려 곤두박질만 쳤다. 그녀가 소속된 당이 공약으로 내건 사업은 선거용 사탕발림에 불가했다.

　김차돈 씨는 날이 가고 나이가 들수록 정치인들에 대한 믿음이 엷어지고 '농민은 홍어 좆' 취급받는다며 술이 한잔 들어가면 간혹 불평을 하기도 했다. 살길을 찾아 복합 농업을 위해 몇 가지 다른 시도를 했으나, 실패의 연속이었다. 소를 키우자 소 파동이 왔고, 돼지를 키우면 구제역이 왔고, 닭을 키우면 조류 독감이 왔으나 한 번도 자신의 신세를 크게 한탄하거나 세상을 원망하는 경우 없이 새로운 도전을 하고 기계처럼 일했다.

김차돈 씨는 자신도 모르는 사이 조금씩 의욕과 희망을 잃어 갔고, 이제 체력도 바닥이 다 되어 간다는 것을 느끼고 있었다. 심을 만한 농작물을 둘러보아도 소득이 오를 만한 것은 없었다. 몇 년간 계속 양파를 심었으나 값이 폭락하자 희망과 의욕을 거의 잃었고, 다시 도전정신으로 자신이 가진 논의 절반에 해당되는 1,000평 정도에 마늘을 심자 동네 사람들은 틀림없이 마늘 값이 폭락할 것이라 예측을 내놓았다. 왜냐하면 김차돈 씨가 마늘을 심었기 때문이었다.

　그런데, 사람들을 비웃기라도 하듯 마늘 값은 예년에 비해 3배 정도로 폭등을 했다. 팔십 평생에 제대로 한 번 농사짓는 기쁨을 맛볼 기회를 잡은 것 같았다. 늦게까지 마늘을 캔 후 주인이 도시로 떠나고 비어 있는 동네의 농가를 하나 빌려서 마늘을 높이 매달아 말렸다. 많은 마늘을 짧은 시간에 말리기 위해 높은 건조대에 여러 층을 만들어 말려야 했다.

　김차돈 씨의 마음속에 아직 누구에게 한 번도 내비쳐 본 적이 없는 꼭꼭 숨겨진 하나의 꿈이 있었다. 평생을 고생한 마누라와 함께 해외여행을 한번 갔다 오는 것이었다. 동네에서 봄에 떠나는 효도관광도 일한다고 못 간 경우가 많았고, 어쩌다 한두 번 참가했으나 모두 가까운 국내 나들이였다. 마늘 값 폭등으로 죽기 전에 잘하면 해외여행이 이루어지겠다고 생각하니 신이 절로 났다. 자신이 번 떳떳한 돈으로 꼭 한 번 갔다 오리라 마음에 다짐했다. 어두운 밤까지 사다리를 타고 올라가 높은 곳에 매달려 마늘을 걸었다. 캄캄한 저녁에 김차돈 씨가 발을 잘못 딛어 사다리와 함께 넘어지는 바람에 마늘과 함께 몸이 내동댕이쳐지고 말았다. 안타깝게도 그때 주위에는 사람이 없었다. 의식은 조금 있었지만, 몸은 부서지고 무너진 마늘 더미에 깔려 움직일 수가 없었다. 아무리 소리를 친다고 쳤지만, 죽어가는 신음 소리밖에 낼 수 없었다. 한평생 고향의 땅을 지키며 나라만 믿고 정직하고 열심히 살려고 노력한 과거가 주마등처럼 지나갔다. 밤 11시경 김차돈 씨가 마늘 더미 속에서 발견되었지만, 뼈가 만신창으로 부서진 싸늘한 시신으로 변해 있었다.

땡초와 스님

아침 해가 떠오르자 시야를 가리던 뿌연 안개가 빠르게 걷히고 있었다. 광태가 부산서 새벽에 안개 속으로 타고 온 오토바이를 인적이 없는 도로변 가로수 그늘 아래에 세우면서 뒷자리에 타고 있는 일호를 돌아보며 말했다.
"씹팔 기름이 엔코네, 일호야 여기서 우리 헤어지자."
건달들에게 심하게 얻어맞은 광태의 모습은 멀쩡해 보였으나, 싸움을 말리다 잘못되어 얼굴을 한 대 얻어맞은 일호의 눈언저리는 멍이 들어 있었다. 오토바이에서 내린 일호가 다리에 쥐가 나는지 앉았다 일어서기 운동을 반복하면서 광태에게 물었다.
"우리 지금 어디까지 온 걸까?"
광태가 서툴게 오토바이를 세운 후 담배를 꺼내 불을 붙이면서 말했다.

"양산 어디 정도 되는데, 정확히는 모르겠어."

두 사람은 새벽에 부산역 근처에서 조폭들과 시비가 붙어 건달 몇 명을 각목으로 죽도록 패고는 택시를 타고 도망가다가 서면에서 내린 후 그곳에 시동을 걸어놓은 채 세워져 있는 오토바이를 발견하고 재빠르게 올라탄 후 무작정 도망질을 했다.

전두환 정권은 국민의 환심을 사기 위해 박정희가 했던 국토건설단을 모방하여 삼청교육대를 만들어 놓고 조폭들이 걸렸다 하면 인정사정없이 잡아넣고 있었다. 이름은 무슨 교육대학 같은데 들어갔다 하면 선생 발령은 고사하고 시체로 들것에 실려 나오거나 살아도 병신이 된다는 말이 떠돌았다. 사회에 물의를 일으키고 큰 전과가 있는 자들은 벌써 발 빠르게 머리를 깎고 절로 들어가 숨었다고 했다. 그들이 사고 친 곳에선 경찰들이 길거리에서 각목을 들고 난동을 부린 조폭들을 검거하여 공을 세우기 위해 혈안이 되어 있을 것이다. 더 이상 둘이 붙어 다니는 것은 매우 위험하다는 것은 말을 안 해도 서로 알고 있었다. 일호가 광태에게 물었다.

"넌 어디로 갈래?"

햇살이 강해지자 안개가 빠르게 사라지고 있었다.

광태가 다 빨고 거의 필터만 남은 두 손가락 속의 꽁초를 벼가 누렇게 익어가고 있는 논 가운데로 튕겨 보내면서 말했다.

"난 암자로 들어가 잠수를 타야겠다. 넌 어디로 갈래?"

"난 집과 가까운 밀양 쪽으로 간 후 나도 절로 피신할 계획이다."

광태가 피식 웃으며 말했다.

"만만한 게 절이군, 우리 절에서 만나면 아는 척하지 말자."

가을 하늘은 청명하고 들판의 풀들이 향긋한 향기를 내 뿜고 있었다. 아침과 저녁의 높은 일교차로 풀잎 위에 곧 사라지고 말 운명을 타고난 영롱한 이슬들이 풀 향기에 취해 있었다. 두 사람은 타고 온 오토바이를 거리에서 멀리 떨어진 풀 속으로 끌고 가서 눕혀 놓고 각자 갈 길을 떠났다.

일호가 인문계 고등학교를 우수한 성적으로 졸업하고 지방 국립대학 정치외교학과에 응시했으나, 실패하여 실의에 빠져 있을 때 병무청에서 영장이 나오자 미련 없이 입영하여 군대 생활을 잘 마쳤다. 군대생활을 하면서 제대하면 대학 입시 공부를 다시 시작해보겠다는 다짐을 여러 번 해보았으나, 막상 제대하자 과목 수가 많아 공부하기가 쉽지 않았고 대학과는 너무나 거리가 멀어져 있었다.

취직하기로 마음을 정하고 세무직과 검찰 하위직 시험을 준비하기 위해 부산으로 갔다. 앞으로 갈수록 공무원이 좋아질 거라 하는 사람들이 있었으나, 아직까지 별로 인기가 없어 일호는 내심 자신감이 있어 여유를 가지고 준비하고 있었다. 일호가 광태를 처음 만난 것은 허름한 포장마차에서였다. 시험공부에 마음의 여유가 생기자 가끔 포장마차에 갔는데 광태도 간혹 그곳에 왔다. 둘은 몇 번 만나다 소주 한두 잔 교환하고 통성명까지 했다.

얼마 가지 않아 동갑내기임을 확인하고 안 지 서너 달밖에 안 된 기간이었지만 친하게 지냈다. 광태는 중학교 2학년 때 제적되자, 5년 정도를 별 하는 일 없이 방황하다 군대에 지원하여 제대 했다고 했다. 광태는 소주 몇 잔만 들어가면 허풍과 영웅담을 늘 어놓았고, 조폭 조직가도 연결이 되어 있음을 은근히 자랑했다. 이날도 광태가 술을 마신 후 군대에 지원해 가서 고생했던 일, 자 기가 모시는 수달 형을 자랑하며 허풍을 떨었다. 수달은 포장마차 가 있는 지역의 조폭 조직에 연결되어 있음을 술이 들어가면 단골 메뉴로 나왔다. 행정조직으로 비교하면 군 단위 아래 어느 한 면 의 이장 정도 되는 위치를 가지고 있는 것 같았다. 토요일이라 마 음이 풀려 둘은 새벽까지 술을 마셨다. 옆 좌석에서 술을 마시던 건달들이 광태를 아니꼽게 여기다 시비가 붙었고 싸움이 났다. 허 풍을 떨던 광태가 세 명에게 심하게 폭행을 당하자 일호는 가로수 를 보호하기 위해 세워 놓은 지주대를 뽑아 들고 와서 건달들을 마구 패 놓고 같이 도망했다. 들판에서 광태와 헤어진 일호는 산 길과 농로를 택해 길을 걸었다.

오후 두 시경 작은 마을 앞를 지나다가 가게에서 빵과 우유를 사서 들고 시냇가로 가서 먹고 다시 계속 걸으니까, 면사무소와 파출소가 보였다. 파출소를 피해서 길을 걷다가 맞은편에서 점심 을 먹고 이쑤시개로 이빨을 쑤시며 파출소를 들어가던 경찰 두 명 가 마주쳤다. 일호는 산길을 가다 호랑이를 만난 것처럼 마음속으 로 움찔 놀랐으나, 태연하게 걸었다. 경찰은 얼굴에 멍든 자국이 나 있고 꾀죄죄한 일호의 복장과 겉모습을 한번 훑어보고 불심검 문을 시작했다.

"어이, 젊은 친구 이리 와 봐."

일호는 오금이 저렸고, 하늘이 노래지는 기분이 되었다. 도망치고 싶었으나 몸은 도망칠 기운이 없었다. '여기서 훌치기에 걸리다니' 경찰은 처음부터 강압적으로 나왔다.

"어디로 가는 길이냐. 주민등록증 이리 내봐."

일호는 내심 찔리는 게 있었지만, 경찰의 태도에 속이 완전히 뒤틀리고 있었다. 민중의 지팡이라면서 다짜고짜 아무나 범죄인이나 하인 취급하면서 말부터 탱탱 까는데 울컥 무엇이 목구멍으로 치밀어 오르고 있었다. 나라 대가리에 총 들고 설치던 군인이 앉아 안하무인으로 설치자, 지방의 경찰들도 모두 닮아가고 있었다. 반소매 티 차림으로 바람 쐬러 나왔다가 포장마차에서 한잔하게 되었고 뜻하지 않게 여기까지 오게 되었지만, 청바지 뒤 포켓의 지갑 속에는 다행히 주민등록증은 들어 있었다. 일호는 지쳐 있었고, 신경이 예민해져서인지 자기도 모르게 주민등록증을 꺼내는 것보다 욕이 먼저 튀어 나오고 말았다.

"씹팔, 당신들이 뭔데 아무한테나 말을 까고 범죄인 취급을 하는거요."

동료 옆에서 지켜보고 있던 경찰이 코웃음을 한번 치더니 끼어들었다.

"하, 이 새끼 봐라. 이경장 이 새끼 파출소로 연행해."

일호는 그 길로 가까운 파출소로 끌려갔다. 주민등록증 제출을 거부하자 여러 명이 달려들어 강제로 몸수색을 한 후 경찰서로 넘겼고, 서에서 신원조회를 해 봐도 특별한 혐의를 찾지 못했다. 구치소에는 불량배들이 여러 명이 잡혀 왔고, 술 취한 몇몇이 난동을 부리는 바람에 어수선했다. 주민등록증 제출 거부로 시간을 끌며 옥신각신하다 패싸움한 것은 어디로 갔는지 묻히고 심기를 건드려 괘씸죄가 부각되고 있었다. 서에서 하룻밤을 재운 후 무슨 위원회라는 곳으로 넘겨졌다. 기업체 면접관이나 법정의 재판관이라도 되는 듯이 거드름을 피우는 몇 명이 나와 자리에 앉아 있었다. 자기들끼리는 서로 잘 아는지 어젯밤에 마신 술자리 이야기도 하면서 서로 낄낄거리기도 했다. 그들은 A, B, C, D로 분류를 한다고 했다. 일호 차례가 되자 중앙에 앉은 자가 한번 아래위로 쭉 한번 훑어보고 내까렸다.

"사대가 멀쩡한 놈이 건달 양아치가 뭐냐?"

손가락에 침을 발라 서류를 넘겨보면서 판정하는데 3초도 안 걸렸다.

"C!"

단호한 한 마디 그게 전부였다. 일호는 속으로 생각했다.

'씹팔 C가 뭐냐, 이왕이면 A를 때리지'

선고하는 자 옆에 배심원인지 구경꾼인지 사람들이 있었으나, 아무도 이의를 제기하는 사람은 없었다. 조사서에 무엇이라 기록되었는지 모르지만, 손도장을 찍어라 할 때 반항하다 또 두들겨 맞고 손도장을 찍었다. 일호는 그길로 삼청교육대에 입학하게 되었다. 대학 입학이 이렇게 쉽다면 얼마나 좋을까 하는 생각을 했다.

제대 말년에 만난 영미와 편지도 몇 번 주고받으며 은근히 결혼까지 생각하며 정을 쌓아왔지만, 연락할 길이 없었다. 미래에는 농민도 전화기를 들고 논에 물꼬 보러 다니는 세상이 온다고 했지만, 아직 동네에서 유선전화기가 있는 집은 부자로 분류되는 세상이었다. 고향에 계신 부모님보다 영미에게 연락할 길이 없는 게 더 안타까웠다.

　삼청교육대는 교육대라는 특성화 교육 때문인지 '순화교육'이라는 단어를 수십 번도 더 듣게 되었다. 그럴 때마다 작달막한 키에 얼굴이 동글동글하고 찐빵같이 생긴 영미의 친구 순화가 자꾸 생각이 나서 웃음이 절로 나왔다. 순화는 식당에서 서빙을 한다고 했으나, 눈치로 보아 술집에 나가거나 노래방 도우미 분위기를 가지고 있는 아가씨였다. 제대하는 날 축하로 군대 친구 하나와 영미, 순화와 함께 노래방에 간 적이 있었다. 그 후 세월이 흘러 다른 것은 별 기억이 없었으나, 순화에 대한 기억은 오랫동안 지워지지 않는 것이 있었다. 술이 몇 잔 들어가자 순화는 마이크를 잡고 연속으로 노래 부르며 장기 집권에 들어갔고, 춤을 출 때는 무당이 신내림 굿을 하는 것 같은 끼가 많은 아가씨였다. 일호에게는 이런 사연이 있어 삼청교육대에 많은 젊은이들을 강제로 잡아다 놓고 순화교육을 시킨다는 말에 웃음이 나왔다. 교육은 새벽부터 시작되었고 군대보다 더 빡세게 시켜 죽을 지경이었다. 일렬로 서서 어깨에 무거운 통나무를 올려놓고 좌우로 들어 올리기와 진흙탕에서 포복하기 등으로 완전 사람을 죽이고 있었다. 밀양 근처로 잠시 피신했다가 다시 부산으로 가서 공무원 시험을 준비하려던 계획은 물거품이 되어가고 있었다. 재수가 없어 지옥에 떨어졌다는 생각으로 일호는 교육에 충실하기로 했다.

광태는 산길과 등산로를 택해 삼 일을 걸어서 겨우 지리산 자락까지 도달할 수 있었다. 해가 지자 노숙하기에는 추운 날씨로 변해 있었다. 낮에는 으슥한 양지바른 곳에서 잠을 청해 자고 해가 지면 걷는 식으로 하여 지리산에 도달한 것이다. 민가와 많이 떨어진 곳에서 산길을 걷다가 작은 암자 하나를 발견했다. 암자 근처에서 어정거리다가 해 질 무렵에 암자로 들어갔다. 섬돌에는 남자용 하얀 고무신 한 짝이 놓여 있는 것으로 보아 방에 분명 사람이 있는 것 같았다. 광태가 해 지기를 기다렸다가 들어간 것은 나름대로 하루 묵기 위해 동정심 유발을 위해 잔머리를 굴린다고 굴린 것이다. 공손한 목소리로 스님을 찾았다.

"스님 계십니까?"

안에서 인기척이 없고 조용했다. 좀 더 크게 불러 보았다.

"안에 스님 계십니까?"

인기척이 나면서 말소리가 들렸다.

"방으로 들어오시오. 내가 몸이 안 좋아서……."

조심하여 살며시 둥근 문고리를 잡아당겨 머리를 방 안으로 넣어 안을 살펴보았다. 방 안에 세속 나이로 칠십은 넘었을 것으로 보이는 스님이 이불을 뒤집어쓰고 누웠다가 목을 이불 밖으로 내밀었다.

"스님, 해가 져서 산길을 더 갈 수 없을 것 같습니다. 하룻밤 묵었다 가면 안 될까요?"

"어려울 거야 없지만, 내가 몸이 불편해서…."

"잠만 자고 좀 가면 되요. 그런데 어디가 안 좋으세요?"

광태가 방으로 들어가자, 스님은 기운을 차리고 이불 속에서 억지로 몸을 빼며 말했다.

"당이 높아, 시력도 안 좋고 기력이 없어요."

"스님 큰일 나겠어요. 하룻밤 묵으면서 보살펴 드릴게요."

"처사님은 이 깊은 산중에 무엇 하려 혼자 다닙니까?"

"하는 일도 안 되고, 마음에 정리할 게 좀 있어서……."

광태는 불교를 잘 몰랐지만, 불교에서 마음을 중요하게 여긴다는 것을 알고 마음이란 단어를 일부러 사용했던 것이다. 비상용 식품인 빵과 사탕을 비닐봉지에서 꺼내어 스님께 주면서 기운을 차리게 했다. 몸의 반은 이불 속에 있고, 몸의 반을 일으켜 앉은 스님이 먼저 사탕을 집어 맛있게 당분을 녹여 먹는 동안 광태는 방을 정리 정돈하며 치웠고, 부엌에 들어가 불도 지피며 엉덩이 가볍게 발랑발랑 움직이고 수선을 피우자 스님은 매우 흡족해했다. 공부에는 소질이 없는 광태였지만, 건달 사회에 입문해 처음 수달 형을 깍듯이 모셨던 경험을 살려 스님을 보살피자, 노스님은 은근히 광태에게 호감을 보이며 암자에 머물기를 바랐다.

광태는 암자에 눌러앉게 되었고, 이틀을 보낸 후 도피를 위해 머리를 깎고 불교에 귀의해야 하겠다는 결정을 한 후 실행에 들어갔다. 군사정권은 많은 불량배, 양아치들이 깊은 산중의 절로 도피했다는 정보를 입수하고 산으로 형사를 보내 동태를 살폈으나, 인원 부족과 업무 과중으로 형식에 불과했다. 다른 큰 절에서도 분위기는 비슷했다. 찾아와 개과천선하겠다는 사람을 야박하게 밀고하면 보복이 두려웠고 자비를 중시하는 불심으로도 밀고할 수 없어 절에서 사랑으로 받아주고 있었다.

조금 남은 가을 언저리에 광태는 머리를 깎았고, 삼십 리 밖에 있는 시장에 내려가 두꺼운 승복 한 벌을 마련한 후 긴 겨울을 깊은 산중에서 피할 수 있었다.

꽃이 만발하는 봄이 되자 지리산에 많은 사람이 찾아왔다. 암자에서 좀 내려가면 맑은 물이 흐르는 개울가에 집채만 한 바위들이 줄을 지어 있었는데, 절에 적응해 가면서 무당들이 여기가 영험이 있는 곳이라 하여 촛불을 켜놓고 치성드리는 명소임을 알았다. 어떤 무당은 간혹 암자를 방문한 후 과일과 떡 같은 것을 주고 가는 날이 있었는데 이런 날은 완전 횡재한 설날과 같았다. 늙은 무당을 따라다니는 광태 또래의 아가씨 무당이 있었는데, 광태가 처음 보자마자 은근히 마음이 끌렸다. 사회생활을 하면서 여자 호리는 데 나름대로 능력이 있다고 자부하고 있는 광태였다. 시간이 갈수록 무당 교육을 받고 있던 아가씨가 혼자 오는 날이 늘어났다. 신내림은 있었으나, 아직 미래의 무당인 아가씨의 외모는 짜리몽땅한 침팬지를 연상시켰다. 도심이라면 빳빳한 성욕을 일시에 사라지게 하는 외모였으나, 그녀에게 젊음이라는 큰 무기가 있었고 미녀들이 넘쳐나는 도회지가 아니라 효용성이 무한대로 발휘되는 깊은 산중이라 더 빛이 났다. 두 사람이 눈이 맞아 노스님과 늙은 무당의 눈을 피해 서로 마음과 몸을 확인하는 데 걸린 시간은 길지 않았다.

젊은 무당이 알고 있는 정보에 따르면, 암자의 노승은 젊은 날 서울 근교에서 수입을 짭짤하게 올릴 수 있는 목이 좋은 암자 하나를 점찍고 밀어내기 위해 친구 몇 명과 몇 달을 공을 들여 고성방가와 온갖 협박으로 위협했으나 접수하지 못했는데, 최후의 수단으로 무리하게 각목으로 접수하려고 하다가 매스컴에 알려져 사회문제가 되자 실패로 좌절감을 안고 이곳으로 들어왔다고 했다. 광태가 몸을 피하고 있는 현재의 암자는 전통 있는 종단에 소속되어 있지는 않았고, 다만 자신을 방어하기 위해 모 종단에 적은 두고 있었으나 독립성을 가지고 있어 누구의 간섭이나 눈치를 볼 필요가 없었다.

일호는 지옥과 같은 삼청교육대에서 순화교육 과정을 이수하면서 하루에도 수십 번을 사회로 나가면 반드시 대학 진학을 하겠다고 다시 마음을 바꾸었다. 여기서 겪은 고생을 교훈 삼아 죽을 각오로 공부를 하면 세상에 못 할 게 없을 것 같았다. 기간이 되어 교육대를 마치고 나오자 교사 발령은 고사하고 사회에서 냉대와 보이지 않는 멸시가 기다리고 있었다. 영미는 삼청교육대에 끌려간 것을 어떻게 알았는지 이사를 했고 전화번호까지 바꾸어 연락이 끊어져 버렸다.

교육대를 수료한 후 일호는 세상이 원망스럽고 대인기피증으로 사람 만나는 게 싫고 두려웠다. 모든 것을 접고 고향으로 내려가 집에서 가까운 절의 작은 방 하나를 전기세 물세 정도 주기로 하고 빌렸다. 작은 절이었으나, 전통이 있는 종단의 말사였다. 대학에 먼저 들어간 동네 후배가 보았던 고등학교 교과서와 참고서를 구해서 암자에 자리를 잡았다. 아예 사람을 만나지 않고, 외출도 하지 않겠다는 각오로 머리와 눈썹을 밀어 버리고 공부에만 몰두했다. 1년 후 성적에 맞추어 어느 대학이든 입학만 가능하면 아무 대학 어떤 과라도 들어가 4년간 열심히 하겠다는 계획도 함께 세우고 있었다.

공부하면서 암자를 벗어나지 않았고, 머리를 식히기 위해 간혹 주지 스님을 만나면 잠시 대화를 나누는 것이 바깥세상과의 소통이었다. 주지는 종단에서 파견한 젊은 학승으로 훤칠하게 생긴 외모와 고운 피부로 누가 봐도 탈속의 풍모가 있었다. 주지는 자신을 드러내는 법이 없었고, 사람을 편안하게 만드는 매력이 있었다. 간혹 주지가 신도들에게 불경을 설파할 때가 있었는데, 일호는 확성기를 통해 들려오는 해설을 방 안에서 몇 차례 들을 기회가 있었다. 주지는 고등학교 때까지 운동선수였으며 명문대학 철학과를 졸업했고, 영어와 한문에 대단한 실력을 갖추고 있으며, 매일 입시 공부하듯 경전을 읽고 있었다. 일호는 주지를 통해 철학이 무엇인지 불교에서 주장하는 게 무엇인지 알게 되었고, 입학시험 때는 4년제 대학 불교 관련 학과를 지원하는 동기가 되었다.

광태는 4년을 산에서 그럭저럭 보냈다. 암자에서 호구지책으로 간혹 죽은 자를 위해 제를 지내 주거나 등산객들이 주는 음식과 산에서 나는 나물과 과일, 무당이 남기고 가는 음식물로 연명을 할 수 있었다. 군사정권이 국민의 환심을 사기 위해 대대적으로 펼치던 조폭 소탕 작전도 피로감을 보였다. 광태는 이제 슬슬 다시 사회 속으로 곰팡이처럼 파고 들어가고 싶은 마음이 무의식 속에서 자라고 있었다. 젊은 무당과는 만날수록 둘은 서로 익숙했고, 뜻이 척척 잘 맞았다.

산중 생활이 지루해지고 있던 광태에게 무당은 유일한 기다림으로 자리 잡고 있었다. 하지만, 광태의 마음 한구석에는 무당과 그 짓을 하면 재수 없다는 속설이 마음을 늘 께름칙하게 만들었다. 무당은 어디서 배웠는지 제법 색을 밝히고 쓸 줄 알았다.

철쭉이 온 산을 덮을 무렵 인적이 접근할 수 없는 그들만의 공간에서 둘은 일을 끝내고 하늘을 보고 누워 있었다. 청명한 하늘에는 구름 조각들이 시냇물에 낙엽처럼 둥둥 떠서 흘러가고 있었다. 무당이 물었다.

"땡초 스님은 산돼지처럼 평생 산에 있다가 인생 종칠거야?"

무당은 애교로 광태를 땡초라 불렀다.

"똘똘이 맛이 땡초처럼 매워서 그렇게 부른 게?"

"대답이나 똑바로 해, 자기 평생 여기서 살거냐?"

"뾰족한 수가 있나? 특별히 배운 기술이 있는 것도 아니고?"

"물때 좋은 데로 가서 우리 같이 사업을 한번 해보자?"

사업이란 말에 광태는 피식 웃음이 나왔다. 자신처럼 무식하고 겨우 한글 정도 아는 주제에 사업이란 말이 가당하기는 할까 하는 생각이 스쳤던 것이다.

"사업? 내가 무슨 사업을 하겠어?"

"절을 차려 자긴 주지가 되고, 난 점을 봐주면 돈벌이가 짭짤할 거야."

 광태는 주지가 될 수 있다는 말에 귀가 솔깃해졌다. 사람을 모으고 설레발치는 것은 자신이 있었다. 절 비슷한 곳에서 중 비슷한 일을 한 것이 앞으로 사업을 하는데 큰 밑천이 될 수 있을 것 같았다.
 "좋은 계획이긴 한데……."
 "좋은 계획이면 실천을 해야지 왜 우유부단하게 그래?"
 "노스님을 혼자 두고 떠나기도 그렸고…. 그리고 밑천도 없고……."
 "스님이야 돈을 많이 벌어 돈으로 도와주면 되고, 사업밑천은 내게 조금 있어."
 광태의 눈에 광채가 돌았다. 무슨 일이든 시기가 있는 법 때를 놓치면 안 되겠다는 생각이 들었다. 자기도 모르고 발갛게 벗은 채 벌떡 일어나며 말했다.
 "좋아, 어디로 가는 게 좋겠어?"
 광태가 일어나서 무당의 벗은 몸을 내려다보고 있었지만 서로 부끄러움이 없는 사이가 된 지 이미 오래되었다. 그들은 산에서 만난 짧은 시간이었지만, 익숙한 부부처럼 되어 있었다. 절로 돌아간 광태는 산속이라 종이가 귀해서 빈 담뱃갑을 해체하여 뒷면 백지에다 삐뚤삐뚤 발음대로 몇 자 적어 쪽지로 남겼다.

 서님 그동안 보살펴 주셔서 고맙심더.
 소생 큰 뜻이 있어 인사도 못 올리고 설을 떠납니더.

땡초와 스님 — 165

반다시 성공해서 서님을 모시려 오겠심더.
 불초 합창

　광태와 무당은 큰 도시 근처가 좋을 것 같아 부산 인근의 어느 군郡에 임시 거처를 잡았다. 며칠 동안 발품을 팔아 어느 명문가 집에서 재실로 사용한 적이 있으나 지금은 비어 있는 집 하나를 아주 싼 가격으로 1년간 임대료를 주고 빌렸다. 다음에는 부산 부전시장 근처 중고 전자가게에서 중고 카세트 하나와 금정산 아래 불교용품점에서 승복과 복사된 불교경전 테이프 2개를 골라 샀다. 절 이름을 거창하게 지어 현판으로 걸었고, 날만 새면 카세트 테이프를 동네방네 틀어 젖혔다.

　대학과정 4년을 마친 일호는 이름 있는 절에 들어가서 삭발을 하고 월선이라는 법호를 받았다. 그 후 여러 불교 강학원에서 공부도 하고, 큰스님이 여는 여러 법회에도 참가하기도 했다. 입시 공부할 때 절에서 만난 주지 스님은 종단에서 제법 영향력이 있는 스님으로 인정을 받고 있었다. 그 스님이 부산 근교 오지에 있는 작은 말사 자리가 비어 젊은 월선이 맡아 운영을 하면 좋겠다는 추천을 해주어 월선이 절의 주지로 갈 수 있었다.
　월선이 파견된 군의 군청에 정식으로 등록된 절이 몇 개나 되는지 파악하자 수십 개가 있음에 놀랐으며 종단에 소속된 말사는 많지가 않았다. 오히려 대처승들이 절을 운영하는 경우가 훨씬 더 많았다. 대처승 중에는 갈 곳이 없는 고아들을 거두어 훌륭한 사회인으로 양성하는 절도 있어 눈길을 끌었지만, 다른 정보 하나는 지리산에서 유명한 고승을 만나 그 밑에서 4년을 공부한 스님이 있는데, 술이 말술이고 젊었을 때는 부산에서 조폭조직의 행동대장으로 태권도 5단에 합기도 2단인 주지가 있다고 하여 관심이 갔다. 그 괴짜가 주지로 있다는 절은 뒷산이 백두대간과 연결된 야트막한 산속에 있으며 일 년 중에 여름철이 되면 개가 한 마리씩 없어진다고 했다. 학계에서 호랑이가 남한에서는 멸종되었다 하는데, 그 절 측에 의하면 호랑이가 물고 간다고 주장하고 있었다. 월선이 있는 절과 차로 30분 정도 거리에 있어 기회가 되면 주지를 한 번 만나야 하겠다는 마음을 먹었다. 월선이 주지로 부임한 절은 천년 고찰의 작은 절이었고, 상주하는 승려는 혼자뿐이라 정비할 게 너무 많아 시간이 어떻게 가는지 모르고 지내야 했다.

사월 초파일이 되면 성탄절을 앞두고 군으로 들어오는 입구에 성탄축하 대형 탑과 합동으로 여는 행사에 역할 및 재정분담을 위해 여러 절의 주지들이 모임을 가지는 자리가 있었으나, 조폭 조직에서 행동대장을 했다는 주지는 한 번도 참석한 적이 없었다고 했다. 월선은 그가 어떤 스님인지 날이 갈수록 호기심이 커지고 있었다. 여러 경로를 통해 전화번호를 확인하고 한번 방문을 하겠다는 문자를 미리 보내어 양해를 얻은 후 절을 찾아 나섰다.

절로 들어가는 길은 작은 동네를 하나 지나자 제법 큰 저수지가 나타났고, 저수지를 돌아 소나무 숲 사이로 저속으로 차를 운전하여 가는데, 확성기에서 나는 염불 소리가 계곡의 고막을 디지게 진동하고 있었다.

　월선은 하필 절에 큰 행사가 있는 날을 잘못 잡아 왔구나 하는 생각이 들어 후회했다. 차를 세우고 돌아갈까 잠시 망설이다가 다시 시간 내어 오기가 어려울 것 같아서 계속 운전하여 주차장에 차를 세우고 절로 들어섰다. 대웅전에서 크게 틀어 놓은 확성기 소리와 절의 마당 모서리에 가두어 놓은 개들이 낯선 사람의 출현에 난리를 치며 짖어대기 시작하자 절은 아수라장으로 변했다. 월선은 소음에 자신도 모르게 미간을 찌푸리며 주인을 불렀다.

"스님 계십니까?"

　개 짖는 소리로 알았는지. 대웅전 아래채 관리사에서 방문이 열리면서 머리카락을 박박 밀어 버린 짜리몽땅한 여승이 나왔다. 스님 한 사람이 서 있는 것을 보고 약간 당황한 기색을 보이며 물었다.

"어느 절에서 오셨는지요?"

"주지 스님께 미리 문자와 전화로 허락을 받고 왔습니다."

　월선은 자기 앞에 승려복을 입고 서 있는 이 여승은 분명 어디서 본 사람인데, 기억을 더듬었으나 아무리 생각해도 기억이 살아나지 않았다. 여승도 월선과 같은 생각을 하는 모양이었다. 찐빵같이 동글동글하게 생긴 얼굴의 오른쪽 눈썹 위에 콩알만 한 까만 사마귀 점을 보고 월선은 그 여승이 누구인지 먼저 알 수 있었다.

　그 앞에 서 있는 여승은 분명 옛 연인 영미의 친구 순화였다. 순화는 아직 기억의 실마리를 잡지 못하고 있는 듯했다. 월선은 잊고 있었던 영미의 소식이 궁금해 입술을 달싹이는 순간 절의 주지가 문을 열고 나왔다. 주지와 사전에 연락이 되었다 하고, 주지가 밖으로 나오는 것을 보자 여승은 방 안으로 들어갔다.

주지는 낮잠을 즐기다 나왔다는 게 얼굴에 쓰여 있었고, 나오면서 월선을 한번 힐끗 쳐다본 후 다시 한번 더 뚫어지게 쳐다보았다. 월선은 영미 생각으로 정신을 아직 수습 못 하고 멍해 있는데, 주지가 월선을 보고 큰 소리로 말했다.

"야, 이 새끼. 니 일호 아니가?"

주지의 목소리에 놀란 월선도 크게 말하는 자가 누군지 금방 알 수 있었다.

"어, 그때 양산에서 헤어진 광태……?"

"그래 이 새끼야, 나 광태야. 놀랠 노자다. 니도 중이 되었구나?"

"어쩌다 그렇게 되었다."

"그래. 이 쌔기 우리 한번 잘해보자."

월선은 광태가 내미는 손을 엉겁결에 잡긴 잡았지만, 혼란에 빠져 난감했다. 십 년이란 세월이 흘렀는데, 광태는 뒷골목을 전전하던 옛날 그대로의 말투였고, 행동도 그대로였다. 아무리 인적 없는 산중이라지만 말끝마다 이 새끼 저 새끼였고, 승복을 입은 사람으로 예법과 승려의 자세는 조금도 찾아볼 수가 없었다.

낯선 사람의 출현으로 마당에선 살이 오른 누른 똥개, 도사 잡종으로 보이는 개, 진돗개 잡종, 새끼를 여러 마리 거느린 풍산개 등이 모두 광견병이 들었는지 이빨을 드러내고 물어뜯어 죽일 듯 월선을 보고 짖었다. 대웅전에서는 최고의 볼륨으로 올려놓은 확성기가 그대로 돌아가고 있었다. 이런 분위기에서 낮잠을 잘 수 있는 광태는 대단한 내공의 소유자란 생각이 들었다.

　광태가 월선의 손을 잡고 방으로 안내했다. 소주를 마신 후 잠을 잤는지 광태의 입에서는 술 내음이 솔솔 나왔다. 방의 한쪽 구석에는 접이 빨래 건조대가 있었고, 여자용으로 야하게 생긴 빨간색을 포함한 팬티 몇 장과 몇 개의 브래지어 등이 널려 있어서 월선은 그쪽으로 보기가 민망해 반대 방향으로 자리를 잡고 앉았다. 광태가 냉장고에 마른안주와 소주 한 병을 꺼내와 개다리소반 위에 올려놓았고, 여승이 들어오자 월선을 보고 말했다.

　"내하고 같이 사는 사람이다."

　월광은 고개를 숙여 묵례만 했다. 광태가 승복을 입은 여자에게 말했다.

　"미안하지만, 멀리서 친구가 왔는데 안주 좀 준비해줘."

　월선은 손사래를 치며 말했다.

　"광태야 나 요즘 술 안 마신다. 그리고 너 법명이 뭐고?"

　"무술의 고수였던 우리 스승님이 무산이라고 지어 주셨다. 그런 이야기는 집어치우고 오랜만에 만났으니 술이나 한잔하자."

　"술은 입에도 안 대."

　"새끼 내숭은? 내가 니 주량을 아는데?"

　무산은 월선의 사양을 무시하고 소주잔에 술을 콸콸 채워 부었고, 승복을 입은 여자는 익숙한 솜씨로 전기 프라이팬에 스위치를 올리고 돼지고기를 굽기 시작했다. 달구어진 프라이팬에 돼지 삼겹살을 올려놓자 지글지글하는 소리와 역겨운 냄새가 방을 가득 채우기 시작했다.

　프라이팬에는 돼지고기 피와 기름과 김치의 빨간 고춧가루가 범벅이 되어 시뻘겋게 변해 갔다. 대학시절 월선은 방학을 택해 도인들이 했다는 벽곡식에 여러 차례 동참해 보았고, 지금도 거의 생식에 의존하는 월선으로서는 함께 앉아 있는 자체가 고역이었다. 빨리 일어서고 싶었지만, 자리를 박차고 일어나기가 쉽지 않았다. 광태는 여자를 도와 젓가락으로 돼지고기를 뒤적이면서 월선에게 말했다.

　"난 살코기보다 비계가 훨씬 더 맛있어. 그런데 내가 여기 있는 것을 어떻게 알고 왔어?"

　"사실 모르고 왔어. 초파일 행사 때 협조를 좀 구하려고."

　"몇 년 전부터 단체에서 전화가 오고 사람들이 왔다 갔지만, 난 그런 쪽에 관심이 없어"

　"왜?"

　"꼴통들과는 말도 안 통하고……."

　불교 경전에 개고기, 돼지고기를 먹지 말고, 술도 마시지 말라는 법은 없지만, 그 사람이 먹는 음식을 보면 월선은 경험으로 그 사람의 성격이나 체질을 알 수 있었다. 무산은 익힌 돼지비계와 마늘을 김치로 싸서 맛있게 먹으면서 소주 한 병을 게 눈 감추듯 해치워 버렸고, 시키지 않았는데 승복을 입은 순화는 자동으로 소주 한 병을 더 가지고 왔다. 개기름이 번지르르하게 흐르는 광태의 얼굴에 땀이 송글송글 솟아 있었다. 광태가 순화에게 번거롭게 해 미안한 마음이 들었는지 술을 권하자 그녀는 주저함이 없이 몇 잔을 비웠다. 잔만 받아 놓고 앉아 있는 월선에게 무산이 물었다.

"장가는 갔어?"

"아니. …… 왜?"

광태가 술이 몇 잔 들어가자 월선에게 여러 질문을 했다.

"그때 정말 살벌했는데, 너도 안 잡히고 용케 산으로 잘 들어갔던가베?"

"아니, 난 잡혀서 삼청교육대에 갔다 왔어."

"아하, 그랬구나. 그러면 넌 대졸이네."

광태가 말한 대졸이란 말에는 대학에 대한 조소와 거부감이 묻어 있었다.

"……."

월선은 피식 웃고 거기에 대해서 다시 어떤 언급도 하지 않았다. 머릿속에서는 어떻게 하면 상대방에게 기분 안 상하게 하면서 이 자리에서 빨리 벗어날 수 있을까를 궁리했다. 무산과는 전생에 무슨 악연이 있었는지 우연히 두 번이나 만났고, 두 번 다 유쾌하고 기분 좋은 만남은 아니었다. 승복을 입고 고기를 굽고 있는 순화는 우리가 어디서 만난 적이 있다는 것에는 관심이 없는 듯했다. 그녀의 친구 영미가 궁금해 묻고 싶었지만, 월선은 묻지 않기로 마음을 먹었다.

이제 순화의 시대는 지나갔으나 이 자리에는 강제로 순화될 뻔한 자신과 이름만 진짜배기 순화, 순화와 배꼽을 맞대고 살면서 이상하게 순화된 자가 같은 공간과 시간대에 함께하고 있었다. 무산이 계속 무엇인가 말하고 있었지만, 방에 있는 텔레비전에서 흘러나오는 노랫소리와 밖에선 확성기에서 나오는 목탁을 두드리며 불경 읽는 소리로 월선의 귀에 광태의 말은 들리지 않았다. 머리를 깎고 같은 승복을 입고 있는데 생각과 사는 방식이 너무나 다르다는 것을 확인할 수 있었다. 월선이 자리에서 일어나면서 목소리를 높여 물어보았다. 유일하게 물어본 한 마디였다.

"절을 경영하기 안 힘들어?"

"사실 나보다. 이 사람이 더 능력이 있어서 그런대로 괜찮아."

월선이 있는 작은 절에 조상 때부터 대를 이어 다니는 독실한 신도가 있었는데, 그 신도의 말에 따르면 여기 무당이 보통내기가 넘는다고 했다. 어려움이 있어 절에 자문을 구하러 가면 찾아온 사람을 마음속으로 살펴본 후 그 집에서 제일 중요한 위치에 있는 사람이나 약하거나 위기에 있는 한 사람을 골라 곧 재앙이 다칠 것이니 재앙을 피하려면 자기의 말을 듣고 굿을 해야 한다며 심리전으로 협박을 한다는 것이다. 이런 방식으로 남의 지갑 속의 돈을 마치 자기 것처럼 마음대로 뽑아간다고 했다. 이렇게 하자 오랫동안 다니는 신도는 거의 없고 아무것도 모르는 뜨내기들이 주로 많이 당하고 있으며, 요즘은 주로 수험생을 가진 학부모들을 상대로 이 절에 기도하면 운수대통하고 합격한다며 바람잡이를 이용해 홍보를 하고 있으며, 부업으로 부적을 비싸게 파는 장사로 쏠쏠하게 재미를 보고 있다고 했다. 월선이 일어서면서 말했다.

"초파일 준비로 바빠서 가볼게."

"짜아식 금방 와 놓고 갈라 하네."

술기운으로 얼굴이 가을 단풍처럼 붉게 변한 무산이 월선을 배

웅하기 위해 일어서면서 말했다.
 "가까운데 있으니 우리 자주 보자."
 월선은 건성으로 대답을 했다.
 "그래, 그러자."
 월선은 앞으로 떠벌이 광태의 입에 자기의 이름이 오르내릴 것을 생각하니 기분이 영 찝찝했고, 시간을 내어 찾아온 것을 후회했다. 무엇보다 우선 절을 빨리 벗어나고 싶었다. 차를 몰아 솔밭 길과 저수지를 빠져나오자, 이제 아수라장 같은 절에서 완전히 벗어났다는 생각이 들었다. 자동차 창문을 내린 후 심호흡을 크게 몇 번을 하자 가슴의 밑바닥에서 서서히 생기와 기쁨이 밀려 올라오고 있었다. 아수라장으로부터 벗어난 해방의 기쁨이었다.

할머니의 후유증

1950년 8월 중순 그가 경상도 지리산 근처 어느 산골에서 태어났으나, 가족이나 마을 사람 중에서 그의 출생일을 정확히 아는 사람은 아무도 없었다. 그해 6월 25일 전쟁이 일어나 인민군이 휴전선에서 지리산 근처에 도달하기까지 세 달도 걸리지 않았다. 인민군이 산골 마을에 도착한 시점과 사내아이가 태어난 시점이 비슷했다. 10여 가구 모여 사는 마을의 주민들은 대부분 피난을 떠나 이 집을 빼고는 마을의 집들은 모두 비어 있었다. 산촌이라 당시에 달력 구하기도 어려웠고, 마을 사람들은 대충 음력에 의존해 농사를 짓던 시절이었다.
　그런 와중에 산모는 잠시 꾼 꿈을 선명하게 기억하고 있었다. 태몽이라 여기기에는 내용이 너무나 터무니없고 황당하고 재수가 없다는 생각을 가지게 했다. 호랑이가 미친개한테 물리는 꿈이라 누구한테 말하기조차 부끄러웠다. 산모는 전쟁이 나던 해가 호랑이해이긴 하지만, 태몽과는 아무런 관계가 없는 그야말로 개꿈으로 여겼다. 난리를 만난 마을 사람들은 피난을 떠났고, 아이의 아버지는 전쟁이 일어나기 직전에 징집 영장을 받고 군대에 가 있었다. 아이가 태어났을 무렵 아버지는 전쟁터에서 전투하느라 아이의 얼굴을 볼 시간은 고사하고 아이가 태어났는지도 모르는 형편이었다.

일본군에 끌려가 남편이 죽어 청상과부가 된 시어머니와 이 집의 산모는 이 땅에 여자로 태어난 운명을 탄식했다. 쥐 죽은 듯이 텅 빈 조용한 산골의 빈 동네에 주인을 따라가지 못한 굶은 개 몇 마리가 이 집 저 집으로 돌아다녔고, 뒷산에 고삐를 풀어 놓은 소 몇 마리가 인간과 일에서 해방이 되어 자유를 만끽하며 돌아다녔다. 조용하고 평화롭기까지 한 마을 아래 멀리 보이는 곳에 총을 멘 인민군들의 긴 행렬이 한차례 지나가고 난 후 며칠이 지나자 국군이 또 한차례 지나갔다. 이들 고부는 아이 때문에 피난을 못 하고 고향에 조용히 남기로 했다.

몇 달 지나 전쟁이 소강상태에 접어들면서 마을 사람 일부가 피난에서 돌아왔고, 벼가 누렇게 익어가는 화창한 가을 어느 날 마른하늘에 날벼락 같은 소식이 이들 가족에게 날아왔다. 아이 아버지의 전사통지서였다. 젊은 나이에 남편을 잃은 며느리와 젊은 날 남편을 잃고 자식 하나를 보고 살아온 시어머니의 통곡이 한 달이 지나가도 그치지 않았다. 밤이 새도록 통곡을 하였고, 낮에도 식음을 잊고 통곡만 하였다.

아이는 유복자가 아니었지만, 유복자와 비슷한 처량한 신세가 되어 있었다. 동네에는 이름을 지을 만한 유식한 사람이 없었고, 이름을 지어도 행정기관이 마비되어 올릴 곳이 없었다. 거의 일 년 동안 어영부영 아이는 이름도 없이 지냈고, 지푸라기라도 잡는 심정에서 임시 이름으로 부뚜리(붙들이)라 불렀다.

당시 전염병으로 자식 농사는 반타작도 하기 어려운 시대였다. 전쟁까지 겹치니 이 아이가 자라 사람 구실 하기는 어려울 것 같았다. 이들의 사정을 답답하게 여긴 나이 많은 동장이 경인년에 태어났으니, 경인庚寅이가 어떻겠느냐 하자 고부는 즉석에서 그렇게 하기로 결정을 했고 몇 달 후 면사무소가 문을 열자 호적에 잉크 칠을 할 수 있었다.

전쟁 통에 아기가 태어났으니 산모는 제대로 먹지를 못했고, 아이는 아이대로 젖을 먹지 못해 얼굴이 파리하고 여기저기 마른버짐이 피어 있었다. 젖을 떼고 겨우 걸어 다닐 나이가 되자 할머니가 막대기를 들고 들판으로 나가 손자를 위해 개구리와 뱀을 잡아다가 가마솥에 고아 단백질 보충을 시켜 연명할 수 있었다.

아직 서른도 채 되지 않은 경인의 어머니는 빼어난 미인은 아니었지만, 뽀얀 피부와 적당한 키로 사랑스러운 외모였다. 경인이 외가 쪽에서 그 나이에 남편 없이 살기가 어렵다며 시도 때도 없이 개가하라고 설득했다. 동네에서도 몇 사람만 모이면 남편 없이 살기에는 너무나 억울하고 아까운 나이라고 뒤에서 쑥덕거렸다.

동네에 술 좋아하고 큰소리 잘 치는 허풍쟁이 바람꾼이 하나 있었는데, 선조로부터 유산으로 받은 재산이 많은 부자였고 동네 사

누구한테 말하기조차 부끄러웠다. 산모는 전쟁이 나던 해가 호랑이해이긴 하지만, 태몽과는 아무런 관계가 없는 그야말로 개꿈으로 여겼다. 난리를 만난 마을 사람들은 피난을 떠났고, 아이의 아버지는 전쟁이 일어나기 직전에 징집 영장을 받고 군대에 가 있었다. 아이가 태어났을 무렵 아버지는 전쟁터에서 전투하느라 아이의 얼굴을 볼 시간은 고사하고 아이가 태어났는지도 모르는 형편이었다.

일본군에 끌려가 남편이 죽어 청상과부가 된 시어머니와 이 집의 산모는 이 땅에 여자로 태어난 운명을 탄식했다. 쥐 죽은 듯이 텅 빈 조용한 산골의 빈 동네에 주인을 따라가지 못한 굶은 개 몇 마리가 이 집 저 집으로 돌아다녔고, 뒷산에 고삐를 풀어 놓은 소 몇 마리가 인간과 일에서 해방이 되어 자유를 만끽하며 돌아다녔다. 조용하고 평화롭기까지 한 마을 아래 멀리 보이는 곳에 총을 멘 인민군들의 긴 행렬이 한차례 지나가고 난 후 며칠이 지나자 국군이 또 한차례 지나갔다. 이들 고부는 아이 때문에 피난을 못하고 고향에 조용히 남기로 했다.

몇 달 지나 전쟁이 소강상태에 접어들면서 마을 사람 일부가 피난에서 돌아왔고, 벼가 누렇게 익어가는 화창한 가을 어느 날 마른하늘에 날벼락 같은 소식이 이들 가족에게 날아왔다. 아이 아버지의 전사통지서였다. 젊은 나이에 남편을 잃은 며느리와 젊은 날 남편을 잃고 자식 하나를 보고 살아온 시어머니의 통곡이 한 달이 지나가도 그치지 않았다. 밤이 새도록 통곡을 하였고, 낮에도 식음을 잊고 통곡만 하였다.

할머니의 후유증 — 177

아이는 유복자가 아니었지만, 유복자와 비슷한 처량한 신세가 되어 있었다. 동네에는 이름을 지을 만한 유식한 사람이 없었고, 이름을 지어도 행정기관이 마비되어 올릴 곳이 없었다. 거의 일 년 동안 어영부영 아이는 이름도 없이 지냈고, 지푸라기라도 잡는 심정에서 임시 이름으로 부뚜리(붙들이)라 불렀다.

당시 전염병으로 자식 농사는 반타작도 하기 어려운 시대였다. 전쟁까지 겹치니 이 아이가 자라 사람 구실 하기는 어려울 것 같았다. 이들의 사정을 답답하게 여긴 나이 많은 동장이 경인년에 태어났으니, 경인庚寅이가 어떻겠느냐 하자 고부는 즉석에서 그렇게 하기로 결정을 했고 몇 달 후 면사무소가 문을 열자 호적에 잉크 칠을 할 수 있었다.

전쟁 통에 아기가 태어났으니 산모는 제대로 먹지를 못했고, 아이는 아이대로 젖을 먹지 못해 얼굴이 파리하고 여기저기 마른버짐이 피어 있었다. 젖을 떼고 겨우 걸어 다닐 나이가 되자 할머니가 막대기를 들고 들판으로 나가 손자를 위해 개구리와 뱀을 잡아다가 가마솥에 고아 단백질 보충을 시켜 연명할 수 있었다.

아직 서른도 채 되지 않은 경인의 어머니는 빼어난 미인은 아니었지만, 뽀얀 피부와 적당한 키로 사랑스러운 외모였다. 경인이 외가 쪽에서 그 나이에 남편 없이 살기가 어렵다며 시도 때도 없이 개가하라고 설득했다. 동네에서도 몇 사람만 모이면 남편 없이 살기에는 너무나 억울하고 아까운 나이라고 뒤에서 쑥덕거렸다.

동네에 술 좋아하고 큰소리 잘 치는 허풍쟁이 바람꾼이 하나 있었는데, 선조로부터 유산으로 받은 재산이 많은 부자였고 동네 사람들은 풍도라 불렀다. 이름이 따로 있었으나, 별명 겸 자字로 풍도로 통했다. 그가 술을 무척 좋아했는데, 술이 한잔 들어가면 바람피우는데도 도道가 있다고 늘 큰소리를 치고 다녔다.

　남자들끼리 있으면 여자를 어떻게 농락하는지 온갖 시나리오를 말했고, 거기에 대처하는 행동을 떠벌리곤 했다. 경인이 아버지보다 열 살 정도 연상으로 잔꾀와 수단이 대단했으며 돈으로 전쟁을 피한 인간이기도 했다. 유산으로 받은 재산을 십 년도 되지 않은 기간에 벌써 반 이상을 녹이고 있었다. 이십 마지기 정도는 여자와 노름으로 날렸고, 열 마지기는 전쟁을 피하는 경비로 썼다는 말이 동네에 나돌았다. 풍도 자신은 호걸로 자처했으나, 사람들은 바람둥이로 취급했다.

　둘째 부인에서 난 초등학교에 다니는 남자아이와 셋째 부인에서 태어난 딸아이가 하나 있었다. 첫 번째 여자는 병사했고, 둘째 여자는 풍도가 밤마다 잠을 못 자게 괴롭히자 함께 못 살고 야반도주했으며, 현재 함께 사는 셋째 여자는 술집 출신이었다. 그는 젊은 여자만 보면 예사로 보지 않고 눈독 들이고 침을 흘렸다. 성격이 아무 여자한테 이게 붙기를 좋아해 젊은 여자들은 그를 피해 다니며 재수 없는 인간으로 취급했다.

　경인이가 학교에 아직 입학하지 않은 다섯 살이었을 때 초등학교 운동회가 있었다. 학생이 있는 집들은 가족 대부분이 운동회에 가자 동네가 한산했다. 운동회가 있는 날은 일대가 축제 분위기라 경인이도 할머니와 함께 오 리를 걸어서 학교에 놀러 갔다. 집에 남은 경인이 어머니는 여러 가지 잔일을 끝내고 오후에는 인적이 드문 산 밑에 있는 콩밭으로 가서 콩밭의 김을 매기 시작했다. 풍도란 인간이 경인 어머니를 마음에 두고 하루 종일을 동태를 살피다가 얼씨구나 기회를 포착하고 소꼴을 베러 가는 척 꾸민 후 바지게를 끼운 지게를 지고 경인이 어머니 콩밭 매는 곳으로 갔다. 풍도 집에는 소를 먹이는 꼴머슴이 따로 있어 풍도가 직접 지게를 지고 나선 것을 동네 사람들이 보았다면 평소의 모습이 아니라 이상하게 생각했을 것이다.

 풍도는 인기척을 낸 후 지게를 콩밭 근처 잔디밭에 괴고 주변을 빙 둘러보면서 경인이 어머니가 들을 수 있게 혼잣말처럼 했다.
 "어디에 가서 소꼴을 한 짐 벤다……?"
 그는 콩밭에서 나는 인기척이 있음에 깜짝 놀란 표정을 짓고 큰 소리로 말을 걸었다.
 "뱃골댁이 여기서 일하고 계셨구려!"
 경인 어머니가 배(梨)가 많이 생산되는 곳에서 시집을 왔다 하여 동네에서 뱃골댁으로 통하고 있었다. 뱃골댁은 평이 안 좋은 사람을 인적이 없는 곳에서 만나자 허리를 펴고 인사는 하지만 마음속으로는 긴장하고 당황했다.
 "풍도 어른께서는 운동회에 못 가셨나 보군요?"
 "예, 애 애미가 학교에 가면 되지 뭐, 내까지 갈 필요가 있겠소?"
 풍도는 뱃골댁이 일하는 콩밭 가까이로 슬금슬금 걸어오자 뱃골댁은 몸을 움츠리며 허리를 다시 굽혀 일을 계속하면서 마음속으로 긴장의 끈을 늦추지 않았다. 풍도는 콩밭 밖에서 느끼하게 추근거리기 시작했다.

"뱃골댁 날씨도 더운데 이쪽으로 와서 좀 쉬었다가 일을 하시지요?"

뱃골댁은 약간 짜증이 섞인 투로 말했다.

"방금 와서 덥지 않습니다."

"젊은 나이에 혼자되어 긴긴밤에 외롭지 않소?"

"……."

뱃골댁은 밭골만 쳐다보고 하던 일만 했다. 한참 동안 콩밭 밖에서 뻘쭘하게 서 있던 풍도가 콩밭으로 들어서면서 말을 했다.

"젊은 아낙 혼자 일하는 게 보기가 참 딱하네요. 내가 오늘은 시간이 좀 있으니 도와 드리겠소."

뱃골댁은 황급히 손사래를 치며 거절했다.

"혼자 해도 돼요. 들어오지 마십시오."

풍도가 뱃골댁 뒤로 와서 다짜고짜 허리를 덥석 껴안자 뱃골댁은 기겁을 하고는 허우적거리다 자신도 모르게 오른손에 잡은 뾰족한 호미 끝으로 풍도의 왼쪽 허벅지 바깥쪽을 사정없이 찍어버렸다. 풍도는 껴안았던 손을 풀고 콩밭 뒤로 발랑 나자빠져 버렸다. 짧은 순간이었지만, 흰 광목 바지 위로 붉은 피가 번져 나오고 있는 것을 뱃골댁이 보고 놀라서 뒤도 돌아보지 못하고 뛰어 마을로 내려와 버렸다.

경황이 없던 순간이 지나고 풍도는 지게를 챙긴 후 지혈을 하면서 절뚝거리면서 집으로 돌아왔다. 그는 상처를 치료하러 병원에 갈 생각을 하지 않았다. 병원이 있는 십 리 길을 갔다 오기가 여간

번거롭지가 않았고, 무엇보다 스스로 상처를 대수롭게 생각하지 않았다.

　동네에서 별명이 야시로 통하는 풍도 마누라가 운동회가 끝나 아이들과 함께 집에 돌아왔다. 작고한 풍도 어머니와 할머니도 별명이 야시라 마을에서는 3대 야시집으로 통하고 있었다. 풍도 마누라가 영감을 찾자 풀을 베다 낫에 찔렸다며 방에 끙끙거리며 누워 있는 것을 보고 따발총을 쏘아대기 시작했다.

　"게으름뱅이가 초하룻날 나무하러 간다더니 하필 아이들 운동회 날 평소 하지도 않던 풀은 무슨······. 아이 구 내 팔자야······."

　그녀는 장독간으로 가서 된장을 한 숟갈 퍼 와서는 억지로 풍도의 바지를 벗긴 후 상처 위에 된장을 바르자 풍도는 따가워서 죽는다고 고함을 질렀다.

　"이놈의 여편네가 사람 잡네."

　다행히 이날 콩밭에서 두 사람 사이에 일어난 일을 본 사람이 아무도 없어 조용히 넘어가는 듯했다. 그런데 며칠이 지나도 풍도의 허벅지 상처는 아물지가 않았고, 날이 갈수록 열이 심하게 나면서 앓기 시작했다. 일주일 정도 지나도 상처가 낫기는커녕 더 심해지자 아랫동네에 있는 소달구지를 급히 빌려 타고 동네 사람들의 도움을 받으면서 십 리 밖에 있는 읍 소재지 병원으로 가자 의사는 풍도 마누라에게 청천벽력 같은 말을 했다.

　"무엇을 하다 이제 왔습니까? 파상풍이 온몸으로 번졌습니다."

　새파랗게 질린 풍도 마누라가 의사에게 매달리며 말했다.

　"파상풍이 무엇인지 모르지만, 어떻게 하든지 살려주십시오, 의사 선생님."

　의사의 소매를 잡고 애원하는 풍도 마누라의 두 눈에 눈물이 그렁그렁 맺히더니 주르륵 흐르고 있었다. 풍도는 병원 근처 방을 빌려 놓고 의사의 치료를 받았으나, 치료의 효과는 나타나지 않고 다리가 썩더니 나중에는 말도 제대로 하지 못하더니 덜컥 죽고 말았다.

　뱃골댁의 마음고생은 이루 말할 수가 없었다. 죄책감으로 잠을 제대로 자지 못했고 식욕이 없어 억지로 먹어도 소화가 되지 않았다. 모른 척하고 치마끈을 한번 풀어 주었으면 사람도 살리고 이런 마음고생을 하지 않아도 되지 않았을까 하는 생각을 문득 하다가도, 풍도의 성질을 볼 때 한 번으로 조용히 끝났을 문제가 결코 아니었을 것이라 생각이 들었다. 자업자득이지 내가 그를 죽인 게 아니었다고 아무리 가슴에 다짐해도 자신이 허벅지를 찍은 것이 직접적인 원인이라는 생각에서 벗어날 수가 없었다. 콩밭 사건 후 풍도가 죽고, 장사를 지낸 후 뱃골댁은 그 사이에 얼굴이 반쪽이 되다시피 했다. 나이가 비슷한 동네 아낙이 우물가에서 주변에 사람이 없는 것을 확인하고 작은 목소리로 뱃골댁을 놀렸다.

　"풍도 양반을 얼마나 짝사랑했으면……. 아이고 그이가 죽었는데 왜 자기 얼굴이 반쪽이야?"

　그냥 농담이라는 것을 알지만, 기분이 몹시 상한 뱃골댁이 물바가지를 들고 그 아낙의 입을 사정없이 때릴 듯이 화를 내며 말했다.

　"말이라고 하면 다 말인 줄 아나? 이놈의 여편네 주둥아리를 칵 그냥……?"

그 아낙은 농담이 지나쳤다고 생각했는지 웃으며 바로 사과를 했다.

"미안, 농담이 지나쳤나 보네."

뱃골댁도 사과를 받아주며 주의를 단단히 주었다.

"과부는 조그마한 실수에도 남의 입에 오르내리기 쉬운데, 아침부터 어찌 그런 농담을 하나? 죽은 사람에게는 안 됐지만, 재수 없는 그런 말은 절대 하지 마라."

풍도가 자신의 행동이 부끄러워 그러했는지, 가슴 밑바닥에 실낱같은 작은 양심이 남아 있었는지 죽으면서 뱃골댁에 대해서는 일언반구의 말도 하지 않았다. 풍도의 죽음을 두고 동네에서 평가가 다양했다. 젊은 나이에 애석하게 되었다는 사람이 있는가 하면 그런 인간은 더 살아봐야 주위에 아무런 보탬이 안 되고 나라도 어려울 때 양식만 축낸다는 평가도 있었다.

해가 바뀌고 6월이 되자 풍도 집의 빨간 석류꽃이 돌담 너머로 얼굴을 살며시 내밀고 있었다. 이 집에 경인이와 동갑이지만, 생일이 몇 달 빠른 갑순이란 딸아이가 하나 있었다. 동네에 경인이와 동갑내기는 이들 둘뿐이었다. 걸음마를 끝내고 자신의 발로 걸어 다닐 정도의 나이부터 둘은 남매처럼 같이 붙어 다니며 소꿉놀이를 하면서 함께 성장했다. 갑순이는 누나와 마누라 역할을 경인이는 남동생과 남편 역할을 하며 양지바른 담장이나 동네 가운데에 있는 큰 느티나무 아래에서 주로 놀았다.

고삐 풀린 세월의 마차는 여름을 가로질러 처서를 지나가고 있었고, 아직 한낮의 기온은 후덥지근함이 남아 있었다. 마당에 모 깃불을 피우고 평상 위에 경인이를 가운데 눕혀 놓고 뱃골댁과 시어머니가 하늘의 별을 쳐다보며 누워 있었다. 다른 집에서는 고부 간 갈등이 울타리 밖으로 질금질금 흘러나왔으나, 이 집은 마치 모녀처럼 잘 지냈다. 갈등이 영 없을 수야 없겠지만, 서로 존중하고 이해를 하자 동네에서 칭찬이 자자했다.

며느리 쪽으로 시어머니가 돌아누우며 조심스럽게 말했다.

"아가, 오늘 시장에서 경인이 큰 외숙부를 만났다."

뱃골댁은 시어머니가 친정의 큰오빠 이야기하는 것으로 보아 오늘도 또 그 이야기가 오고 갔겠구나 하는 생각을 했다.

"또 그 말을 하시지요?"

"그래……."

뱃골댁은 머리를 돌려 북두칠성 쪽으로 바라보았다. 계절을 알리는 국자의 자루가 서쪽 세 시 방향을 가리키고 있었다. 벌써 여름이 다 가고 있다는 생각을 했다. 시어머니의 말은 계속되었다.

"아가, 나도 네 나이에 과부가 되었다."

뱃골댁은 듣고만 있었고, 시어머니는 자신에게 다짐하듯 말했다.

"아까운 청춘 허무하게 보내지 말고 좋은 사람 있으면 개가를 하거라."

"어머니, 경인이도 있고 저는……. 아직……."

"내 나이 때는 체면 때문에 어려웠지만, 지금은 세상이 많이 바뀌었다."

"어머니 저는……."
시어머니가 목이 메는지 울먹이는 음성으로 간신히 말을 이었다.
"경인이는 내가 키워도 된다."
귀뚜라미 소리가 두 사람의 마음을 더 처연하게 만들고 있었다.

경인이가 사는 동네 위에 제법 큰 저수지가 하나 있었는데, 그 저수지 위로는 사람이 살지 않아 물이 깨끗했다. 물이 깨끗하다 보니 자연히 물고기도 깨끗하고 경치까지 좋아 낚시꾼들이 아주 좋아했다. 휴전이 되고 얼마 지나지 않은 시기에 이곳에 언제부터인가 이상한 낚시꾼이 하나가 매일 찾아왔다. 눈이 오거나 비가 심하게 오는 날이 아니면 늘 같은 자리에 앉아 낚시를 했으나, 고기 잡는 데는 별로 관심이 없는 듯했다. 고기가 많이 잡혀도 집에 갈 때는 가장 큰 세 마리만 골라 가져갔고, 한 마리를 못 잡는 날이 있어도 투덜거리는 일이 없이 늘 무덤덤한 표정이었다.

낚싯대가 귀할 때라 대나무 끝에 낚싯줄을 매었고, 줄 끝에는 쇠 동가리와 낚싯바늘 하나만 깡충 매달려 있는 형편없는 낚시도구였다. 대나무도 긴 대가 아닌 2미터가 간신히 넘을 만한 길이였다. 그는 늘 삿갓을 쓰고 낚싯대를 어깨에 멘 채 느린 걸음으로 다녔다. 삿갓은 머리에 눈비를 가리기 위해서인지 아니면 다른 사람들에게 얼굴의 노출을 가리기 위해서인지 알 수 없으나 삿갓을 벗는 일은 거의 없었다. 오랫동안 다니다 보니까 마을 사람과 서로 인사를 하고 지냈는데, 나이 많은 어른과 인사를 하거나 말을 할 때는 반드시 삿갓을 벗고 공손하게 응했다. 키는 보통보다 약간

컸고 맑은 눈매와 깨끗한 피부로 인해 자연스럽게 기른 검은 수염이 멋있게 보였다.

　여덟 살이 되던 해 경인이는 갑순이와 같이 초등학교에 입학했고, 경인이가 학교를 마치고 집에 와서 할 일 없는 날은 무엇이든지 물으면 친절하게 잘 가르쳐 주는 낚시꾼한테 갔다. 학년이 올라갈수록 학교에서는 집에서 공부를 해오라며 숙제를 내어주는 날이 많아 낚시꾼을 찾아가는 횟수가 늘어났다.

　어머니는 외갓집의 성화와 자신의 판단도 그러했는지 결국 개가를 했다. 외갓집에 급한 볼일이 있어 며칠 있다가 온다고 했는데, 한 달이 가고 두 달이 가도 오지 않더니 할머니가 너도 크면 이해를 할 것이라며 어머니는 다른 집으로 갔으니 앞으로 절대 찾지 말라는 엄명이 있었다. 경인이는 태어나 가슴이 찢어지는 이별의 쓰라린 아픔을 최초로 맛보아야 했다.

　동네에는 주로 농사만 짓고 사는 사람들이 대부분이라 학교에서 내어주는 어려운 숙제는 물어볼 곳이 없었다. 멀리서 누가 죽었다고 오는 한자투성이의 부고장을 제대로 읽을 수 있는 사람조차 없었는데, 낚시꾼에게 물으면 쉽게 해결이 되었다. 사람들이 처음에는 그에 대해 전혀 알지 못했고 또 관심을 두지 않았다. 시간이 흐르자 차츰 그에 대해 조금씩 저절로 알려지기 시작했다. 알려진 소문을 요약해 보면 집은 읍에 있고 아버지가 공무원으로 서울에서 높은 직위에 있었으나, 전쟁 때 혼자 북으로 넘어가는 바람에 남쪽에 남은 자식은 연좌제에 걸려 중요한 일은 할 수 없는 처지가 되어 있다고 했다.

낚시꾼이 전쟁 전에 S대학교 문리대에 다녔으나 전쟁으로 졸업을 하지 못했고 지금 졸업을 해도 받아 줄 곳이 없다고 했다. 시간이 흐를수록 낚시꾼은 낚시터에서 혼자서 술을 자주 마셨다. 그렇다고 남에게 시비를 걸거나 행패를 부리는 일은 없었다. 경인이가 6학년으로 중학교 갈 무렵 낚시꾼이 전날 술을 많이 마셨는지 저수지 바로 아래에 있는 경인이가 사는 집으로 물을 얻어 마시러 온 적이 있었다. 경인이나 동네 사람이 묻는 말 외는 어떤 말도 하지 않던 그가 경인이가 컸다고 생각했는지 아니면 그에게도 변화가 있었는지 마루에 잠시 걸터앉아 관심을 가지고 몇 가지를 물었다.

"아버지는 멀리 일하러 가셨나? 내가 한 번도 못 본 것 같은데."

경인이는 아버지에 대한 추억이나 기억이 전혀 없어 전사란 말을 자연스럽게 말했다.

"전사하셨대요."

"전사……?"

전사란 말에 낚시꾼이 포켓에서 담배를 꺼내더니 불을 붙여 한 모금 깊게 빨고는 연기를 내뿜은 후 중얼거리듯 말했다.

"여기도 전쟁의 큰 상처가 있는 집이구나. 할머니는 내가 아는데……. 할아버지는 돌아가셨고?"

"할아버지도 대동아 전쟁 때 전사하셨대요."

"대동아전쟁이라 하지 않고 2차 세계대전이라 한단다. 그런데, 어머니는?"

"어머니는……."

경인이가 머뭇거리자 낚시꾼은 상처를 건드렸다고 생각했는지 말머리를 돌렸다.

"말하기 곤란하면 안 해도 돼"

"괜찮아요. 어머니는 몇 년 전에 개가하셨고요."

"미안해…… 상처를 건드렸나 보구나."

담배를 여러 번 깊게 빤 후 연기를 내뿜으며 말했다.

"몇몇 멍청한 것들의 탐욕이 국토 구석구석 상처만 남겼구나."

벼농사를 짓기 위해 낚시터에 물을 빼면 낚시를 중단하고 집에서 쉬다가 물이 차면 다시 나타나던 낚시꾼이 시간이 가자 큰 냇가나 경치 좋은 곳으로 자리를 옮기는 경우가 간혹 있었다. 고기 낚는 데는 여전히 흥미가 없는 듯했다.

경인이가 중학생이었을 때 여름방학이 되면 초등학교 근처 공터에 가설극장이 설치되고 홍보반이 확성기로 음악을 크게 튼 후 동네방네 돌아다녔다. 라디오나 티비 혹은 즐길 취미를 가질 형편이 없던 시절이라 가설극장의 영화는 온 면민들의 마음을 들뜨게 했다.

영화를 시작하기 전에 대한늬우스에서 어김없이 나오는 베트남전쟁에서 전쟁 영웅들의 소식에 청소년들은 열광했다. 베트콩은 죽어야 마땅하고 파리 목숨보다 더 가치가 없었다. 전쟁이 왜 일어났고, 베트콩들은 왜 목숨을 버리면서까지 끈질긴 저항을 하는지 알 수가 없었다. 청소년들의 눈에는 오로지 죽고 죽이는 게임만이 존재했다.

가설극장에서 대한 늬우스를 못 보면 극장이 다른 곳으로 이동할 때까지 친구들과 대화가 되지 못했다.

　이 당시 누가 앞으로 어떻게 살고 싶으냐며 인생에 대해 질문하면 열에 아홉은 큰소리로 '굵고 짧게 사는 것'이라는 답변이 자동으로 튀어 나왔다.

　경인은 전날 대한 늬우스에서 본 것과 친구들과 있었던 이야기를 하고 싶어 학교에서 돌아오자마자 밥을 먹는 둥 마는 둥 낚시꾼을 찾아갔을 때 그는 오늘도 술을 마셔 얼굴이 벌겋게 변해 있었다. 몇 년을 낚시 외는 하는 일 없이 술만 마시는 그가 신기하다고 말하는 사람들도 있었다. 그가 서울에서 5년제 명문중학교를 아주 우수한 성적으로 졸업하고 S대학을 다녀 박식하다는 것은 알려졌지만, 무술에서도 고수란 것이 알려진 지는 얼마 되지 않았다. 유도는 공인 3단이고 검도도 유단자라고 했다. 그가 자기 집으로 가려면 일제 강점기 때 만든 높은 교각의 콘크리트 다리 하나를 건너가야 했다.

　다리가 끝나는 곳에 느티나무가 하나 있었는데, 그 나무 아래 넓적한 돌들을 깔아 놓아 쉼터 역할을 하고 있었다. 하루는 해가 질 무렵 낚시꾼이 낚싯대를 어깨에 메고 지나가고 있는데 읍내에서 좀 논다는 불량배 몇 명이 삿갓을 쓰고 지나가는 낚시꾼이 아니꼬웠는지 시비를 걸었다. 전쟁 후라 젊은이들이 직장 구하기가 어려워 깡패나 양아치가 되어 패거리로 몰려다니는 경우가 많았지만, 경찰은 이런 치안에는 신경을 쓰지 못했다. 공권력의 대부분은 정치범이나 사상범을 색출하고 정권 유지에 급급하던 시대라 폭력범 단속에는 소홀히 하여 뒷골목에서는 법이 아닌 주먹이

통치하던 시대였다. 깡패들은 떼를 지어 다니며 힘없는 자들을 괴롭히고 금품을 갈취하는 일은 허다하게 있는 일이었다.

다리가 있는 일대는 사거리파라는 패거리들의 구역이었다. 행정구역처럼 어둠의 세계에도 자기 구역이 있었다. 사거리파 몇 명이 느티나무 아래 앉아서 지나가는 사람들을 종종 괴롭혔다. 닷새 전에 화사한 옷차림을 한 아가씨 하나가 지나가자 그냥 두지 않고 패거리 중의 한 명이 놀렸다.

"이쁜 아가씨가 옷도 이쁘게 입었네. 솥도 참 이쁘겠다. 그 솥에 고구마 좀 삶으면 안 될까?"

이 말에 삐딱하게 앉아 있던 다른 패거리들이 아가씨의 반응을 살피며 자기들끼리 낄낄거리며 웃었다. 이렇게 놀리면 대부분의 아가씨들은 부끄러워 손으로 입을 가리고 도망가기가 일쑤였다. 그런 재미로 아가씨 혼자 지나가면 그냥 두지 않고 어떤 방법을 동원해서라도 놀리거나 망신을 주었다. 그런데 오늘 이 아가씨는 성적인 모욕인 줄 알고 휙 머리를 돌려 그 말을 한 불량배를 째려보며 말했다.

"질이 잘난 니 애미 솥에 가서 삶아라."

오늘은 운수가 나빴는지 너무나 뜻밖의 일격에 농을 던진 불량배는 그 이상 아무 말도 못 하고 말문이 막혀 멍하게 쳐다만 보았다. 남자였다면 당장 뛰어가서 바로 주먹으로 두들겨 패 줄 것인데, 아무리 깡패라도 백주 대낮에 가냘픈 처녀 하나를 집단폭행할 할 수는 없었던 것이다. 사거리파들이 아가씨에게 망신을 당했다는 소문은 사람들에게 알려졌고, 이 이야기를 들은 사람들은 모두

고소하게 생각했다. 깡패들이 힘없는 아가씨에게 보기 좋게 당한 것이 즐거웠던지 이야기를 들은 사람들은 자기가 아는 사람들에게 다시 퍼다 날라 읍에서 모르는 사람이 없을 정도가 되었다.

낚시꾼이 집으로 돌아갈 때 사거리파가 망신을 당한 아가씨에게 보복하기 위해 느티나무 아래에서 여러 명이 교대로 연사흘을 기다리고 있었다. 나이가 낚시꾼과 비슷해 보이며 야무진 얼굴에 눈에 독기가 흐르는 자가 심심한지 아니면 며칠 전에 당한 수모를 다른 사람에게 화풀이라도 해서 잃은 체면을 되찾고 싶은 생각이 있었는지 낚시꾼에게 싸움을 걸어 왔다.

"짜식 되게 폼 잡고 걸어가네. 지가 무슨 영화에 나오는 주인공이라고……. 야 임마 삿갓 벗어."

낚시꾼은 들은 척도 안 하고 아무 말 없이 똑같은 보폭으로 계속 걸어갔다.

"……."

뚜벅뚜벅 황소처럼 그냥 지나가며 반응이 없자, 무시당했다고 생각하였는지 노골적으로 욕을 했다.

"아 씨팔, 별 재수 없는 놈 다 보네. 야 이 새끼야, 어르신 말이 안 들려? 삿갓 벗고 걸어."

"……."

상대는 모두 네 명이었다. 낚시꾼이 그들 무리의 앞을 막 지나쳐 갈 간격에 왔을 때 참다못한 그들 중 한 놈이 빠르게 걸어오면서 낚시꾼의 발을 걸어서 길바닥에 넘기려 했다. 낚시꾼은 들어오는 힘을 슬쩍 피하면서 옷소매를 잡고 들어오는 같은 방향으로 힘껏 뿌리는데 걸린 시간은 순식간이라 옆에 있는 사람도 제대로 보지 못했다. 공격을 한 자가 삼 미터 정도 밖에서 개구리처럼 나동그라지자 그때 나머지 무리가 사태를 파악했다. 놀란 세 명이 동시에 달려들자 낚싯대 뒷부분으로 제일 가까이 다가온 한 놈의 명치를 짧고 강하게 치고, 한 놈은 턱 아래에서 쳐서 올리듯 가격했다. 둘은 거의 동시에 공중으로 약간 떴다가 그 자리에 동시에 풀썩 주저앉아 버렸다. 나머지 한 명은 나갔던 낚싯대를 뒤로 거두어들이는 동시에 몸의 방향을 털면서 상대의 팔 아래 갈빗대를 짧고 빠르게 연타로 가격하자 오만상을 찌푸리며 손바닥으로 맞은 곳을 부여잡고 고통을 참지 못하고 주저앉아 버렸다. 개구리처럼 길가에 나동그라지며 한 바퀴 돌고 일어난 자는 잠시 방향을 못 찾다가 겨우 정신을 차린 후 다시 맹렬하게 달려들었는데 낚싯대에 정수리를 한 대 더 맞고 다시 주저앉았다. 네 명이 모두 한 대씩 맞고 꼼짝 못 하게 제압당하는데 소요된 시간은 불과 20여 초밖에 걸리지 않았다. 정말 영화에서나 볼 수 있는 장면이었다. 낚시꾼은 삿갓을 쓴 채 조용히 타일렀다.

"이놈들아. 너희들이나 나나 다 불쌍한 인간들인데, 서로 돕고 살지는 못할망정 서로 못 죽여 환장한 사람처럼 하면 되겠느냐. 앞으로 내 눈앞에 약한 서민들을 괴롭히는 모습이 보이면 그때는 절대 용서하지 않을 것이다. 모두 조용히 사라지거라."

그들 중에 둘은 낚시꾼보다 나이가 많아 보였다. 이런 자리가 아닌 곳에서 만났더라면 낚시꾼이 깍듯이 형님으로 모셔야 할 사람들이었으나, 이 자리에서는 법이나 문화가 안 통하는 자리라 그들은 용서를 빌고 더 낭패를 보지 않기 위해 도망치듯 달아났다.

　이 사건도 과대포장 되어 읍내에 자자하게 퍼져 오랫동안 이야기 소재가 되었다. 이 이후 느티나무 근처에 불량배들은 나타나지 않았다. 낚시꾼은 처음 몇 년은 혼자 다녔으나, 시간이 갈수록 그를 추종하며 제자로 자처하는 청년들 몇 명이 따라다녔는데 이들이 술과 담배를 이어 주었다. 경인이가 저수지로 낚시꾼을 찾아갔을 때 그는 술독으로 얼굴이 벌겋게 달아올라 있었다.

　"선생님, 콩은 콩인데 못 먹는 콩이 무엇인지 알아요?"

　언제부터인가 경인이도 자연스럽게 그를 선생님이라 불렀다.

　"썩은 콩……?"

　"그것도 몰라요? 베트콩. 어제 가설극장에서 한 영화 보셨죠?"

　"못 봤는데… 재미있었어?"

　"예."

　"무엇을 봤는데? 제목은?"

　"'오인의 해병'이요"

　"그랬었구나……."

　경인이는 약간 들떠서 말했으나 낚시꾼은 차분하게 말했다.

　"선생님은 영화 안 좋아하세요?"

　"아니, 좋아하는데……."

　"어제 대한뉴우스 봤는데, 국군이 완전히 콩 타작을 하던데요."

　"베트콩이 많이 죽었어?"

　"몇 달 안 가 전쟁은 끝날 것 같아요."

　경인이의 예측에 낚시꾼은 빙그레 웃으며 말했다.

"전쟁이 그렇게 쉽게 끝나지는 않을 것이다."

"우리나라 군인 몇만 명이 용감하게 싸워, 베트콩은 하루아침 횟거리도 안 된다 하던데요?"

"사람들이 월남을 너무 몰라서 얕보는데, 그렇지 않을 것이다. 경인이는 장래 무엇이 되고 싶어?"

"선생님이요."

"나도 꿈이 대학교 선생이었는데……. 참 좋은 생각이다. 좋은 선생님이 될 수 있게 열심히 공부하도록 해라."

경인이가 중3 때 낚시꾼 때문에 동네 잔칫집에서 술을 마시다 논쟁이 붙어 조용하던 동네가 두 패로 나누어져 서먹하게 된 적이 있었다. 전쟁 때 인민군으로부터 총상을 입은 과격한 상이용사 한 사람이 이 동네로 이사 왔는데, 그가 낚시꾼은 빨갱이 새끼이며 그도 기회만 되면 언제든지 북으로 도망갈 놈이라며 매도를 했다.

얼굴이 붉게 물든 상이용사는 핏대를 세우고 계속 자기주장만 했다.

"우리 동네에 그런 인간이 오는 것 동네 발전에 조금도 도움이 안 됩니다. 동장이 못 오게 막아야 한다고요."

그의 주장에 바람이 불면 쉽게 눕는 갈대처럼 동조하는 몇 명이 더 있었다. 다만 일제 때 소학교를 중퇴하여 동네에서 제일 학식이 높고 동장을 맡고 있는 권 씨가 신중하게 말했다.

"겪어 보지 않고 사람을 함부로 단정하는 것은 좋은 일이 아니요. 그가 우리한테 직접적인 피해를 주지 않았는데 배척하는 것은 옳지 않습니다."

술기운이 오른 상이용사는 입에 거품을 물고 부모를 죽인 원수보다 더 그를 욕 했다.

"내일부터 빨갱이 새끼가 오기만 하면 내가 다리 몽둥이를 분질러 버릴끼다."

이유 없이 배척하는 것은 안 좋다는 이야기에 동조하는 사람도 있어 옥신각신 크게 다투었다. 이 이야기가 귀에 들어갔는지 이 이후로는 저수지에 그 낚시꾼의 모습은 볼 수가 없었다.

경인이와 갑순이는 사춘기를 지나면서 서로 이성에 눈을 뜨기 시작했다. 누가 따로 성교육을 시킨 사람도 없었지만, 건강한 남녀로 성장하면서 잠시만 떨어져 있어도 서로를 그리워했다. 이들은 어릴 때부터 붙어 다녀 서로 눈빛만 봐도 서로의 마음을 헤아릴 수 있었다. 풍도가 살았다면 남은 재산 이럭저럭 허랑방탕으로 다 날리기 십상이었겠지만, 여우 같은 풍도의 셋째 마누라는 살림을 야무지게 살아 갑순이의 오빠를 고등학교까지 졸업시켰고, 갑순이도 여고에 입학시켰다. 풍도 마누라는 스스로 생각해도 이런 자신이 대견스러운지 사람이 많이 모인 곳에 앉으면 자식과 자기 자랑을 했다.

고등학교는 읍내에 있었다. 갑순이와 경인이가 초등학교와 중학교를 같은 학교에 다녔지만, 한 번도 경인이가 갑순이보다 성적이 좋았던 적은 없었다. 같은 학년에서도 갑순이는 늘 일등을 했으며, 고등학교 때는 학교 근처에서 자취했는데 공부를 잘한다는 소문이 자자했다. 경인이는 중고 자전거를 어렵게 구하여 집에서 할머니가 해 주는 밥을 먹고 자전거 통학을 했다. 승용차 두 대가 간신히 비껴갈 수 있는 비포장 자갈길을 통학하면서 수업을 일찍 마치는 날은 낚시꾼을 찾아갔다.

그는 경인이가 사는 저수지에 발길을 끊은 후 남강의 지류인 큰 냇가 근처 경치가 좋은 곳으로 터를 옮겼다. 물이 하류로 흘러 모이는 곳이었는데 논 삼십 마지기 정도 되는 넓이의 소沼가 있어 경치가 아주 좋았다. 물가에는 많은 느티나무가 있었고, 그중에는 육백 년이 넘는 느티나무도 있었다. 냇가 너머로는 작은 동네가 형성되어 있었는데 전통 있는 이씨가 집성촌을 이루고 살고 있었다.

특별한 경우가 아니면 낚시꾼은 이곳에 머물며 시간을 보냈다. 낚시꾼 아버지는 고향에서 촉망받았던 유명인사라 시간이 흘러도 그의 이름 석 자를 기억하는 사람들이 많았다. 재일교포 모국 방문 때 조총련을 통해 전해진 이야기에 의하면 낚시꾼의 아버지는 북에서 높은 자리에 있다가 숙청되어 함경도 어느 탄광으로 보내졌다는 소식에 낚시꾼의 어머니는 큰 충격을 받았다. 그녀는 일제 강점기 때 E여전을 나온 재원이었으나, 남편의 월북으로 경제적인 어려움과 울화병으로 오랫동안 고생하다 쓸쓸하게 생을 마감했다.

어머니 작고 후 낚시꾼은 하루가 다르게 폐인이 되어 갔다. 경인이가 고등학생 때도 학교에서 배운 것 중에 어려운 것이 있어 수시로 찾아가서 물으면 쉽게 설명을 해주었다. 추종하고 따라다니는 젊은 사람들끼리 하는 말을 참고로 하면 요즘은 거의 밥은 먹지 않고 술만 마신다고 했다. 그래도 수학, 물리, 영어, 한문 아무거나

물어도 명확하게 답변을 해주어 경인이의 눈에 낚시꾼이 신비로운 신으로 보였다. 그를 추종하고 따라다니는 무리는 경인이가 나중에 알게 되지만 대학생들이었는데, 주로 서울에서 대학을 다니는 학생들이라 방학 기간에 그의 주변에 사람들이 더 많았다.

경인이와 갑순이가 고3 여름방학이 시작될 무렵 가설극장 영화를 보고 둘이 몰래 갑순이 자취방으로 가서 서로 몸을 허락하는 일이 있었다. 이후 비슷한 일이 몇 번 생긴 후 갑순이가 임신을 했고, 둘은 남의 눈을 피해 같이 다니다 소문이 학교에까지 들어가고 말았다.

여고에서는 풍기문란을 사전에 근절해야 한다며 학교장이 단호하게 퇴학 처분을 내려야 한다는 소신을 밝혔다. 동네 사람들 중에도 경인이와 갑순이의 추문을 모르는 사람이 없었으나, 모두 쉬쉬하며 입 밖으로 내지는 않았다. 갑순이가 다니는 학교에서는 사실을 확인한 후 전광석화같이 퇴교 처분을 내려 버렸다. 이에 따라 경인이가 다니는 학교에서도 퇴학 처분으로 갈려고 했다. 여고에서 퇴학을 시켰는데, 남자 학교에서 퇴학을 안 시키면 형평성에 맞지 않는다며 여론이 안 좋을 것 같았다. 갑순이의 재능을 아는 사람들은 갑순이가 사내로 태어났으면 큰 인물이 되었을 것이라며 탄식을 했으나, 학교 징계위원회에서 무 자르듯 잘라 버렸다.

경인이가 다니는 학교의 교장은 한 동네에 사는 권 씨의 외사촌 동생이었다. 권 씨가 학교를 찾아가서 경인이 퇴학만은 막아주기를 간곡히 부탁했다. 두 학교의 형평성 있는 처분도 중요하지만, 좀 더 멀리 봐 주었으며 좋겠다는 주장을 했다.

앞으로 두 사람이 결혼하더라도 남자가 고등학교 졸업장은 있어야 험한 세상을 살아가는데 도움이 되지 않겠느냐며 교장을 설득하자 교장은 난감한 표정을 지었다. 징계위원 중에 강경파의 동의를 얻기 위해 여러 번 회의를 연 끝에 만약 군대에 입대하면 휴학이라는 명분이 서기 때문에 퇴학을 막을 수 있다고 했다. 경인이가 제대를 하고 조용해지면 몇 달 학교를 다니는 척하다 졸업장을 받아 가면 되지 않겠느냐며 교장이 중재 아이디어를 내었다. 여고에서 반발이 있을 것이 예상되니 즉시 해병대에 지원할 것을 교장이 권유하여 경인이는 그렇게 하기로 했다.

경인이는 갑자기 학교에도 못 나가게 되어 부끄럽기도 하고 가슴이 답답하여 낚시꾼을 찾아갔다. 경인이가 집을 나와 아침 일찍 교복 윗도리와 모자를 벗어 숲속에 숨겨 놓고 낚시터에 멍하게 앉아 있는 낚시꾼 곁으로 갔다. 그가 의아한 표정을 지었다. 몸은 망가져 엉망이었지만, 형형한 눈빛은 아직 살아 있었다. 심한 일교차로 호수에서는 뜨거운 가마솥의 물처럼 수증기가 뭉게뭉게 피어오르고 있었다. 반쯤 누운 상태에서 까까머리 학생이 속옷만 입고 우스꽝스러운 차림으로 걸어오는 모습을 본 낚시꾼의 얼굴에 엷은 미소가 지나갔다.

"니가 아침부터 웬일이야?"

"선생님 만나 의논하고 싶은 일이 있었어요."

"아침부터……? 무슨 일이 있었나?"

"예……."

경인이가 말을 쉽게 못 꺼내고 머뭇거리다 간신히 말했다.

"선생님 저 사고 쳤어요."

"사고?"

"제가 여학생에게 임신을……?"

사고란 단어를 들었을 때 경인이가 폭행을 할 학생은 아니고 담배 정도 피우다가 걸렸나 짐작했는데, 임신이란 단어에 낚시꾼은 너무나 의외라 나오는 웃음을 겨우 참았다. 청소년 임신이 심각하지 않다는 게 아니라 예측이 너무나 빗나갔음에 대한 웃음이었다.

"학교에서는 알고 있나?"

경인이는 머리를 긁적이며 말했다.

"전교생이 다 아는 것 같아요. 부끄럽고 쪽팔려 학교에 못 다니겠어요."

"선생님 되기가 그렇게 쉬운 줄 아나?"

"성적도 엉망이고, 사고를 쳐서 선생님은 벌써 물 건너갔습니다."

"상대는? 그리고 학교에서는 어떻게 한다더냐"

"동네 친구인데요. 그 애는 학교에서 벌써 잘렸고요."

"너는 어떤 벌을 받았나?"

"군에 지원하면 퇴학은 면하게 해준대요."

"졸업은 시켜주는 거구?"

"휴학을 시킨대요. 제대 후 학교에 몇 달 다니면 졸업장을 준답니다. 휴학이나 퇴학이나 그게 그건 것 같은데?"

"참 딱하게 되었구나. 너는 어떻게 하면 좋겠나?"

"쪽팔려 군에 지원해서 베트남이나 갔다 올라고요."

베트남이라는 말에 낚시꾼이 놀라 자세를 바로 하며 물었다.
"갑자기 베트남은 왜?"
"돈도 벌 수 있고, 갔다 오면 영웅 대접도 받고……."
"내 생각으로는 남의 나라 전쟁에 안 가는 게 좋겠다."
"그 길 외는 길이 없는 것 같아요."
"군에 빨리 갔다 오는 것은 좋은데, 베트남 가는 것은 정말 말리고 싶다."

누가 말려도 경인이의 의지가 강해 베트남 가는 것은 막을 수가 없을 것 같았다. 경인이는 그다음 날 군청 병사계에 가서 군에 가장 빨리 가는 길이 무엇인지 알아보고 입대를 서둘렀고 운이 좋아 한 달도 안 걸려 영장을 받았고, 해병훈련을 끝낸 후 소원대로 베트남전에 투입되었다.

베트남 파병을 위해 부산서 큰 환송회가 열렸을 때 갑순이는 만삭이 된 불룩한 배를 안고 부두로 나왔다. 경인이는 전우들 보기 좀 부끄럽고 민망했지만, 백발의 할머니를 모시고 나온 갑순이가 고마웠다. 이별이 아쉬워 뜨거운 포옹과 눈물을 흘렸다.

간단히 끝날 것 같은 베트남 전쟁은 십수 년이 흘러도 끝이 보이지 않았고, 베트콩의 저항이 해가 갈수록 조직적이고 거칠어 한국군의 전사도 날이 갈수록 늘어나고 있었다. 경인이도 살아 돌아온다는 보장이 없었다. 짧은 환송회 시간이었지만, 갑순이로부터 뜻밖의 소식 하나를 들었다.

며칠 전에 낚시꾼이 죽어서 제자 몇 명이 그의 장례를 치렀다고 했다. 그의 모습이 보이지 않아 제자 한 사람이 집으로 찾아갔더니 미닫이 문밖으로 꽉 쥔 주먹이 뚫고 나와 있어 방 안으로 뛰어 들어가자 이미 싸늘한 시체가 되어 있더라는 것이다. 낚싯대를 메고 삿갓을 쓴 생전 그의 얼굴이 파노라마처럼 경인의 머릿속에 영상으로 지나갔다. 마지막 모습은 무슨 상징물을 연상시키는 것 같았다. 문은 무엇이고 문을 뚫고 나온 꽉 쥔 주먹은 무엇을 상징할까?

　목숨을 건 베트남 전투 중에도 경인이는 갑순이에게 들은 낚시꾼의 마지막 모습이 문득문득 떠오르곤 하여 당황하곤 했다. 경인이가 베트남에 오래 머물지는 못 했다. 참전 2개월도 채 못 넘기고 부상을 당했다. 포탄 파편인지 수류탄 파편인지 알 수 없지만 파편에 맞아 정신을 잃었는데, 깨어났을 때는 병원이었다. 오른쪽 허벅지에 큰 부상이 있었고, 고환과 성기를 다쳐 앞으로 성생활을 못 할지 모른다는 군의관의 말에 하늘이 무너지는 충격을 받아야 했다. 두 달 정도 응급치료를 받고 귀국하여 국군수도통합병원에 장기간 입원을 해야 했다. 경인이가 군병원에 입원 중에 갑순이가 아들을 출산했다는 소식이 있었다. 아들을 얻었다는 소식에 기뻐야 할 텐데, 기분이 찹찹하고 한숨이 나왔다.

　경인이는 육 개월 정도 치료를 더 받고 퇴원하여 고향으로 돌아올 수 있었고, 군에서 착실하게 모은 약간의 돈으로 읍에 있는 집을 하나 구해서 이사를 했다. 미국은 베트남의 정글 속에 있는 거머리와 모기를 잡는다며 엄청난 양의 제초제를 뿌렸는데, 경인이의 전우들 중에 고엽제 후유증으로 폐인이 된 사람이 많았으나, 경인이는 천만다행으로 베트남에 머문 기간이 길지 않아 고엽제 후유증은 나타나지 않았다. 젊은 나이에 남자 구실을 하지 못한다는 콤플렉스로 날이 갈수록 우울증 증상이 나타나기 시작했다. 시간이 흐르자 경인의 이런 사정을 주변 사람들이 알게 되고 치매기가 오락가락하는 팔순이 넘은 할머니까지 알게 되었다. 할머니는 밤마다 무슨 꿈을 꾸는지 갈수록 잠꼬대가 더 심해가고 있었다.

"이놈들아 또 전쟁이가, 또 전쟁이가."

할머니는 꿈과 현실의 구분이 뚜렷하지 못했고, 정신이 돌아오면 손부에게 입에 달고 있는 말이 있었다.

"전쟁이 웬수여……, 아가 너는 여기서 살 필요 없다. 좋은 사람 찾아가거라."

"할머니 전 괜찮아요. 할머니 제 걱정은 하지 마십시오."

갑순이는 말은 그렇게 하고 있었지만, 자신이 얼마나 더 버틸 수 있을지 자신이 없었다.

어느 흙수저의 도전기

그는 흙수저로 태어나 농사일을 했는데, 한시도 쉬지 않고 부지런하게 일만 했다. 그를 아는 동네 사람들에게 그 사람이 어떤 사람인지 평가를 부탁하면 아마 열에 아홉은 일만 하는 기계라 말할 것이다. 술은 거의 마시지 않았지만, 어쩌다 마시면 폭음을 할 때가 있었고 취하면 가끔 이런 말을 하곤 했다.

"나는 살아오면서 겪은 일로 자주 악몽에 시달린다. 만약 과거로 돌아가 대한민국에서 같은 인생을 다시 살아야 한다면 나는 차라리 자살하고 말겠다."

평소 겉으로 보이는 성격은 유연함이 지나쳐 능글맞고 느끼하기까지 하여 도대체 등에 뼈는 있을까 하던 그가 술이 좀 들어가고 서서히 가슴에 닫혔던 빗장이 열려 심층 깊은 곳에 있는 이야기를 할 때는 이런 면이 있나 할 정도로 극단적이고 단호하기까지

했다.

아무개 하면 TV에 자주 출연하고 신문 등 매스컴을 자주 타 우리 사회에서 그의 이름을 모르는 사람이 없을 정도이고, 이미지 관리가 잘되어 많은 사람으로부터 존경받고 있었다. 이런 명사가 군청의 지원을 받아 가까운 곳에서 특별 강연을 한다 하자 흙수저 생애 처음으로 만사를 제쳐 놓고 특별 강연에 참석했다.

강사가 자신의 성공담과 함께 자신과 비슷하게 성공한 여러 명의 성공담을 늘어놓으면서 마무리 단계에서 이런 말을 했다.

"가난하고 학벌이 없다는 것은 당사자에게 가장 큰 문제가 있는 것이다. 어린 시절과 젊은 시절에 자신이 게으르며 노력하지 않았다의 다른 말이며 자업자득이다. 지금부터라도…."

흙수저가 강연 중임에도 불구하고 손을 번쩍 들고 반론을 했다. 강연을 듣기 위해 온 사람들로 대형 홀에 가득 차 있었고, 통로에도 앉지 못하고 서서 듣는 사람들로 인해 길이 막혀 사람들이 다닐 수 없는 지경이었다. 여기저기 지역에서 행세하는 유지들도 보였다. 웬만한 사람이라면 분위기에 압도되어 그런 말을 하기가 쉽지 않았을 텐데, 어디서 용기가 나왔는지 주위를 의식하지 않고 말을 했다.

"대한민국에서 운명과 행복은 자신의 노력에 의해 결정되는 게 아니라 부모의 경제력과 학벌로 이미 배 속에서 결정된다고 봅니다."

돌출 발언으로 강연장의 분위기는 갑자기 싸늘하게 변했다. 누추한 옷차림과 분위기 파악 못한 질문이라며 눈총을 쏘는 사람들이 있었지만, 흙수저는 아랑곳하지 않고 자신의 말을 계속했다.

"대한민국이 선생님 같은 분에게는 천당이겠지만, 좋은 부모와 학벌이 없는 자에게는 지옥일 뿐입니다. 그렇게 말씀하시는 선생님의 부모는 어떤 사람이고 당신께서는 어느 학교를 나왔습니까?"

강연자는 명문대 출신으로 그가 성취한 부와 명예로 사람들로부터 부러움을 사고 있었고, 그의 부모 또한 학벌과 재산에 있어 강연자 못지않았다. 다른 자리라면 자랑스럽게 출신 학교와 부모를 떳떳하게 밝힐 수 있었겠지만, 어색한 분위기로 이 자리에서 그는 빠르게 답을 하지 못했다. 강사는 특강 시간을 겨우 채울 수는 있었으나, 강연이 성공적으로 끝났다고 할 수 있는 자리는 아니었다.

이 일이 있은 후 나는 그의 출생과 고난의 연속이었던 삶에 관심을 가졌다.

흙수저의 아버지가 첫 번째 부인에서 아들이 생기지 않자 동네 사람들의 입방아를 무릅쓰고 두 번째 부인을 데리고 왔으나 역시 또 아들을 두는데 실패를 했다. 누가 관심을 가지고 물어보지도 않았는데, 그는 괜히 발이 저리는지 아니면 스스로 생각해도 사람들 보기 남세스러운지 이제 마지막이라고 유독 삼세번을 강조하며 세 번째 부인을 두었으나 여기서도 아들을 얻는데 또 실패했다.

보통 사람이면 이 정도에서 운명이라며 포기할 텐데 이왕 이렇게 된 것 죽기 아니면 까무러치기 정신을 발휘하여 육십이 넘어서

네 번째 부인은 데리고 와서 기어코 아들을 얻었다.

흙수저의 아버지는 구한말 경상도 함안에서 태어나 한학자와 풍수가로 인근에서 그의 이름을 모르는 사람이 없었다. 젊은 날 함안 3·1독립운동에 관여하여 옥고를 치렀고, 그 후에도 지속적인 독립운동을 위해 전국을 무대로 돌아다녔다. 세 번째 부인은 평양에서 활동할 때 얻은 키가 무척 큰 평양댁으로 그녀가 말을 할 때 평안도 방언이 섞여 경상도와 다른 억양으로 마을 사람들은 반 정도밖에 알아듣지를 못했다. 네 번째 부인은 경주에서 활동할 때 얻은 경주댁으로 약간 살이 찌고 복스러운 외모였다. 사람들은 웃으며 이런 그를 두고 독립운동은 하지 않고 여자 꽁무니만 따라다녔다고 놀리곤 했으나, 그를 잘 아는 사람들은 그의 우국충정만큼은 모두가 인정했다.

그가 네 번째 부인에서 늦둥이 아들을 얻자 대한민국이 광복될 때만큼 기뻐했으나, 집 안에 눌러앉아 있는 일은 거의 없었다. 그 자신은 외아들로 태어나 조상으로부터 받은 전답이 조금 있었지만, 재산 증식에 전혀 관심이 없었을 뿐만 아니라 밖으로 나돌다 보니 재산은 일찍 거덜이 났고, 노년에는 학식이 있고 양심적이라 하여 동네 구(동)장을 하며 하루하루 끼니 걱정을 하면서 살아야 했다.

1945년 일제가 물러가고 어렵게 광복은 되었으나, 오랜 식민지 생활로 사람들은 새장에 갇혀 있는 게 습관이 되어 자유롭게 나는 새처럼 될 수가 없었다. 일제와 부왜 역적 세력들이 오랫동안 독립유공자들을 불량배나 범죄자 취급해온 행태가 그대로 많이 남아 독립 후에도 독립유공자에 대해 존경심이나 관심은커녕 불량배 대하듯 하는 분위기가 오랫동안 지속되었다. 흙수저의 아버지가 글을 알고 책을 좋아하는 선비라 집에 많은 책이 있었다. 노년에 조국의 광복과 아들을 얻는 기쁨으로 생에 희열을 맛보기는 했으나, 경제적인 능력이 없어 고생을 이만저만 한 게 아니었다. 아들이 초등학교 6학년으로 중학교 진학을 앞둔 여름에 며칠 앓다가 갑자기 세상을 하직했다.

풍수가인 그가 살아생전에 명당이라고 보아둔 묘지는 집에서 빈 몸으로 한번 갔다 오기에도 버거운 첩첩산중에 있었고, 동네 위에 있는 큰 저수지 하나를 지나 1시간 이상 걸어야 하는 곳에 있었다. 성인의 보통 걸음으로 20분 정도 경사 길을 올라가면 낮은 능선을 만나는데, 다시 그 능선을 따라 차츰 고도가 높아지는 길을 30분 정도 올라가서 다시 내리막길을 내려가면 양지바른 곳이 나오는데, 그곳에 자기가 죽으면 묻어 달라고 했다. 여름철이라 상여를 메고 가는 상여꾼들은 땀을 팥죽같이 흘렸고, 보통 아이들보다 철이 빨리 들었지만 아직 병아리 같은 어린 상주는 앙증맞기까지 한 누런 삼베로 된 상복을 입고 대지팡이를 짚으며 애절하게 곡을 하면서 상여를 따라가자 이를 바라보는 동네 아주머니들은 모두 눈물을 흘렸다. 흙수저가 아버지를 매장하고 집으로 왔을 때, 집에 특이한 사건이 하나 일어났다.

출가하여 잘살고 있던 고모와 이복 누나들이 친정에 와서 만장일치로 사건을 하나 만든 것이다. 아버지께서 생애 그렇게 아꼈던

고서를 마당 가운데 꺼내어 불태워버리자고 누군가 주장하자 아무도 반대하는 사람이 없었다. 진시왕의 분서갱유를 연상케 하는 집안의 분서가 이렇게 간단하게 통과된 것이다. 애꿎은 책이 왜 슬픔과 분풀이 대상이 되었을까? 왜 책을 태워야 하는지 아무도 논리정연하게 주장은 하지 않았지만, 보이지 않는 공동 무의식은 책을 태워버려야 한다는데 이의가 없었다.

계절이 한여름이라 기온이 높아 책을 태우기가 무척 힘이 들지만, 그래도 전쟁을 앞둔 병사들처럼 임전무퇴의 정신을 발휘하며 아무도 덥다고 불평하거나 포기하자는 사람은 없었다. 시간이 흘러 밤이 깊어가자 활활 타오르는 화염을 중앙으로 빙 둘러서서 간혹 막걸리들 한 잔씩 마시면서 책을 불 속으로 넣었다. 매우 건조한 상태라 불은 붉은 혀를 날름거리며 굶주림에 허덕이는 사자처럼 계속 먹이를 요구하자 여인들은 번갈아 가며 책을 불 속으로 던졌다.

소복을 입고 올림픽 때 성화를 지키는 성스러운 여인들처럼 의식이 진행되는데, 한편으로는 요즘 학생들이 한여름 밤에 야영 가서 즐기는 캠프파이어 놀이를 생각나게 했다. 초상집이라 동네 사람들도 빈번하게 여러 명이 오고 갔지만, 누구 하나 왜 이렇게 귀한 책을 불 싸지르는지 말리는 사람은 아무도 없었다. 다만, 갓난아기를 등에 업은 젊은 아주머니 한 사람이 상갓집에 일이 있어 늦은 시간에 왔다가 마당 가운데 불태우기 위해 쌓아 놓은 책 무덤에 관심을 가지고 이 책 저 책 뒤적거렸으나 그녀를 눈여겨보는 사람은 없었다. 그녀는 선비 집 출신의 딸이었지만, 한문을 모르는 사람이었다. 한자로 된 책에 무슨 내용인지는 모르지만, 중요한 책일 것 같아 이리저리 한참을 살피는데 등에 업힌 아기가 갑자기 보채자 책 몇 권을 잡은 채 두 손을 뒤로하여 아이를 책으로 받쳐 업고 집으로 갔다. 그 많은 책과 문헌 중에 유일하게 화마를 피해 갔던 책이었지만, 나중에 들은 이야기로는 그 책을 풀어서 벽지로 발랐다고 했다.

조선이 외세에 의해 비참하게 망할 때 나라를 망하게 한 잘못을 유학이 도매금으로 다 뒤집어썼듯이 이 집의 많은 유학 경전과 각종 문집 및 문적이 어떤 누명인지 모르지만 누명을 쓰고 잿더미로 변하는 데는 만 하루가 걸리지 않았다. 편협하고 고루한 유학자들 때문에 유학까지 애매하게 낭패를 당하는 시기였다. 책을 태운 재는 며칠 후 남새밭에 심어 놓은 고추와 가지의 거름으로 들어갔다.

많은 시간이 흐른 후에도 분서에 대한 이유는 명확하게 풀리지 않았다. 어떤 집은 책 한 권 없고 책 한 줄 읽지 않아도 떵떵거리며 사는데, 저 많은 책에 도대체 무엇이 쓰여 있어 입에 풀칠도 못하고 사는 것에 대한 무의식에서 일어난 분노였는지 남존여비 사상에서 벗어나지 못한 책의 소유자에 대한 분노였는지, 가정은 돌보지 않고 독립운동에 열중한 것에 대한 저항이었는지, 아는 게 무의미하다고 판단했는지 아무도 관심을 가지지 않았다. 어쨌든 책은 잿더미로 변했고, 그해 가을 책을 태운 재를 먹고 자란 고추와 가지가 눈에 띄게 특별히 소출이 좋았다는 이야기는 없었다.

흙수저가 선비 집 자식이라 그런지 눈썰미가 있고 영민했으나,

아버지가 작고하던 해 겨울 중학교 진학은 가정 형편상 한 번의 고민도 거칠 필요도 없이 포기해야 했다. 그러나 배움에 대한 열정은 꺾을 수 없어 교복과 등록금 걱정을 안 해도 되는 종교단체가 운영하는 시온중학교에 입학했다. 도시에 사는 흙수저들은 외출할 때 옷이 없어 주로 교복을 입고 내가 흙수저입네 하고 다녔지만, 농촌 흙수저에게는 교복은 양복만큼 귀한 존재였다. 정규 중학교 졸업장이 인정되지 않는다는 것을 어린 나이에도 알았지만, 흙수저에게 그것은 중요하지 않았다.

흙수저가 중학교 2학년이 되고 몸집이 조금 커지자 동네 장정들에게 소를 이용하는 쟁기질을 배워 학비를 벌고 생계를 유지하는데 보태었다. 중학교 졸업 후에는 몇 년간 고추 농사를 지었다. 거름을 많이 넣고 균과 해충 약을 자주 치고 부지런하게 가꾸자 주인에게 보답이라도 하듯 당도가 좋고 싱싱하고 탐스러운 고추가 주렁주렁 열렸다. 인근에서 아주머니들이 풋고추 사러 오면 푸짐하게 퍼주자 대번에 소문이 났다.

발음이 정확하지 않은 아주머니들은 사투리로 이렇게 말했다.
"곤수 총각 꼬추 달고 맛있다."
말괄량이 아가씨들은 이 말이 재미있는지 자기들끼리 깔깔거리며 한술 더 떠서 소문을 내고 다녔다.
"곤수 꼬치 크고 달고 맛있다."
아주머니와 아가씨들이 고추에서 꼬추로 다시 꼬치로 변화시키자, 남자들은 꼬치를 물건으로 바꾸어 말하며 놀렸다. 아침저녁에 소쿠리 든 아주머니들이 줄을 서야 했고, 장난기 있는 아주머니는 집에 소쿠리가 없다며 냄비를 들고 오는 사람도 있었다. 5년 정도 농사를 짓다가 결혼도 안 한 총각 꼬치 달고 맛있다는 소문이 결혼에 영향을 주겠다는 생각도 들고, 은근히 싫증도 나던 차에 중동 붐이 일어나 틈틈이 미장을 배웠다.

얼마 지나지 않아 소원대로 고향을 떠나 한낮에 40도를 오르내리는 중동의 예멘과 사우디, 그리고 싱가포르 등에서 미장공으로 몇 년 열심히 하여 돈을 버는 대로 고향에 보내어 논 닷 마지기를 살 수 있었다. 이제 넉넉하게 입에 풀칠은 하게 되겠다 할 무렵 이국땅 높은 작업장에서 일하다 떨어져 척추를 다치게 되었다. 어쩔 수 없이 국내로 이송되어 일 년 넘게 투병 생활을 해야 했다.

1960년대 초 군사정권이 독립운동가들에게 생색만 내고 홀대를 하다가 1970년 후반에 본격적으로 관심을 가지고 마을별로 독립운동가에 대한 자료 조사를 했다. 흙수저가 중동을 오가며 먹고 살기 위해 한창 발버둥을 칠 시기였다. 흙수저의 아버지와 연배가 비슷하며 한글로 이름이 같은 사람이 이웃 동네에 있었는데 그 사람이 등록이 되었다. 그 사람도 독립운동을 했는지 알 수 없지만, 문제는 흙수저의 아버지가 독립운동을 하고도 인정을 못 받았다는데 있었다. 그 후 소문에 의하면 마을별 배려가 작용되었다는 말이 있었다. 작은 혜택이라도 받을 수 있는 기회를 놓치고 만 것이다. 그 주변에 누구 한 사람 관심을 가지고 챙겨주는 사람이 없었다.

짚신에도 짝이 있고 흙수저에도 짝이 있다고 한 여자를 만나 결혼을 하고 아들 하나 딸 둘을 낳았다. 자식들에게 은수저는 아니더라도 적어도 흙수저는 면하고 녹슨 동수저라도 물려주기 위해 죽으라 일만 하면서 살았다. 살림이 조금씩 불어나는 것이 눈으로 보였다.

중고 프라이드를 한 대 사서 가족들과 함께 주말에 나들이 가다 국도에서 사고가 나고 말았다. 평소 걸어 다니는 책이라 할 정도로 원칙과 교통법규를 철저하게 지키던 그를 가만두지 않았다. 한때 자동차 중에 각 그랜저가 인기를 끌다가 신형 그랜저가 나오자 금수저들이 자신을 과시하기 위해 신형으로 바꾸어 몰고 다니는 경우가 많았다. 선천적이었는지 아니며 후천적으로 자수성가하여 금수저로 바뀌었는지 모르지만 신형 그랜저 한 대가 중앙선을 넘어와 바르게 가고 있는 그의 자동차 프라이드를 박살을 내고 말았다. 흙수저 가장은 두 발이 박살이 나서 수년간 입원을 하면서 발에 철심을 박았다가 다시 빼는 등 십여 차례 대수술을 받아야 했다. 천만다행으로 사고 때 아이들은 무사했다. 곤수의 다리에 파상풍까지 침입하자 의사가 비관적으로 말을 해 그의 친구 다른 흙수저들은 이제 두 발로 걸어 다니기는 틀렸다는 생각을 했다. 하지만 도인처럼 묵묵히 십여 년을 꾸준하게 재활운동을 하더니 뒤뚱거리며 두 목발에 의지해 겨우 걸어 다닐 수 있게 되었다.

수백 년 동안 안씨와 조씨가 집성촌을 이루고 사는 동네에 조금만 자기와 다른 점이 발견되면 술안주나 흉으로 삼는 게 예사였다. 두 번째 부인에게 태어나도 은근히 이유 없이 첩의 자식이라고 낮추어 보려는 경향이 있고, 흠으로 삼아 콤플렉스가 되는 경우가 많았다. 대한민국 대표적인 흙수저 곤수는 일이 고달프고 술이 목구멍에 넘어가면 허탈하게 웃으면서 사람들에게 이렇게 자주 말했다.

"우리 아버지에게 마누라가 네 명이고, 나를 낳은 어머니는 네 번째 부인이다."

옆에 낯선 사람이라도 있으면, 친구가 민망해 이렇게 말하곤 했다.

"누가 물었나, 자랑이다."

모든 것을 내려놓은 자만이 가질 수 있는 편안한 표정으로 그는 독백하듯 말했다.

"내가 어렵게 이 세상에 태어났고 우리 어머니가 씨받이였다는 게지 뭐."

네 번째 부인에서 태어났다고 인격보다 출신을 문제 삼아 멸시하는 고약한 문화와 매일 눈만 뜨면 정신적으로 부딪쳐야 했고, 설상가상 장애인에 대해 배려가 없는 사회에서 육체적으로 받는 고통과 경제적인 문제는 그에게 하루하루의 생존이 바로 지옥이었다.

곤수가 오십 줄에 들어서 자기 정체성이 궁금했는지 돌아가시기 전에 하신 어머니의 말을 더듬어 경주 외갓집을 물어물어 찾아간 적이 있었다. 어머니는 경주 김씨 참봉집 손녀였고, 어려서 유복하게 살았다는 것을 알았다. 한국전쟁 등 격동기를 살면서 함안과 경주는 먼 거리라 서로 왕래가 끊어졌고, 무엇보다 네 번째 부인이라는 점이 체통 있는 가문에 서로 인정하고 싶지 않았고, 숨기고 싶어 왕래마저 끊고 살았던 것이다.

1990년대 후반 경제력이 향상되고 역사 바로 세우기 운동이 일어났다. 그런 가운데 항일독립운동사에 관한 책들이 출판되어 많은 주목을 받았다. 함안의 3·1 독립운동은 다른 지역보다 훨씬 치열해 전쟁과 같았고 목숨을 잃은 희생자와 반신불구가 된 피해자들이 다른 지역보다 유독 많았다. 재야 학자 한 사람이 오랫동안 자료 수집을 하고 발로 추적하여 의미 있는 책을 출판했다. 함안에서 활동한 많은 독립운동가의 행적이 이 책에 자세히 소개되어 있었지만, 흙수저의 아버지는 빠져 있었다. 지푸라기도 잡는 심정으로 곤수는 칠십이 넘은 이 학자를 읍내 허름한 국밥집에서 만났다.

"선생님, 좋은 책을 내신다고 보이지 않는 고생이 많았겠습니다."

"고맙네, 자네도 독립지사의 자제라 했나?"

"예, 아버지가 함안 3·1운동 때 현장에서 체포되어 형을 살았는데 인정을 받지 못하고 있습니다."

"그런 억울한 경우가 허다하게 있다네."

"그런데, 선생님은 어떻게 그런 자료를 모아서 책을 낼 수 있었습니까?"

중등학교 교장을 지냈다는 노신사는 담배를 꺼내 물었다. 식당이라 모두 금연 구역일 텐데 손님이 적은 오후 늦은 시간이고 앉은 자리가 다행히 방 안이 아니고 바깥에서도 모서리 구석진 자리였으나 눈치가 보였다. 담배에 불을 붙이고 연기를 깊게 빨아들였다가 내뱉으며 말했다.

"생각만 해도 아찔하다네. 독립운동사의 중요한 자료가 까닥했으면 잿더미로 변할 뻔했다네."

"무슨 곡절이 있었습니까?"

"이곳 독립운동가의 법원 판결문 묶음이 잿더미로 변할 뻔했지……."

"자료야 법원에 보관되어 있지 않습니까?

"있는 경우도 있지만, 세월이 흐르면서 전쟁·화재·관리 소홀 등으로 사라진 경우가 더 많다네. 자료가 사라지면, 활동을 인정받기가 무척 어렵지."

"저의 아버지도 공적을 인정받으려고 독립운동한 것은 아니었겠지만, 현장에서 체포되어 형을 살았다는 이야기를 동네 어른들한테 들으면서 자랐습니다."

김이 무럭무럭 나는 먹음직스러운 소고기국밥이 나왔다. 퇴직 후에 농사를 지으면서 꾸준하게 독립운동을 연구하고 있다는 이분은 식사를 하면서 이야기를 계속했다.

"책이 나오기까지 에피소드 하나를 이야기해 줄게. 함안 3·1독립운동 때 직접 활동을 한 분으로 중요한 자료를 소장하고 있던 분이 작고했는데, 이웃집에 살던 내 친구 어머니가 초상집에 갔다가 책을 불태우는 것을 보자 당시 종이가 귀한 시절이라 아이 밑닦게 화장지 한다고 가져왔다가 보관된 게 이번에 책이 나오는데 결정적인 자료가 되었다네."

"저의 집도 아버지가 돌아가셨을 때 중요한 책과 자료가 많이 있었는데 고모들이 모두 불태워버렸어요."

"참 애석하게 되었네. 함안은 유림의 고장이라 어느 지역보다 책과 고문서들이 많았는데, 50년대와 60년대에 거의 사라져버렸다네. 유학이 나라와 집안을 망친 원흉이라는 오해가 심했어."

"우리 집도 그랬지만, 책을 보던 사람이 죽으면 그 사람이 보던 책을 태우는 게 유행처럼 되었던 것 같아요."

"아마 한문 세대에서 한글세대로 넘어가는 과도기라 더 심했어."

"한문은 썩은 글이고 앞으로 읽을 사람도 없을 것이라는 생각도 있었던 것 같습니다."

"그런 분위기가 있었지. 생각할수록 탄식만 절로 나온다네. 얼마나 귀중한 문화유산들인데… 대부분 잿더미로 사라져버린 게지. 요즘과 달라 옛날에는 책을 출판하기 위해 수십 년 된 나무를 책판으로 만들어 인쇄를 해야 했기 때문에 엄청난 경비와 노력이 들어가야 했는데……."

두 사람은 빈 그릇을 앞에 두고 역사의식 부족과 무지로 불과 얼마 안 되는 기간에 독립운동 자료와 문화자산이 어처구니없게 사라져 간 안타까운 이야기를 나누다 헤어졌다.

옛날 토담집에는 요즘 창문 역할을 하는 봉창이 대부분 있었다. 낮에는 봉창으로 햇빛이 들어오고 밤에는 봉창에 호롱불을 올려놓고 방 안의 조명을 조절했다. 곤수가 집을 수리하다 봉창에 호롱을 놓던 자리 아래쪽의 흙을 뜯어내자 일제 때 평양에서 발행

한 통장과 채권 등 당시 아버지의 활동 반경을 짐작하게 하는 문헌의 파편이 여러 점 나왔으나, 한자와 일본어로 되어 있어 가슴을 답답하게 만들었다. 세 번째 어머니가 평양 사람이고 평양에서 살림살이가 넉넉했던 것으로 알려져 있으며 함안으로 천 리 길을 내려오면서 가구까지 챙겨서 가지고 왔다고 했다. 곤수의 생모는 네 번째 부인이지만, 당시 호적법상 네 번째 부인은 인정이 되지 않아 생모 밑으로 올리지 못하고 평양댁인 세 번째 부인의 아들로 올려져 있었다.

독립운동사를 연구하던 향토사학자가 그 사이에 작고하자 안타까움이 더 컸다.

봉창에서 나온 파편을 혼자서 이리저리 맞추어 보기도 하고 관청을 찾아 뛰어다녀 봤자 희망이 보이지 않았다.

교통사고 때 앞으로 제대로 일어나지도 못할 것으로 추측되던 흙수저가 두 목발에 의지해 걸어 다니다가, 차츰 목발 하나로 걸어 다니자 비약적인 발전이 있었다고 화제가 되었다.

어느 날부터는 목발에 의존 없이 걸어 다니더니, 2015년 어느 봄날 당일 코스 소백산 종주를 선언했다. 웬만큼 건강한 사람도 종주는 함부로 도전하기 어려운데, 그는 '죽기 아니면 까무러치기'라며 도전을 선언했다.

철쭉이 피는 오월 그는 소백산 정상에 친구들과 함께 올라 "곤수 독립 만세"를 삼창하는데 성공했다. 건강한 사람이 에베레스트에 오르는 것보다 더 어려운 등정이라 할 수 있었다. 입에서 단내가 나고 체력이 고갈되어 집에 돌아와서는 일주일 동안 방에 누워 일어나지를 못했지만, 그를 아는 사람들은 의지의 한국이라며 박수갈채를 보냈다.

　꿈이 큰 금수저들은 대통령이나 국회의원에 출마하기 전에 중국 태산이나 한국의 태백산에 올라 기를 받고 하늘에 제사를 올리는 경우가 더러 있었다. 소백산 종주 후 자신감을 회복한 흙수저가 어느 날 친구들 앞에서 이렇게 말했다.

　"그동안 고추 농사, 과수 농사, 미장, 목수 등 경험과 객지 생활을 하면서 얻은 짧은 지식이지만, 이를 살려 고향을 위해 봉사를 해보고 싶다."

　켜 놓은 TV 소리가 커서 정확하게 듣지 못한 친구가 무엇을 잘못 들었나 귀를 의심하며 물었다.

　"어디 출마 할꺼가?"

　"군의원 도의원은 돈이 많이 들고, 한편으로 내가 지명도가 없어 표를 얻기가 어려울 것이다. 내가 태어나고 자란 동네를 위해 일을 한번 해보고 싶어."

　TV에서는 충청도 어느 곳에 기록적인 홍수로 물난리가 나서 시민들이 어찌할 바를 몰라 발을 동동 구르고 있는데, 도의원 몇 명이 이를 외면하고 단체로 외유에 나섰다며 비난의 말이 쏟아져 나오고 있었다. 우리는 곤수의 작고 야무진 도전에 쌍수를 들고 환영했다.

　"참 좋은 생각이다, 한번 해봐, 그런 정신이면 못할 것이 없을 것이다."

　그가 사는 동네는 노약자들이 대부분이고 동장이 잔심부름에서

부터 크고 작은 일 뒤처리까지 모두 봉사해야 함을 알고 아무도 동장을 안 하려고 했지만, 그가 기꺼이 나서자 함께 있던 사람들도 박수를 보냈다.

농촌으로 간 의사

"아지매, 파란 대문 집 주인이 바뀐다면서요?"

"그러게, 동네에 앓던 이가 빠진 듯 시원하기는 한데……."

"이번에는 병원 원장이 온다는 말이 있습니다."

"의사가? 참말로 뜻밖이네…?"

아침 일찍 동네 우물가에 물 길러온 두 아낙네가 이야기를 나누고 있었다. 아지매라 불리는 사람은 육십 중반쯤 되어 보이고, 아지매라 부르는 사람은 육십 대 초반 정도 되어 보였다. 두 사람은 시가媤家 쪽으로 먼 친척뻘이 되는 사람들이다.

이 동네는 오백 년 전에 형성된 이씨들 집성촌으로 내륙에 있지만 섬과 같은 마을이었다. 100여 년 전 문헌에도 20여 가구가 살았다고 하는데, 가구 수는 그때나 지금이나 거의 같지만 사람 수는 더 적게 살고 있었다. 여기서 태어나 자란 사람은 많았으나, 한

번 객지로 나간 젊은이들은 둥지를 떠난 새처럼 고향으로 다시 돌아와 사는 경우는 거의 없었다. 의사 한 사람이 이사를 온다는 소문이 돌 때 동네에 아픈 상처가 있어 환영하는 사람은 아무도 없었다. 많이 배우고 약을 대로 약은 도회지 지식인이라면 보나 마나 자기밖에 모르는 사람일 것이라는 생각을 했다. 의사가 이사를 오는 집은 도회지에서 경찰 공무원을 중도에 명예퇴직하고, 있던 헌 집을 허물고 그 자리에 집을 새로 지어 3년 정도 살다가 나가면서 동네에 아픈 상처를 남겨 마을 사람들은 의사가 이사 온다는 말에 무관심했다.

3년 전 경찰 출신이 동네에 있는 오래된 집을 허물고 새로 집을 지어 이사를 온다는 소문에 주민들은 적극적으로 환영을 했다. 경찰 출신이 동네에 있으면 면사무소나 군청 공무원들로부터 괄시를 덜 받을 것이고, 법 모르고 살아가는 동네 사람들에게 도움을 줄 것 같아서였다.

그런데, 이삿날부터 시작이 예사롭지가 않았다. 전직 경찰이 이사를 들어오는 집은 길쭉하게 생긴 동네의 한쪽 끝에 있었고, 남향으로 포근하고 아늑한 위치에 자라잡고 있었다. 새로 지은 집이라 외관상으로 보기가 좋았지만, 그 집으로 들어가는 골목이 좁아 이삿짐을 옮기는데 애로 사항이 있었다. 이사하는 날 이삿짐을 동네 앞 공터에 내려놓고 모두 인력으로 들어서 옮겨야 했다. 짐꾼은 기사 포함 5명이었고, 그중에 두 명은 인상이 조폭처럼 생겨 불량기가 엿보였다.

농촌으로 간 의사 ─ 225

이 산골 마을의 주 수입원은 벼농사, 단감, 산채 나물이었다. 단감밭이 이사를 들어오고자 하는 집의 협소한 골목길과 40m 정도 평행을 이루고 있었고, 단감나무 가지가 도로에 가깝게 뻗어 있어 큰 가구가 통과하기가 어려움이 있었다. 이사하기 전에 먼저 동네를 둘러본 경찰 출신이 감나무밭 주인을 찾아가 감나무 가지 몇 개를 베자고 했다. 농부는 애써 키워 놓은 큰 가지 여러 개를 베어 내려고 하니 아까워 선뜻 답을 주지 못했고, 이삿날까지 문제 해결을 하지 못하고 있었다.

단감 상품上品 10kg 한 박스를 청과물 시장에 갖다 팔면 5만 원 정도 받을 때였다. 이 시기 벼 40kg 정부 매상 값과 비슷했다. 감나무 주인은 그해 농사를 지은 감 값이라도 받고 싶었으나, 이사를 들어오는 사람의 생각은 전혀 달랐다. 감나무가 사람이 다니는 길을 방해하니, 감나무 가지를 베는 것은 당연하다며 옥신각신하다가 나중에 열을 받아 막말이 서로 오고 갔고, 전직 경찰은 자신도 모르게 이렇게 내뱉어 버렸다.

"경우가 없어도 유분수지, 산중에 살면서 무식하니까 더 큰소리치네."

자존심을 상한 감나무밭 주인도 지지 않고 목소리를 높이며 말했다.

"수확이 다 되었는데……. 가지를 베려면 감 값이라도 계산해 주는 게 도리가 아니요?"

"감 값은 무슨 빌어먹을 감 값? 여태까지 잘해 먹은 것에 감사해야지."

이삿날 경찰은 따라온 인상이 우락부락하게 생긴 젊은이 두 명을 조용히 불러 하루 일 삯을 두 배로 계산해 줄 것을 약속하고 통행에 방해가 되는 감나무 가지를 톱으로 베게 했다. 감밭 주인은 감정 같아서는 주먹으로 두들겨 패 주고 싶었지만, 상대는 법을 잘 아는 경찰 출신이고 힘으로 해도 되지 못할 것 같아 분을 속으로 삭여야 했다.

이 동네에서 태어나 평생을 농사만 지어 온 감밭 주인은 부당하고 어처구니없게 힘에 눌렸다 생각하니 억울하고 분하여 견딜 수가 없었다. 좁은 골목길은 새마을 운동이 한창일 때 감나무밭 주인이 자신의 땅을 아무런 보상도 못 받고 거의 강제 수용당하는 분위기 속에서 동민을 위해 어쩔 수 없이 내놓아 그나마 지금의 폭으로 확장할 수 있었다. 원래 골목길 폭이 50cm 정도로 한 사람 비켜 가기도 어려웠는데, 1m 넘게 감나무밭의 주인이 양보하였고 아직 땅의 소유는 감나무밭 주인으로 되어 있었다.

감나무 가지를 베고 이삿짐이 새집으로 들어가던 날 밭 주인은 억울하여 밤에 잠 한숨 못 이루었다. 동네 사람들에게 미안하지만, 다음 날 날이 밝자 읍에 있는 지적 공사를 찾아가 측량을 부탁했다. 자기 땅을 무료로 내어주고 또 자신의 돈까지 들여 측량하고 며칠간 일도 못한다 생각하니 기가 막힐 노릇이었다. 측량 기사들이 마을 앞에 차를 세워두고, 측량기구를 들고 밭으로 들어서자 동민들이 무슨 사단이 난 것을 직감하고 구경하러 모여들었다.

빨간색 말뚝이 이사 온 집으로 들어가는 길 가운데 꽂히자 동민들이 웅성거리기 시작했다. 땅에 박힌 빨간 말뚝대로 하면 좁은 길의 반 이상 줄어들게 되었다. 측량 기사들이 철수하자 농부는 읍에 중장비를 취급하는 곳에 전화하여 소형 포클레인을 불렀다. 트럭에 포클레인을 실은 기사가 도착하자 밭보다 약간 높은 길의 반쪽을 감나무 주인이 자신의 밭에 편입시켜 버렸다. 두 사람은 이때부터 전생에 무슨 악연이 있었는지 사사건건 부딪쳤고, 동네에서 하고자 하는 일이 있어도 제대로 되는 일이 없었다.

오래전에 동네 기금으로 산 땅에 전파 송신탑이 들어선 관계로 통신사로부터 일 년 사용료와 마을 위로 고압선이 지나가고 있어 전력회사로부터 받는 돈이 있었다. 이 돈은 매년 5월 초 어버이날 동민들 나들이 갈 때나 일이 생기면 기금으로 사용되고 있었다. 마을에 예산이 모자라면 이 돈을 사용하면 된다는 믿음이 있어 이 동네 동장은 일을 진행하는데 마음고생을 덜 해도 되었다. 봄에 있는 효도관광 때는 주민들이 각자 조금씩 협찬하고 객지에 나간 자녀들로부터 협찬이 들어와 오히려 돈이 매년 조금 남고 통신사와 전력회사로부터 받는 사용료를 적립하니 동네 기금이 몇 천만 원 정도 있었다.

전직 경찰이 이사를 들어온 지 두 달 정도 지나서 동네에서 적립해 둔 기금이 제법 된다는 것을 알았다. 이때부터 반쪽이 된 길 문제를 이 기금으로 해결하려고 동네 사람들에게 작업을 시작했다. 그런데, 문제는 동민들이 이 길을 사용할 일은 거의 없었다. 이제 한 집만 사용하는 막다른 골목길이 되어버렸고, 더 중요한 것은 동민들과는 물과 기름처럼 융화가 되지 않자 관심 밖의 문제였다.

동민이 사용하는 경우는 간혹 동장이 동네 일로 도장을 찍기 위해 갈 때 사용하는 길이었다. 다른 사람들의 목도장을 동장이 모두 가지고 있어, 동의 없이 동장 선에서 알아서 찍어갔지만, 공문서위조로 몰릴까 미리 겁을 먹은 동장은 이 집만은 반드시 찾아가서 상세하게 설명을 하고 도장을 받았다.

이사 올 때 적극적으로 환영한 사람들은 문제가 생긴 후 동민들로부터 원망과 미움을 받았고, 전직 경찰이 간혹 옳은 말을 해도 동민들은 코웃음을 치며 반대부터 먼저 했다. 급기야 어떤 사건으로 서로 고발하는 사태까지 가자 동네 분위기가 수습할 수 없을 정도로 험악해졌고, 2년 넘게 이런 분위가 지속되면서 서로 원수처럼 되어버렸다.

전직 경찰이 이것저것 계산해 보고 다른 곳으로 다시 이사 가는 것보다 나을 것 같다는 판단을 했는지, 밭으로 편입된 땅을 포함해서 차가 들어갈 정도의 땅을 비싼 가격으로 사겠다고 했으나, 한번 뒤틀어진 과수원 주인의 마음을 되돌릴 수는 없었다. 땅 주인은 동민들에게 공공연하게 이렇게 말하고 다녔다.

"평당 100만 원을 준다 해도 나는 안 팔끼다."

평당 20만원 선에서 거래되는 것을 참고할 때 다섯 배를 주어도 안 팔겠다는 말이었다. 같은 마을에 함께 살 수 없을 지경이 되자 전직 경찰은 동민들 몰래 인터넷에 집을 내놓았다.

성형외과 병원 원장이 이 동네로 이사를 오게 된 것은 무슨 연고가 있어 온 것이 아니었다. 부동산을 통해 도회지 외곽에 공기 좋고 살기 좋은 곳을 찾다가 인터넷에 나와 있는 여러 개 정보 중 세 개를 요약한 후 차례로 둘러본 다음 이곳을 선택한 것이다. 그래서 이 동네에서 어떤 사람이 살고 있고 무슨 일이 있었는지 전혀 모르고 오게 되었다. 병원 근처에 거주하던 아파트는 그냥 두고 이곳은 별장처럼 사용할 생각으로 간단한 침구류와 주방 도구만 가지고 와 이삿짐이 많지 않았다.

  8월 하순, 가을의 초입에 이사하는데 이날 이색적인 모습이 있었다. 병원 원장을 도와주기 위해 여자 간호사 두 명이 자원해서 따라온 것이다. 상식적으로 생각하면 그 나이에 원장이 이사를 가든지 오든지 자신들과 별개의 문제라고 생각할 텐데, 더군다나 주말에 자발적으로 젊은 간호사들이 따라온 게 특이하게 보였다.

  이들은 전직 경찰 공무원이 이사를 할 때처럼 동네 앞에 짐을 풀어놓고 이삿짐센터 직원들이 짐을 옮기기 시작한 지 두 시간도 안 돼서 일찍 끝냈다. 일을 마치고 음료를 마시며 한숨 돌릴 즈음 동네에 작은 사건이 하나 생겼다.

  이사 들어오는 집과 멀지 않은 곳에 동민 한 사람이 예초기로 논둑에 풀을 깎다가 호위병처럼 주인을 졸졸 따라다니는 셰퍼드 개를 기계 소음 때문에 미처 못 보고 순식간에 개의 뒷발에 예초기 날을 스치게 해 버렸다. 개는 수놈이었는데 덩치가 커서 작은 송아지만 했고 성질이 온순하고 영리해서 동민들과도 친하게 지내는 개였다. 개가 얼마나 아프고 놀랐는지 그 자리에서 계속 돌면서 깽깽거리고 있었다.

  동민들은 동정만 할 뿐이지 방법이 없었다. 사람이 아파도 병원에 쉽게 가지 못하는 오지인데, 뾰족한 방법이 없었다. 지켜보던 사람들은 안타까워 혀만 찰 뿐이었다.

"사람이라면 된장이라도 좀 발라 줄낀데 어쩌지……?"

곧 의사가 사태를 파악하고 간호사 두 명을 불러 말했다.

"두 분은 병원에 가서 마취제하고 간단한 수술 도구 좀 챙겨 오십시오."

간호사 두 사람이 원장의 의도를 알고 자신들이 타고 온 차를 돌려 급히 동네를 빠져나갔다. 개 주인은 개에게 미안하기도 하고 자기로서 어찌해 볼 도리가 없어 개를 안아서 정자나무 아래 평상으로 옮긴 후 지혈을 하며 간호사들이 돌아오기만 기다렸다.

주인이 개의 목을 안고 쓰다듬으며 상처가 난 개의 발목을 보니까 뼈가 반 정도 잘려 있었고 피는 어느 정도 지혈이 되고 있었다. 개의 주인은 간호사가 돌아오면 소독제인 요오드나 에탄올 정도만 발라주어도 큰 도움이 되겠다는 생각을 했다.

1시간 반 정도 시간이 흐르자 간호사 두 명이 돌아왔고, 동네 사람들 칠팔 명이 정자나무 아래서 모여 관심을 가지고 개를 동정하며 주시하고 있었다. 차에서 내려 도구를 챙겨 든 간호사 두 명이 정자나무 아래로 오자 의사가 말했다.

"빨리 수술 준비하십시오."

몸이 아프면 보건소에는 간혹 가지만, 큰 병이 아니면 병원에 가기가 쉽지 않고 사람도 웬만하면 수술을 못 받는데 의사가 개를 눕혀 놓고 수술 준비를 하라니까 마치 코미디를 보는 듯했다.

한 명의 간호사가 서둘러 소독제를 준비하자 다른 한 명의 간호

농촌으로 간 의사 ― 231

사는 여러 종류의 칼을 펼쳐놓고 꿰맬 바늘과 실을 준비했다. 주인은 개를 안심시키기 위해 못 보게 눈을 가린 후 안고 있었다. 의사가 개의 목덜미에 마취제를 놓자 움찔하던 개가 얼마 지나지 않아 죽은 듯이 눈을 감았다. 상처 주위를 소독 후에 뼈를 고정시키고 실로 살을 꿰매는 모습이 어찌나 진지한지 지켜보는 사람들은 쥐 죽은 듯이 숨도 제대로 못 쉬고 지켜보았다. 의사와 간호사는 손발이 너무나 척척 잘 맞아 지켜보는 사람들이 감탄했다. 살을 다 꿰맨 후에는 붕대를 감고 그 위에는 응급조치로 나무젓가락으로 고정시킨 후 다시 붕대를 감았다.

1시간이 더 걸리는 수술이 끝났을 때 동민 중에 한 사람이 집에 가서 음료수와 막걸리를 가져왔다. 안주는 고추장과 양파였다. 이때 곱상하게 생긴 의사 부인이 집집마다 떡을 다 돌린 후 이삿집 차반이라며 시루떡과 막걸리 여러 병을 정자나무 아래로 가져와 작은 잔치가 즉석에서 벌어졌다. 목소리 큰 남자가 의사에게 막걸리를 사발에 철철 넘치게 부은 후 권하면서 말했다.

"내가 이 동네서 제일 젊은 청년으로 올해 간당 63세요. 의사 선생님이 이 동네에 이사 오신 걸 진심으로 환영합니다."

의사는 이마에 송골송골 솟는 땀을 수건으로 연신 닦으며 말했다.

"고맙습니다. 저는 올해 60세입니다. 내보다 형님이시네요."

형님이라는 말에 목소리 큰 남자가 기분이 좋은지 말했다.

"우리 고마 형님 동상 할까?"

의사도 맞장구를 치며 막걸리 한 사발을 따라주며 말했다.

"좋습니다. 형님, 그런 의미로 러브샷."

두 사람은 팔을 걸고 사발의 술을 주―욱 다 마시자 모여 있던 동민들은 두 사람의 사내답고 호쾌함에 손뼉을 쳤다. 두 사람은 사발의 술을 깨끗하게 다 마신 후 머리 위에 엎어서 술이 한 방울도 없음을 서로에게 확인을 시켰다.

촌에서 참 곱게 늙었다 싶은 70세 중반은 넘어 보이는 할머니가 의사를 보며 말했다.

"참 귀하게 생긴 의사 선생님은 우리 친정집 큰조카를 많이 닮았네."

이 말이 끝나기도 전에 할머니에게 옆에 있던 사발을 들고 술을 반 정도 채워 권하자 할머니가 서운하다는 듯 말했다

"줄라면 한잔 대거로 주어야지 반 잔이 뭐꼬? 여자라고 무시하는 거요?"

의사가 호탕하게 웃고 잔을 채우면서 말했다.

"하하, 고모님, 죄송합니다."

"니 내 조카 할래?"

의사가 흔쾌히 말했다.

"앞으로 고모님으로 잘 모시겠습니다. 고모님!"

나이가 들었지만, 아직 수줍음이 남아 있는 할머니와 서로 팔을 걸고 러브샷을 했다. 목소리 큰 남자 옆에 있던 좀 점잖게 보이는 남자는 동장이었는데, 그가 느릿느릿 말했다.

"이보게 의사 양반. 자네 형님의 형님은 족보가 어찌 되노?"

의사가 빠르게 말했다.

"그야 물론 형님이지요. 형님."

의사는 이 사람과도 막걸리 한 사발로 러브샷을 했다. 이러는 사이 간호사 둘은 장비를 챙겨 돌아가려고 했다.

"원장님, 저희들은 이제 갈게요."

약간 술기운이 오른 원장이 기분이 좋은지 지갑에서 돈을 꺼내 간호사 둘에게 각각 10만 원씩 주면서 말했다.

"나의 젊은 동지들, 오늘 여기까지 와 주어 정말 고마워. 두 사람이 아니었으면 저 셰퍼드를 구할 수 없었을 것이야. 이건 고생한 차비와 수술 특별 보너스니 아주 적은 금액이지만 받으시게."

나이 어린 간호사 둘은 받지 않으려고 했으나 의사는 꼭 쥐어 주었다.

개 주인은 자기가 20만 원 내야 하는 것 아니냐고 했으나, 의사는 손사래를 쳤다. 억지로 쥐어 주는 돈을 받고 간호사들이 자동차로 사라지자, 고모 옆에 앉아 있던 80세 가까이 되어 보이는 할머니가 의사에게 물었다.

"의사라 했는데, 어디에서 의사를 하고 있소?"

"아예, C 시에서 하고 있습니다."

이 말에 그 할머니가 말했다.

"내 여동상이 거기에 살고 있는데……."

이번에도 의사는 놓치지 않고 한 명의 우군을 더 만들었다.

"그럼 이쪽 어르신은 이모님 되시네요."

이렇게 말하면서 잔에 술을 조금만 부은 후 권하면서 러브샷을 청하니 할머니도 앞서 한 사람들처럼 어색하게 러브샷을 했다. 짧은 시간이었지만, 이 자리에서 의사는 형님 두 사람, 고모 한 사람, 이모 한 사람을 만들었다.

  동네가 높은 분지에 있어 공용버스는 아예 다니지 못했고, 남자들은 주로 자전거나 오토바이를 이용했으며 여자들 대부분은 읍에 있는 장에 가거나 병원에 갈 때 걸어서 다녔다. 의사는 길을 가다 동네 사람을 만나면 창문을 열고 어디 가는지 반드시 묻고 동승을 하고 다녔다.

  차가 외제 고급차라 처음에는 동네 사람들이 타기를 꺼렸지만, 한 달 정도 지나가자 동민들은 아들이나 동생 차처럼 생각하고 자연스럽게 함께 타고 다녔다. 간혹 잘 씻지 않아 땀 냄새가 진동을 했고 신발에 흙이 많이 묻어 있었지만, 의사는 수술할 때는 피 냄새도 맡는다면서 조금도 개의치 않았다. 마을에 이사 온 지 두 달이 되지 않아 넉살 좋은 의사는 동네에 형님이 5명, 고모님 3명, 이모님 2명을 확보하고 있었다.

  형님, 고모, 이모들이 어디에 가면 며칠 전에 미리 차를 예약하여 의사는 동민들의 사생활을 훤하게 알 수 있었다. 이런 의사를 보고 의사의 친구들은 "전 동민의 가족화"라고 웃으며 말했다. 의사의 친구들은 동민들을 소개받았지만, 동네에 고모와 이모가 많아 헷갈려 구분을 못 했다.

  한편으로 의사는 전 동민의 주치의이기도 했다. 노인들만으로 이루어진 동민들은 어디가 조금만 아파도 상담을 받으러 와 누구의 몸이 어디가 안 좋은지도 훤히 알고 있었다.

  11월에 접어들자 예초기에 발을 다쳤던 세퍼드가 약간 절뚝거렸지만 다치기 전과 크게 다를 바 없이 돌아다녔다. 개 주인이 의사를 좋아하고 의사도 자신이 수술한 개라 애정을 가지고 소독도 두어 차례 해주자 개도 의사를 잘 따랐다. 이런 모습을 본 동네 사람들은 짐승도 자기를 고쳐 준 의사를 알아본다고 말했다.

감 수확기가 되자 지난번에 경찰 공무원과 다툼이 있었던 감나무밭에서 나오는 단감을 의사가 아는 의사와 아는 사람들에게 전화를 걸어 청과물 시세보다 더 좋게 50상자도 넘게 팔아 주었다. 감나무밭 주인은 이런 의사를 무척 좋아했다. 술과 담배를 하지 않는 그는 평소 남의 일에 관심을 가지지 않고 자기 일만 묵묵히 하는 사람이었다. 동민들이 모두 의사와 형님 아우 조카라며 지내는데 자기하고만, 좀 거리감이 있는 것 같고 어쩐지 소외되는 것 같다는 생각이 들었다. 먼젓번에 살던 사람과 심하게 싸운 것을 동민 누군가가 의사에게 말을 해 오해를 하고 있지 않을까 하는 생각이 문득문득 들기도 했다.

의사가 하루는 동민들에게 저녁을 한 끼 대접하겠다며 십 리가 넘는 곳에 있는 한우전문 식당에 회식 자리를 마련했다. 술이 한 순배 돌고 분위기가 화기애애해지자 과수원 주인이 작심하고 할 말이 있다며 일어나서 의사에게 물었다.

"의사 선생, 왜 나한테만 형님이라 하지 않소? 내가 많이 모자라서 그런 거요?"

의사는 기습적이고 돌발적인 질문에 놀라며 답을 했다.

"술을 입에도 안 대니 기회가 있어야지요? 그리고 러브샷으로 맹서를 해야 진정한 형제가 되는 것 아닙니까?"

이 말에 과수원 주인은 술잔을 의사에게 내밀며 말했다.

"오늘은 내가 못하는 술을 한 잔 해야 되겠소."

의사가 과수원 주인의 사발에 막걸리를 가득 차게 부었다. 과수원 주인도 의사의 사발에 막걸리를 가득 채우자 의사가 말했다.

"오늘부터 두 사람은 형제가 되었음을 술의 신에게 맹세합니다."

러브샷 자세로 의사는 단숨에 마셨지만, 과수원 주인은 마치 쓴 한약을 마시는 사람처럼 세 번을 중간에 쉬면서 억지로 다 마셨다. 과수원 주인은 난생처음으로 하는 러브샷이라 어색하게 사발을 머리 위에 엎어 다 마셨음을 사람들에게 보여 주자, 처음 보여 주는 행동에 동민들이 환호성과 손뼉을 쳤다. 이렇게 해서 두 사람은 동네에서 마지막으로 형제가 되었다. 술기운이 약간 오른 과수원 주인이 마음에 담아 두었던 있던 이야기를 꺼냈다.

"자네 몹시 바쁜 사람인데, 집까지 차가 들어가지 못해 얼마나 불편한가? 차가 들어가려면 길의 폭이 적어도 3m는 넘게 나와야 하니 내가 땅을 내어줄 테니 무료로 사용하시게."

"형님, 지금 상태로 조금도 불편하지 않습니다. 말만 들어도 고맙습니다."

"언제든지 필요하면 말을 하시게. 무료로 사용할 수 있게 준비가 되어 있다네."

"형님 고맙습니다만, 길 염려는 안 하셔도 됩니다."

그런데, 이날 술 때문에 문제가 하나 생기고 말았다. 과수원 주인이 술을 마시고 10분 정도 지났을 때 얼굴이 벌겋게 달아오르고 식은땀을 흘리면서 호흡곤란증이 일어났다. 같이 온 부인이 놀라서 어떻게 해야 할지 몰라 이리저리 뛰어다니며 당황했다. 의사가 토할 것을 권했지만, 그는 한사코 거절하며 토하려고 하지 않았다. 한 사발의 술로 사람들 앞에 한 맹서가 무효가 될까 봐 괜찮다며 억지로 참았다.

의사가 폰을 꺼내 어딘가 전화를 했다. 신호가 가고 저쪽에서 카랑카랑 한 소리가 들려왔다.

"왜, 이 시간에 한 잔 하자고?"

"그게 아니고 환자가 한 사람 생겨서……?"

"자네도 의사인데 남 줄 게 어디 있나? 자네가……?"

"그게 아니라니까…… 옆에 어른들과 같이 있는데 말투가 왜 그래?"

"그러면, 무슨 일이 있나……?"

"사실은 마을 어른들과 술을 마시고 있는데, 한 분이 술 체질이 아닌가 봐?"

"허어, 보나 마나 니가 권해서 사고가 났겠지? 내가 안 봐도 삼천리다. 내 말이 맞지?"

"119 구급차로 우리 형님 실어 보낼 테니, 당직에게 과음하신 분 간다고 미리 연락 좀 해주고. 아 참 그리고 병원비 절대 받지 못하게 말해 줘. 내일 퇴근하면서 내가 낸다."

"아 자식, 그래 알았어 임마. 또 사고 쳤구나."

저쪽에서 먼저 전화 끊는 소리가 들려왔다. J 종합병원 원장은 K 의과대학 동창생이라 간혹 술도 같이 마시고 서로 어려운 고민이 있으면 털어놓고 하는 사이였다.

대학 다닐 때도 종합병원 원장은 전형적인 의사 체질로 조선시대 유생처럼 오직 공부만 했고, 시골에 정착한 의사는 머리가 좋아 수재 소리를 들으면서 의과대학을 다녔지만 학교 성적은 별로 좋지가 않았다. 스포츠를 좋아해 조금이라도 시간이 있으면 축구와 테니스를 즐겼고, 좋은 영화가 있으면 어떻게 해서도 보아야 직성이 풀리는 체질이라 성적이 고르지 못했다.

대학을 다닐 때 내일 아무리 중요한 시험이 있어도 오늘 밤에 우리나라와 국제전 축구시합이 있으면 시험보다 축구가 먼저였다. 이러다 보니 성적이 좋을 리가 없었다. 성적이 들쑥날쑥했고, 친한 친구들은 밤에 국가 대항전 축구시합이 있는 날은 다음 날 시험에 성적이 안 좋을 것을 미리 알 정도였다.

과수원 댁 부인과 마을 사람들은 과수원 주인이 굳이 병원에까지 갈 필요가 없다며 불러 놓은 119 구급차를 취소해달라고 여러 번 말했으나 의사는 뜻을 굽히지 않았고, 그를 보면서 이렇게 말했다.

"형님 곧 119 구급차가 도착할 것입니다. 병원에 도착하면 좀 더 아픈 척하고 이렇게 심각한 연기를 좀 하십시오."

다 죽어 가는 포즈와 말을 하는 제스처가 마치 영화감독이 메가폰을 들고 배우들에게 연기를 지시하는 투로 하니, 모인 동민들이 여기저기서 웃지 않는 사람이 없었다. 과수원 댁은 의사가 미안해 하는 것을 알고 분위기를 바꾸기 위해 남편에게 투덜거렸다.

"아무나 다 마시는 술도 하나 제대로 못 마시고… 어이구 쯔쯔."

얼굴이 벌겋게 된 과수원 주인은 간신히 정신을 가다듬고 지지 않으려고 한마디 했다.

"평소에는 술을 안 마셔 좋다고 해 놓고…… 의리 없게?"

어수선한 분위기 속에 두 사람의 투덜거림에 동민들은 함께 웃었다. 과수원 주인이 119 구급차에 실려 병원으로 가자 회식도 그것으로 끝이 났고, 동민들은 식당에서 내어주는 봉고차를 타고 집으로 돌아왔다.

계절이 바뀌어 사월이 되자 동네로 들어가는 양 옆길에 피는 벚꽃이 완전히 터널을 이루어 인근에서 이 동네로 드라이브 오는 사람들이 많아졌다. 화무십일홍이라고 꽃도 피었다가 며칠 지나면 봄비와 바람과 함께 사라지면 동네 입구에 다시 수백 년 먹은 느티나무 잎이 연둣빛으로 변해 이때도 꽃길만큼 장관을 이루어 구경거리가 되었다. 의사의 친구 중 한 사람이 봄에 동네에 몇 번 왔다 갔다 하더니 풍경과 공기가 좋다며 이 동네로 이사를 오겠다고 했다.

어느 농촌과 마찬가지로 이 동네도 노인들이 많아 해마다 농사를 포기하는 땅들이 증가해 갔다. 밭은 일 년만 농사를 안 짓고 방치하면 잡초가 무성해지고 삼 년만 묵혀 두면 잡목이 우거져 사람이 들어가지 못할 지경이 되는데 이런 땅이 매년 늘어갔다. 동네가 오지라 사겠다는 사람이나 팔겠다는 사람이 없어 땅값이 정지 상태로 있었는데, 이번에 이사를 오겠다는 사람은 화가라고 했다. 동네의 약간 위쪽에 농사를 포기한 $600m^2$ 정도 되는 밭을 사서 그곳에 집을 짓고 텃밭도 가꾸며 살겠다는 결정을 했다.

마을 사람들이 생각할 땐 터무니없게 비싼 가격인 평당 30만 원에 땅을 구입한 화가는 마음이 들떠 있었다. C 시에서 웬만하면 평당 300만 원 주어도 구하기 어려운데, 이곳으로 결정한 선택은 스스로 생각해도 대견하고 탁월했다는 생각이 들었던 것이다. 그가 땅을 산 후 한 달 넘게 그림보다 자신이 지을 집을 밤늦게까지 스케치를 하고 지우고 했다.

이 동네 동장의 아들이 부산에서 건축업을 하고 있었다. 경기가 불황이라 계속 적자만 내면서 사업을 쉽게 접지 못하고 울며 겨자 먹기 식으로 시간만 보내고 있었다. 마음 같아서는 사업을 정리하고 고향으로 돌아오고 싶었으나, 희망이 없다는 농촌으로 돌아오기가 죽기보다 싫었다. 한때 고향을 떠나 사업을 잘한다고 소문이 자자했고, 동네에 행사가 있을 때마다 잊지 않고 협찬을 해 동네 사람들로부터 입에 침이 마를 정도로 칭찬을 받기도 했다. 실패한 사업가로 희망이 없는 농촌으로 돌아오겠다는 말을 차마 아버지께 꺼내지도 못하고 있었다.

의사가 이 동네로 이사를 온 후 동민들과 유대관계를 잘하여 동네 분위기가 많이 바뀌어 있었다. 이제 화가란 사람까지 이 동네가 공기 좋고 풍광이 좋다며 칭찬을 하고 다니다가 이사까지 온다고 하자 동민들은 자신이 사는 동네를 다시 보기 시작했다. 그들은 오래전부터 살아와서 살기 좋은 동네인지 어떤지 생각조차 해 보지 않고 살았다. 다만, 오래전부터 살아왔고 앞으로 여기서 생을 마치게 될 것이라는 막연한 생각만 하던 동민들이 이제 자신이 사는 마을에 대해 눈을 뜨기 시작했다.

동장의 아들은 부산에 살면서 인편으로 동네 분위기가 많이 바뀌어 가고 있다는 것을 들어서 알고 있었다. 몇 년 전이라면 고향으로 돌아간다는 것은 상상조차 하지 않았지만 이제 귀향에 자신감과 의욕이 조금씩 생기고 있었다. 그래서 추석이 다 되어 갈 즈음 고향을 방문하고 벌초를 마친 후 자연스럽게 아버지와 막걸리 상을 마주하고 앉았다.

주말이라 의사도 집에서 쉬고 있었다. 동장은 전화로 막걸리 한 잔하자고 의사를 불러도 되지만 아들을 직접 의사 집으로 보냈다. 얼마 후 아들이 돌아와 아버지에게 보고했다.

"아재가 마당에 잔디를 이제 막 다 깎았는데, 좀 씻고 오겠답니다."

동장의 아들은 40대 후반으로 사회에서 의사를 만났으면 큰형님 정도로 대접할 수 있었지만, 아버지의 명확한 관계 정리로 친숙부처럼 깍듯이 모셨다. 10분도 안 되어 의사가 반바지에 티셔츠 바람으로 슬리퍼를 질질 끌며 동장 집 단감나무 아래에 모습을 나타냈고, 평상에 차려 놓은 술상 앞에 앉으면서 말했다.

"오랫만에 조카가 왔는데 고마 부자지간에 오붓하게 한잔하시지 뭘 저까지 부릅니까?"

"우리 동네 개발위원장은 나라로 말하면 한국개발연구원 원장이지 않은가?"

"형님은 그런 것도 다 아십니까?"

"아우는 내가 촌에 산다고 영 무식한 줄 아나?"

"아이구 무슨 말씀을요? 너무 유식해서 하는 말입니다."

"자네는 이사 온 지 일주일도 안 되어 개발위원장이 된 대단한 사람일세. 전국에도 자네같이 벼락감투 쓴 사람은 아마 없을 걸세. 그리고 부자간 둘이 마시는 것보다 자네가 있어야 술맛도 나지."

양력 9월 중순이라 해가 지자 한기가 들 정도로 밤기운은 시원하여 신선놀음이 따로 없었다. 술이 몇 잔 돌아가자 아들은 아버지에게 기회를 잡아 말을 꺼냈다.

"아버지, 그리고 삼촌 요즘 불황이라 사업을 접고 고향으로 돌아오고 싶습니다."

아들의 사업이 힘들 것이라는 것을 짐작하고 있던 동장은 아들의 말을 듣고 무덤덤하게 말했다.

"힘들면 고향으로 돌아오도록 해라. 농촌에 살아도 부지런하게만 하면 큰돈은 못 벌어도 먹고살 수는 있다."

말 꺼내기가 몹시 어려웠는데, 아버지가 의외로 쉽게 수긍하자 아들은 어깨 위의 무거운 짐을 내려놓은 것처럼 온몸이 가벼워짐을 느낄 수 있었다.

"아버지, 만약 돌아오게 되면 재실 옆 밭에 집을 새로 지어서 오고 싶습니다."

"그럴 형편은 되겠느냐?"

"경기가 워낙 불황이긴 하지만, 아직 그 정도는 할 수 있습니다."

"우리 동네에 외지에서 좋은 사람들이 들어오고 있고, 그들 말로는 우리 동네가 숨겨진 보석이라 하더라."

동장의 말을 듣고 있던 의사가 말했다.

"형님 맞습니다. 이 동네는 오염되지 않은 다이몬드 원석과 같은 곳입니다."

'동네가 숨겨진 보석의 원석과 같다'라는 말에 동장의 아들은 동네 전체를 다시 생각해 보았다. 객지에서 익힌 여러 가지 경험과 공부를 잘 살리고 멋지게 잘 다듬으면 동민들도 함께 잘 살 수 있는 방법이 있을 것 같았다. 동민들은 거의 조상 때부터 오랫동안 정착을 하면서 농사지을 만큼 유산으로 받은 땅을 모두 가지고 있었다. 의사가 보충 설명을 했다.

"형님 제가 올 때 동네 땅이 평당 6~7만 원 했고, 화가 친구는 30만 원에 샀고, 며칠 전에 읍내에 있는 부동산에서 동네 입구 고모집 밭을 50만 원에 팔아라 했는데 안 판 것으로 알고 있습니다."

이 말에 동장 집 아들은 고무되어 자신의 생각을 말했다.

"아버지 마을만 잘 가꾸면 가만히 앉아서 부자가 될 수 있어요."

아들의 말에 동장도 신이 나서 말했다.

"나도 어렴풋이 앞이 보이긴 한데, 두 사람 이야기를 들으니 자신감이 생기네."

"그런데 아버지, 우리 동네가 발전하려면 앞으로 가장 큰 숙제는 들어오는 도로가 좁다는 것입니다."

의사도 동장 아들의 말에 맞장구를 치자 동장은 그 문제는 염려하지 말라고 했다.

"그것은 곧 해결될 것이다. 내가 면사무소와 군청에 뛰어다니며 이미 예산을 확보해 놓았다."

의사가 동장의 술잔에 술을 따르면서 말했다.

"형님, 그렇게 되면 동네 땅값은 평당 50만 원도 싸다는 말이 나올 것입니다."

동장 아들은 신이 나서 말했다.

"가까운 곳에 공장과 축사가 없어 공기가 좋고, 도로가 확장되고 포장되면 C 시까지 자동차로 30분 거리밖에 안 됩니다."

의사가 동장 아들의 술잔에 술을 부으며 말했다.

"젊은 자네가 원석을 잘 다듬어 멋진 마을로 한 번 만들어 보게."

두 사람의 말을 듣고 있던 동장이 의사를 응시하면서 말했다.

"나는 누가 뭐라 해도 자네가 이 동네의 보석이라고 믿고 있다네."

시원한 미풍이 한차례 지나갔다. 향기를 가득 머금은 백로白露가 향기를 터트리는지 바람이 지나간 자리에 풀내음으로 가득 찼고, 가을의 악사 귀뚜라미가 향기에 취해 가을을 알리는 축하 연주를 하기 시작했다.

김 사장의 동창회

봄비가 지나간 아침, 10m 정도 되는 도로 건너편 빨간 벽돌집의 담장 밖으로 보라빛 얼굴을 내민 라일락이 진한 향기를 내뿜으며 봄을 노래하고 있었다. 열 평 남짓한 철물점을 운영하는 40대 중반의 김상철 사장이 가게 안을 정리하고 있는데, 김상철 사장의 휴대폰에서 갑자기 '누구나 한번쯤 넘어질 수 있어……' 어쩌구 하는 윤태규의 마이웨이가 경쾌하게 울려 퍼진다. 일을 멈추고 못통 옆에 올려놓은 휴대폰을 여는 김상철 사장. 자막에 초딩동창 향미라는 이름을 확인하고 반갑게 받는다.

"야, 가시나야 지난번에 약속한 반가운 소식인가베?"

수화기에 약간 간드러지고 코맹맹이 향미의 목소리가 들린다.

"무슨 약속?"

또 내숭이냐 하는 투로 상철이 말한다.

"니 서방 죽으면 내한테 제일 먼저 전화하고, 내 마누라 죽으면 내가 니한테 제일 먼저 전화하기로 안 했나?"
향미가 재미있어 하며 웃는 목소리로 받는다.
"만약 내하고 니가 먼저 죽으면……?"
향미의 말에 똥 밟고 한 대 맞은 듯한 목소리로 상철이 말했다.
"복권 줍는 사람 생기겠지. 그런데 웬일이냐."
"올해도 동창회 한대, 함께 가자고 전화했어."

동창회 참석에 대해 상철은 선뜻 답하지 못하고 망설인다. 작년 봄 향미 가시나가 하도 권하는 바람에 동창회에 갔다가 돌아오는 길에 마산 근처 국도에서 깜박 역주행하다 같은 날 하늘나라로 갈 뻔한 아찔한 악몽이 되살아났다.
그날은 상철이 초등학교를 졸업하고 30년 만에 처음 간 동창회였다. 어떤 친구들은 단번에 알아보겠는데, 어떤 친구는 이름을 듣고서야 비로소 알 수 있었다. 6학년 때 짝지였던 말괄량이 인자는 학교 다닐 때 너무 비쩍 말라 빼때기라 놀렸는데, 지금은 옷 밖으로 드러난 그녀의 풍만한 가슴과 몸매를 보자 지금은 유럽의 젖 짜는 소 홀스타인을 연상하게끔 변해 있었다. 그녀의 몸은 그렇게 변했어도 명랑하고 밝은 성격과 재치 있는 말솜씨는 옛날 그대로였다. 30주년 기념 동창회가 30년 전 우리들 부모님을 소집한 학부형 모임 같다는 생각이 자꾸 들었다. 얼굴은 대부분 많이 변해 있었고 나름대로 자리를 잡고서 살아가는 동창들이 대견스러웠다.

겉모습은 학부형 모임 같지만, 마음은 아직 동심 그대로였다. 좀 잘나간다는 친구나 어려운 친구나 이날만큼은 모두 코흘리개 시절 과거로 돌아가 나이와 위치를 잊어버리고 철없는 애들처럼 행동했고 추억 나누기에 끝이 없었다.

갓 입학했을 때 집에서 똥을 참고 학교에 갔다가 수업시간에 선생님께 화장실 가고 싶다는 말을 못해 결국 교실 마루에 참았던 똥을 눈 병철이, 수박 서리하다 주인에게 잡혀 수박을 머리 위로 들고 오전 내내 교무실에서 벌선 용민이, 학교 근처 양어장에서 몰래 고기 잡다 붙잡혀 비린내를 풍기며 파닥거리는 잉어를 입에 물고 동네를 돌았던 기동이, 가야읍으로 상수도 물이 흘러가는 다리 위에 쭈그리고 앉아 오줌발 누가 멀리 가나 시합했다는 갑숙이와 그 일당 여자아이들 이야기에도 배꼽을 잡았다. 여자 동창들이 오줌발 이야기를 하자 짓궂은 남자 동창 몇 명은 그때 요강에 털도 안 난 가시나들이 무슨 오줌발이 제대로 섰겠느냐며 의문을 제기하기도 했다. 오줌발을 겨룬 갑숙이와 그 일당들은 여자 동창들이라 그날 누가 챔피언 먹었는지 끝까지 밝히지 않았고 다만 다음 동창회 때 공식적으로 밝힌다며 낚시질만 했다.

술이 한잔 두잔 들어가자 내리막길에서 브레이크 터진 자전거처럼 제동이 안 걸리는 동창들이 나오기 시작했다. 술을 약간 마시긴 하지만, 많이 마시지 못하는 상철이가 볼 때 위험수위에서 줄타기하는 모습을 보는 듯했다. 누구는 누구를 좋아했고, 누구와 누구는 삼각관계였다는 이야기도 소설 속의 주인공 이야기나 딴 동네 아이들의 이야기를 하듯 당사자들 앞에서 너무나 자연스럽게 실타래가 슬슬 풀려 나왔다.

오후 늦게 이야기가 좀 식으려 하자 휘발유 역할을 톡톡히 해내는 갑숙이가 묵묵히 듣기만 하고 있던 상철을 힐끗 쳐다본 후 향미가 상철을 좋아했던 이야기를 꺼내기 시작했다.

"난 동창 중 부부가 탄생하면 너희 두 사람이라 생각했었다."

이 말에 상철은 싫지가 않았고, 가슴속 아련하게 아픈 상처와 함께 덮여 있는 추억의 아름다운 꽃잎들이 사랑하는 사람을 보자 마치 바지 속의 비뇨기처럼 고개를 들기 시작했다.

상철이와 용민이는 같은 동네인 양달 마을에 살았고, 상철이의 집은 하루 세끼 해결을 고민해야 할 만큼 찌들게 가난했다. 그래서 상철이 아버지는 가장 부잣집으로 통하는 용민이의 집에서 머슴처럼 일해 품삯으로 살림을 꾸려 갔다. 상철은 아버지만 생각하면 자존심이 상하고 마음이 아팠다. 용민이가 아이들 앞에서 상철이 아버지를 우리 집 머슴이라 말했다가 상철이와 싸운 적이 한두 번이 아니었고, 용민은 그런 사실적인 말을 바꾸면 정의의 사도가 안 되는지 초등학교를 졸업할 때까지 상철이가 없는 곳에서는 상철 아버지를 늘 우리 집 머슴이라 불렀다.

우물 안 개구리들의 도토리 키 재기라 할지 모르지만, 상철이가 생각할 때 자신이 용민이보다 공부도 운동도 다 잘한다 생각했고, 키도 심지어 자지까지도 용민이 것보다는 잘생겼다고 생각했다.

농고를 졸업하고 현재 읍에서 농기구 수리점을 한다는 용민이가 술이 많이 취해 화장실에 가고 싶었는지 상철이 앞을 비틀거리며 지나가다 상철을 보고 걸음을 멈추었다. 자신의 음부를 가리키면서 혀 꼬부라진 목소리로 말했다.

"야 임마, 니가 내보다 공부도 잘했고 키도 컸지만, 자지는 내가 더 클 끼다."

뜻밖의 발언에 여자 동창들이 깔깔거리며 배를 잡고 웃었다.
아무리 세월이 흘렀지만, 상철이 무의식의 세계는 용민이한테만은 지기가 싫었고, 과거 아픈 추억으로 자신도 모르게 화가 나서 말했다.

"요새 유행하는 인테리어 했나, 보지? 그래도 니꺼보다는 내꺼 더 클끼다."

엉뚱한 두 사람의 말 수작에 몇몇 여자 동창들이 적극적으로 끼어들었다.

"야야, 두 사람 다 함 꺼내 봐, 크고 작은 것은 대봐야 알 수 있다."

만취한 용민이가 힘들게 허리의 방향을 상철이 쪽으로 완전히 돌리고는 자신 있게 혁대를 푼 후 바지를 내리자, 빨간색이 많이 섞인 야한 사각팬티가 모습을 드러냈다. 상철이가 웃으며 물었다.

"진짜 투자 좀 했나 보지?"
"자지 화나게 자꾸 보지 보지 하지 마라. 그래 '사실적으로' 신경 좀 썼다."

 용민이는 말끝마다 '~적'이란 말을 자주 사용했다. 용민이의 혁대 풀린 바지가 마치 공기 빠진 풍선처럼 무릎 아래까지 내려갔으나, 아직 팬티는 배꼽 아래 주전자 꼭지 같은 것에 걸려 더 내려가지 않고 있었다. 예기치 않은 용민이의 행동에 뻘쭘하게 앉아 있는 상철을 보고 향미가 상철이 옆구리를 쿡 찌르며 말했다.

 "니는 일어서서 바지 안 내리고 뭐해."

 오기가 난 상철이가 엉겁결에 일어나 혁대를 풀고 바지를 내리자 구석진 자리에서 오랜만에 만나 자기를끼리 특별한 이야기를 나누고 있던 몇몇 동창들까지 이상한 분위기에 가세를 했다.

 "팬티, 내려."

 "내려, 내려."

 동창회는 점점 흥분한 야구장 관중석으로 변해 갔다. 앉아 있던 여자 동창들이 하나둘 일어나 동창회 안내 책자나 신문지를 말아 위에서 아래로 흔들며 '내려, 내려'를 외치자, 남자 동창들은 아래에서 위로 치올리며 '올려, 올려'를 외쳤다.

 깔깔거리며 여성 응원 단장으로 구호를 외치던 갑숙이가 갑자기 정신이 돌아왔는지 생머리를 묶고 있던 빨간 끈을 풀자, 만유인력에 의해 머리카락은 일시에 어깨를 덮었고, 갑숙이가 머리에서 푼 끈의 길이는 20cm 정도 되어 보였다. 갑숙이가 끈의 양쪽 끝을 잡고 두어 번 당기자 줄이 팅팅 물먹은 가야금 소리를 내며 임무만 하달하면 언제든지 일을 멋지게 해내겠다는 각오를 말하는 듯했다. 갑숙이가 끈의 양쪽 끝을 팽팽하게 잡고 재촉했다.

김 사장의 동창회 — 253

"이것으로 함 재어 보자. 빨리 꺼내 봐."

구경하고 있는 향미는 술상 위에서 일회용 하얀 접시 하나를 집어 들고 와서 두 사람 다리 사이에 한 번씩 들이밀면서 말했다.

"갑숙이가 정확하게 젤 수 있게, 여기에 올려 놓아라."

바지를 내린 팬티 차림으로 마치 광화문 앞에 떡 버티고 서있는 이순신 장군 동상처럼 서서 서로 자기의 자지가 크다고 호기를 부리던 용민이와 상철은 궁지에 몰린 쥐처럼 되어 갔다.

부끄러워 말릴 줄 알았던 여자 동창들이 이렇게까지 더 세게 나올 줄은 전혀 예상 밖이었다. 바지를 내리고 마주 보고 서 있는 두 사람에게 현재 가장 필요한 것은 구원병인데, 사방을 둘러봐도 구원병은 보이지 않았고 별천 유원지 냇가에는 연둣빛을 머금은 수양버들만이 미풍에 철없는 두 아이의 객기가 우스운지 흔들거리고 있었다. 거의 무의식의 세계에서 향미의 갑작스런 자극에 조건 반사로 일어나 바지를 내렸으나, 상철은 후회하고 있었다. '그래 니 자지가 더 크다' 했으면 간단히 끝났을 일인데 이게 뭐람……

용민이는 동창들 앞에서 상철을 응시하며 중대한 담화문을 발표하듯 말했다.

"난 한 여자만으로 만족 못 해, 사실적으로 애인이 여러 명 있다."

여자 동창들은 또 자지러지듯 한바탕 웃었다. 상철이도 웃으며 농담으로 맞받아쳤다.

"요새 애인 없는 놈이 어디 있더냐?"

술기운이 조금씩 깨는지 용민이가 허리를 굽혀 바지를 슬며시

끌어 올리면서 말했다.

"내하고 한번 자본 여자는 나를 잊지 못하고 반드시 연락이 온다."

혼자 바지를 내리고 있을 수 없어 상철이도 바지를 끌어 올리면서 말했다.

"내하고 자본 여자들은 전부 같이 살자고 달라붙는다."

여기저기서 또 동창들의 폭소가 터졌다. 이때 갑숙이가 끼어들었다.

"내가 건배 제의를 할게. 모두 아랫배에 힘을 주고 크게 외쳐야 된데이. 우리 동창 용민이 상철이 자지의 건승을 위하여!"

동창들은 마치 교련시간 연대장의 구령에 맞추어 '받들어 총'을 하듯 모두 잔을 높이 들고 외쳤다.

"위하여!"

여항산 허리를 친 메아리가 서북산과 봉화산으로 쓰리쿠션 되어 산천도 "위하여!"를 외쳤다.

초등학교 졸업 때까지 빼때기라 불릴 정도로 부모님이 날씬한 몸매를 주었지만, 의과대학에서 정신과 의사가 되기 위해 공부한다고 몸매 관리에 실패하여 젖 짜는 소 홀스타인으로 변해버린 인자가 자리에서 벌떡 일어나 분위기를 바꾸기라도 하듯 말했다.

"내가 노래 한 곡 부를게. 모두들 불만 없제?"

여기저기서 동창들의 애교 섞인 야유가 있었다.

"인자 저 가시나, 학교 다닐 때 음치 아니었나?"

"음치가 아니라, 하늘이 내린 구제불능 천치였다 아이가?"

인자는 개의치 않고 나훈아의 '고장난 벽시계' 부르기 시작했다. 인자는 학교 다닐 때 공부도 잘했고 애교도 있었지만, 노래 하나 만은 진짜 음치였다. 동창들은 인자가 노래하겠다는 말에 끝까지 할 수 있을지 반신반의했다. 인자가 음치가 된 데는 사연이 있었다.

동네에 노래 부르기를 좋아한 똑똑한 언니가 가수가 되겠다며 가출한 큰 소동이 있었는데, 이 일이 인자의 성장에까지 영향을 끼친 것이다. 인자도 어릴 때 노래하기를 좋아했는데 완고한 아버지와 할아버지가 노래만 하면 '광대' '딴다라' 된다며 매로 혼을 내었기 때문에 노래에 대한 콤플렉스가 생겼다고 했다. 인자가 노래하겠다고 일어서는 그 자체가 어떻게 보면 용민이가 자기 자지 크다며 동창들 앞에 바지 내린 일보다 더 큰 충격이었으며, 모인 동창들의 마음을 착 가라앉게 하며 걱정거리를 안겨주는 일이었다.

인자는 동창들의 염려에 조금도 개의치 않고 노래를 부르기 시작했다. 가사는 분명 '고장난 벽시계'인데 팝송인지 재즈인지 정체불명의 노래를 부르고 있었다.

염려했던 대로 동창들의 야유가 터져 나왔다.

"쟤는 학교 다닐 때 공부도 잘하더니, 영어 팝송도 잘하네."

"저게 우째 팝송이고 재즈지."

"무식한 것들아 공부 좀 해라. 저런 건 순수 국산 전통 시조창이라 하는 기다."

인자는 아랑곳하지 않고 끝까지 완주하고 있었고, 시간이 좀 지나자 가사를 바꾸어 부르기 시작했다. 청바지를 입은 자신의 음부

를 손으로 스치듯 한번 툭 치면서

"~~고장난 이♬ 보~지는♪ 멈추었는데."

옆에 있던 상철이와 용민의 자지를 차례로 검지손가락으로 애교 있게 가리키면서 노래를 계속 불렀다.

"저 자~지는♪ 고장도 없네♬ 청춘아 너는 어찌~"

동창회는 폭소와 야유로 난장판이 되기 시작했다.

"인자 니가 최고다. 노래방에 집 한 채는 밀어 넣었겠다."

"야, 저 가시나 노래 많이 늘었네."

"잘 부른다는 게 저 정도가."

인자는 외동초등학교를 다닐 때 상철이와 1·2등을 겨룰 정도로 총명했다. 서울에 있는 명문 의과대학을 졸업한 후 정신병원을 개업을 했으나, 우리나라 풍토가 정신병원에서 콤플렉스 상담 한번 받고 나오면 정신병자 취급하는 분위기라 정신병원 운영이 될 리가 없었다. 여러 차례 병원 자리를 옮기며 전전하다 정신병원은 아예 접고 몇 년 전부터 서울 압구정동에서 피부미용 클리닉을 열어 요새는 돈을 좀 만진다며, 동창회 때마다 성의껏 협찬을 해 친구들의 신망이 두터웠다.

동창들의 박수와 야유 속에 노래를 끝낸 인자가 자리에 앉은 후 상철에게 빈 소주잔을 들어 보이며 말했다.

"야 임마, 술 한 잔 줘."

상철이가 잔에 술을 부으며 말했다.

"넌 여전하구나."

인자가 이마에 송글송글하게 맺힌 땀을 물수건으로 닦은 후 소

주잔을 들며 말했다

"뭐가?"

"명랑하고, 애교가 넘치고 인기를 누리는……."

잔을 비운 인자가 빈 잔을 상철에게 권하면서 말했다.

"서울 산다며? 동창이라면서 전화도 한번 안 하고 그래?"

"네가 서울 산다는 것 전혀 몰랐어."

"그랬을 거야, 너도 힘들었다는 이야기 향미를 통해 많이 들었어. 나도 무척 힘들었어. 학교 다닐 때도 그랬고, 개업하고도 병원을 여러 번 옮기면서 많이 까먹었어. 그런데 야, 임마 학교 다닐 때 내가 니 많이 좋아했는데, 니는 모르제?"

향미가 끼어들며 말했다.

"요 앙큼한 가시나, 그럼 우리 셋이 삼각관계였다는 말이가?"

상철은 아버지가 간염으로 중3 때 세상을 떠나자 중학교를 간신히 졸업하고 서울로 올라가 중국집, 단무지 공장, 철공소를 20여 년을 전전하다 서울 신당동에서 철물점을 시작한 지 10년이 다 되어가고 있었다. 도심에서 철물점으로 큰 벌이는 되지 않았으나, 소년시절 워낙 고생을 많이 했고 야무지게 경영을 해 살아가는 데는 크게 애로가 없었다.

향미 집은 상철이보다 살림살이가 좀 나아 M여고를 졸업하고 대전에 있는 H연구소에 근무하다 같은 회사 직원과 결혼하여 대전에 살고 있었다. 한 학년에 한 반밖에 없는 초등학교를 6년 동안 같이 다녀 동창들은 형제나 다름없었다.

상철은 아버지가 돌아가신 후 얼마 되지 않아 어머니마저 세상을 떠나자, 이후로는 고향에 갈 기회도 없었고 별로 가고 싶지도 않았다. 그래도 몇몇 동창과는 연락을 끊지 않고 살았다.

작년 처음 동창회에 갔다가 파하고 집으로 올 때 대전에 사는 향미와 갑숙이를 태우고 오던 중 이런저런 옛날 생각을 하다 순간적으로 중앙선을 넘은 줄도 모르고 달리다 앞에서 갑자기 나타난 트럭을 피하면서 그만 차가 전복되는 사고가 있었다. 다행히 셋 다 크게 다치지는 않았지만, 지금도 그때 일만 생각하면 등에 식은땀이 흘러내린다. 이 사고로 10여 년의 생사고락을 같이하며 정이 든 차는 폐차해야 했다.

라일락 향기를 실은 훈훈한 봄바람이 불어와 코를 자극하며 기분을 좋게 했다. 휴대폰 수화기에서는 약간 짜증 섞인 향미의 목소리가 크게 들여왔다.

"야, 동창회 갈 거가 안 갈 거가? 인자도 니 보고 싶다고 하던데……?"

상철의 머릿속에는 어린 시절 좋았던 추억과 기억하고 싶지 않은 추억들이 뒤섞여 주마등처럼 지나가며 고향의 산천과 동창들이 그리워지기 시작했다.

"그래, 철물점 하루 문 닫지 뭐."

"잘 생각했다. 올해는 차 떼놓고 버스로 가자. 내려올 때 인자랑 같이 와."

"그럴게. 대전의 갑숙이도 가제?"

"하모, 지가 총무인데 안 가면 되나?"

통화를 끝내고 다시 일을 시작하는 신당동 철물점 김상철 사장의 몸은 훨씬 가벼워지고 있었고, 입으로는 윤태규의 마이웨이를 흥얼거리기 시작했다.

동지산 유국환 劉國煥

아침부터 하늘에서 진눈깨비가 내렸다가 멈추었다 했다. 오시 정도 되자 폭설로 바뀌더니 앞서가는 사람을 분간 못 할 정도로 내리기 시작했다. 경상도 함안은 바다와 가까워 눈이 간혹 오기는 하나 자주 볼 수 있는 지역은 아니다. 더군다나 겨울이 다 갔다고 생각한 초봄에 이렇게 많이 내리는 눈은 수십 년에 한 번 보기가 어려운 일이다. 산익에서 입곡으로 넘어가는 할미당 고개가 쌓인 눈으로 인적은 끊어지고 눈 속에 묻혀 모처럼 편안하게 휴식을 취하는 듯했다.

그런데, 폭설을 뚫고 오십 대 중반으로 보이는 사내와 이제 스무 살 정도로 보이는 사내가 할미당고개를 무리하게 넘어가고 있었다. 아버지로 보이는 사내는 콩 한 말 정도 되는 자루를 어깨에 메고 비지땀을 흘리며 가파른 산길을 아들에게 발자국을 남겨 길을 인도라도 하듯 앞서 걸었고, 뒤따라 걷는 아들은 지게에 콩 한 섬을 지고 눈에 쫓기는 듯 걷고 있다.

아들이 진 지게는 튼실한 참나무로 만들어 웬만한 장정에게는 지게의 무게만 해도 한 짐이 되고 남았으나, 아들은 마치 평지를 걷기라도 하듯 콩 한 섬을 지고 가볍게 걸었다. 눈이 콩 섬 속으로 스며들 것 같지는 않았으나 귀한 양식이 젖을까 아버지가 어깨에 멘 짐과 아들의 섬에 거추장스럽게 보이는 거적까지 덮고 있었다. 할미당을 넘어 길이 평탄한 다복이 앞을 접어들자 앞서가던 아버지가 아들이 걱정되어 뒤돌아보며 말했다.

"좀 쉬었다 갈까?"

"아버지, 괜찮심더."

무뚝뚝하게 말을 하는 건장한 아들의 입에선 하얀 수증기가 연통이 연기를 토하듯 나왔다. 짚신을 신고 있어 바닥은 생각보다 미끄럼이 심하지는 않았다. 대밭곡으로 가는 길과 학무정으로 가는 길이 나누어지는 길목에 있는 주막 앞을 지나 부자는 걸음을 재촉했다. 조리터 북쪽에 있는 주막의 굴뚝에서 연기가 뭉게뭉게 솟아오르고 있었다. 아마 이 시간대면 술안주로 닭이나 고구마를 삶고 있을 것이고, 노름을 좋아하는 몇 명의 장정들이 모여 투전놀이를 하고 있을 것이다. 유영서는 막걸리라도 한 사발 하고 싶은 생각이 들었지만, 한 달간 일한 품삯으로 아들이 지고 가는 콩이 젖을까 주막을 외면하고 지름길로 걸음을 재촉했다.

앞서 짐을 좌우 어깨로 번갈아 바꾸어 메고 가는 아버지 유영서는 단아한 키에 촌사람치고 뽀얀 피부와 곱게 생긴 모습이 학자풍을 풍기고 있었으나, 그는 젊은 날 공부할 여건을 가지지 못해 목수 일을 배워 대목장으로 함안에서는 유 아무개 하면 모르는 사람이 없을 정도로 많이 알려져 있었다.

산익 동네는 조선 초 이웃 마을 고려동에서 옮겨 온 재령 이씨가 일찍부터 자리를 잡아 집성촌을 이루면서 살고 있어 오래된 가옥과 재각들이 많았다. 재각이나 집을 새로 짓거나 수리하면 동지산에 사는 대목장 유영서에게 먼저 연락을 했다. 유영서는 신용을 잃지 않고 일을 잘했고, 재령 이씨들도 양반 체통을 잃지 않으려고 품삯을 기한 안에 잘 챙겨주었다. 유영서 부자父子가 사는 동지산은 제법 높은 산 위 분지 속에 형성된 작은 마을로 동네에서 조금만 나가면 산 아래에서 누가 올라오는지 환히 내려다볼 수 있는 곳이다.

마을이 제법 높이가 있는 산 위에 자리 잡아 논농사를 짓기에는 논과 물이 귀했으나, 열 가구 정도는 살 수 있는 샘물과 구석구석 토양이 좋은 밭들이 있었다. 유영서는 대목 일에만 의존해 살았고, 유영서의 아내 한韓 씨는 체격이 큰 편이고 건강했다. 그녀는 엿을 만든 후 함에 담아 머리에 이고 산 아래 여러 마을로 다니며 장사를 하였다. 아들 유국환은 아버지 유영서보다 어머니를 닮아 어려서부터 외탁을 했다는 소리를 들으며 자랐다.

짐을 지고 가는 부자가 산 밑으로 난 오솔길을 따라 북쪽으로 한참 걸어가자 동지산으로 올라가는 갈림길이 나왔다. 동지산으로 올라가는 길은 모두 세 방향이 있는데, 군청이 있는 남쪽에서 올라가는 화부랑 고개가 있고, 입곡 방향에서 올라가는 동쪽 길,

상검암 방향인 대리골에서 올라가는 서쪽 길이 있었다. 오늘 올라가는 길은 동쪽 방향의 길로 아주 가파른 깔닥고개가 부자를 기다리고 있었다.

대목장 유영서가 따라오는 아들을 돌아보며 말했다.

"아들아, 좀 쉬었다 가자. 내가 힘이 빠져 안 되겠다."

효심이 깊은 아들은 아버지의 말에 순응하며 지게를 내려놓기 좋은 곳을 눈으로 고르면서 말했다.

"예, 아버지."

유영서는 나중에 출발할 때 쉽게 일어나기 위해 높이가 좀 있는 바위 위에 짐을 걸쳐놓았고, 아들이 쉴 자리를 선택하자 유영서가 뒤로 돌아와서 아들이 지게를 땅에 내려놓는 것을 도왔다. 아들 국환은 인근 마을에서 당할 자가 없는 장사이며 몸이 빨라 함안 동지산에 천하장사가 산다고 벌써 십 리 밖까지 소문이 자자했다. 유영서는 아들이 대견스러웠으나, 난세에 잘 풀려야 할 건데 자칫 잘못하여 역모에라도 얽혀 집안이 쑥밭이 될까 걱정이 앞섰다.

유영서가 담배 생각이 나서 허리춤에 있는 연초를 만지작거렸다. 이런 날 담배 맛이 일품이지만, 야외에서 불을 붙이기 어렵다는 것을 알고 포기하면서 눈 내리는 건너편 산을 응시하다가 학무정에서 올라오는 길 쪽으로 눈길을 돌렸다. 멀지 않은 곳에서 사람으로 보이는 검은 물체 둘이 움직이는 것이 보였다.

머리에 쓴 검은 갓이 없었다면 바로 코앞에 올 때까지 사람이 오는 것을 눈치채지 못할 악천후였다. 부자가 짐을 내려놓고 잠시 어깨 운동과 가볍게 몸을 풀고 있을 때 검은 두 물체가 두 사람 앞에 모습을 나타내며 유영서에게 물었다.

"눈 때문에 영 길을 분간할 수가 있어야지. 이 길로 계속 가면 입곡이 나오나요?"

유영서가 공손하게 말했다.

"길이 눈에 묻혀 잘 보이지 않습니다만, 산 밑으로 붙어서 계속 가면 됩니다. 혹시 뉘 댁에 가시는지요?"

젊은 수행원은 다부지게 생겼고, 양반의 고급 의관을 한 오십 대로 보이는 사내도 체격이 당당하고 내면으로부터 위엄이 풍기고 있었다. 양반의 의관을 한 사내가 유영서의 물음에 대답했다.

"조진사 댁에 갑니다만. 혹시 아시는지요?"

"알다 뿐이겠습니까, 여기서 남은 길은 오 리 정도 될 것입니다. 이 눈 속을 뚫고 가시는 것으로 보아 급한 일이 있나 봅니다?"

"많은 눈이 올 것 같지 않아 나섰다가, 폭설을 만났소."

양반 차림의 사내가 짐을 받쳐놓고 쉬고 있는 유국환에게 관심을 가지면서 유영서에게 물었다.

"아들이요?"

"예."

양반은 유국환을 아래위로 한 번 훑어본 후 유국환에게 물었다.

"총각은 오래 몇 살인가?"

"열여덟 살입니다만…?"

양반은 바짓대로 받쳐놓은 짐을 보면서 유국환에게 물었다.

"볏섬인가?"

"아니 콩섬입니다."

양반은 감탄을 하며 말했다.

"대단한 장사군. 어디서 출발해 어디로 가는가?"

"저 산 너머 산익에서 아버지 일삯을 받아 동지산으로 가고 있습니다."

유국환이 또렷한 음성으로 말했다. 날씨는 변덕을 부려 퍼붓다시피 하던 눈발이 서서히 잦아지고 있었다. 양반 차림이 유영서에게 물었다.

"여기서 산익까지는 길이 얼마나 됩니까?"

유영서가 양반을 바라보며 대답했다.

"오 리 정도로 멀지 않습니다만, 길의 경사가 매우 심합니다."

양반이 유국환에게 호의를 가지며 말했다.

"보기 드문 장사군. 날씨가 풀리면 나를 한번 찾아오게."

유국환이 의아해하며 말했다.

"어디로 가면 만날 수 있는지요?"

"눈이 녹으면 함안 동헌으로 오게."

아버지와 아들이 놀란 눈으로 양반 차림의 사내를 바라보았다. 유영서가 귀를 의심하며 물었다.

"그럼… 사또 나리…?"

수행원이 대신 대답을 했다.

"우리 고을 원님이라네."

유영서가 놀라 눈 위에 무릎을 꿇으려 하자 사또가 말리면서 유영서에게 말했다.

"그럴 필요 없네. 자넨 장사의 아들을 두었네. 잊지 말고 아들을 나에게 한번 보내시게."

사또와 수행원은 임촌 쪽으로 사라져갔고, 짐을 진 두 부자는 동지산으로 난 산길을 따라 올라갔다. 몇 달 전에 함안군수로 부임한 오횡묵은 군민들로부터 매우 존경을 받고 있었다. 오 군수가 부임하기 전에 함안 고을은 아전들끼리 남당과 북당으로 나누어져 피 터지게 싸우는 고질병을 앓고 있었고, 몇몇 전임 군수가 이를 타파하고자 했으나 모두 실패하고 도망가듯 돌아갔다. 오횡묵 군수가 이를 일소해 처리하자 그들에게 아픈 후유증과 불만이 남긴 했으나, 군민들은 군수를 하늘처럼 우러러보며 존경했다. 군민의 칭찬을 받는 군수를 뜻밖의 장소에서 우연히 만나 자식에게 관심을 가지고 찾아오라는 소리까지 듣자 유영서와 아들 유국환은 가파른 동지산 산길을 구름 위 평지를 걷는 기분으로 집에 갈 수 있었다.

동지산에 있는 대부분의 산과 땅은 조선 세조 때 오위도총부 도총관을 지낸 이호성 장군의 후손들인 성산 이씨 문중 땅이었다. 성산 이씨 묘소가 많이 있어 후손들이 빈번하게 오고 가긴 했으나, 이곳에 거주하는 후손들은 열 집이 안 될 정도였다. 이곳은 세상이 혼탁할 때 거리를 두고 은둔하거나 세상에 나가기 전 실력과 힘을 기르기 좋은 곳으로 보였다. 유국환은 이산 저산 뛰어다니며 겨울을 나기 위해 많은 나무를 했다. 나무는 밥을 짓는 데 없어서는 안 될 연료이며 추위를 극복하기 위해 주요한 에너지원이었다. 유국환이 부지런하게 땔감을 준비하여 집 옆에 산더미처럼 해 놓아 먼 곳에서 보면 집보다 더 높아 보였다. 인적이 별로 없는 산중이지만 간혹 지나가는 사람들이 이를 보고 부러워하고 칭찬을 아끼지 않았다. 아버지는 목수 일로 어머니는 엿장수를 하러 다녔기 때문에 낮에 유국환은 혼자 집에 있었다.

얼음이 녹고 버들가지에 물이 오르는가 싶더니 금세 진달래가 피고 산수유, 산벚꽃도 만발했다. 계절은 온 만물이 희망으로 꿈틀거리는 봄이 온 것이다. 유국환은 이산 저산 다니며 콧노래를 흥얼거리며 나무를 했다. 약 한 달 전 폭설이 내리던 날 만난 고을 원님의 멋진 모습과 한번 찾아오라는 말이 귓전에 맴돌았다. 혹시 잘하면 포졸이나 사령이 될 수 있는 길이 열릴지 모르겠다는 생각으로 한껏 부풀어 있었다.

날씨가 좋은 날을 골라 유국환이 아침부터 사또를 만나러 가기 위해 준비를 했다. 세수도 깨끗이 하고, 아침을 먹은 후 횃대에 깨끗하게 준비해둔 옷을 입고 콧노래를 흥얼거리며 군청으로 통하는 남쪽 길 화부랑 고개를 넘어 도림동을 지나 동헌이 있는 곳으로 갔다. 완연한 봄이라 하지만 아침 기온은 쌀쌀한 맛이 있었다. 오 리가 좀 넘는 길을 걷자 몸에 나는 열기와 따뜻하게 퍼지는 햇살로 콧등에 땀이 송글송글 맺혔다.

동문 근처에 이르자 많은 사람이 오고 가고 있었다. 동문에서 남쪽으로 좀 떨어진 곳에 있는 감옥 앞을 지날 때는 기분이 으스스해지기도 했다. 동문에서 이백 보 정도 떨어진 곳에 태평루가 있고 태평루를 지나면 함안 동헌 금학헌琴鶴軒이었다. 여항산과 봉화산에서 발원하여 내려오는 큰 물줄기는 동헌의 동쪽으로 흐르고 작은 물줄기 하나는 서쪽의 비봉산과 동헌 사이로 흘러, 두 가닥 물줄기가 마치 성을 포위하듯 보호하며 흐르고 있었다. 장마 후나 고요한 밤에 동헌에 앉으면 물 흘러가는 소리가 마치 거문고 소리와 같이 아름답고, 그 소리에 맞추어 학이 춤춘다 하여 동헌 이름에 거문고 '금琴'자와 학 학鶴자를 넣어 이름을 지었다는 유래가 있다. 유국환은 동문을 자유롭게 통과한 후 태평루 앞에 섰다. 태평루와 가까운 곳에 있는 문을 통과해야 동헌으로 갈 수 있는데, 문 입구에는 포졸 2명이 보초를 서고 있었다. 유국환이 주저주저하며 포졸 쪽으로 다가가자 마흔 살 정도 되어 보이는 인상이 고약하게 생긴 포졸이 촌티가 졸졸 흐르는 떠꺼머리총각 유국환이 기웃거리는 것을 보고 고함을 질렀다.

"뭐하는 놈이냐?"

"사또님 만나러 왔는데요."

포졸은 유국환의 꾀죄죄한 복장을 보고 무시하는 말투로 말했다.

"바쁜 사또님이 할 일이 없어서 너 같은 놈을 만난다 하더냐."

유국환은 위세를 떠는 포졸을 똑바로 보며 말했다.

"한번 찾아오라고 했는데요."

"이런 맹랑한 한 놈을 봤나. 빨리 저리 꺼져, 곤장을 맞기 전에."

"농담이 아니라니까요."

포졸은 짜증이 나는지 육모방망이를 움켜잡고 여차하면 휘두를 태세로 말했다.

"이놈아 짜증 난다, 빨리 저리 꺼져."

사또를 만난다는 일이 쉽지 않을 것이라는 생각은 했으나, 이렇게 문턱에서 물거품이 될 줄은 몰랐다. 사또를 만나면 좋은 일이 생길 것 같아 지난 한 달 정도 얼마나 꿈에 부풀어 있었던가? 이렇게 허무하게 끝날 수는 없다는 생각이 들었다. 오늘 사또를 못 만나고 돌아가면 다시는 영영 만날 기회가 없을 것 같았다.

유국환은 포졸에게 사정사정을 했다.

"사또께서 분명히 한번 찾아오라고 했습니다. 거짓말이 아니라니까요."

옆에서 지켜보고 있던 다른 포졸이 유국환을 힐끗 쳐보면서 혼자서 중얼거리듯 말했다.

"저런 눈치 없는 놈. 맨입에 무슨 일을 하려고, 어이구 쯔쯔."

그 말을 들은 유국환은 머리에 번개처럼 스쳐 가는 무엇이 있었다. 이놈들이 돈을 요구하고 있구나. 그런데 몸에 지닌 돈이 없었다. 부끄럽기도 하고 화가 솟아올라 자신도 모르게 막무가내로 안 된다던 포졸을 힘껏 밀쳐 버렸다. 서너 발자국 뒤로 밀린 포졸이 땅바닥에 발랑 나자빠졌다가 일어나 유국환에게 방망이를 휘두르며 달려들었고, 돈을 주라고 혼잣말로 궁시렁거리던 포졸은 어디서 가져왔는지 창으로 찌르며 공격을 해왔다. 창끝이 유국환의 가슴을 겨누고 위협하며 매섭게 파고들어 오자 유국환은 가볍게 몸을 비틀어 피한 후 창끝 아래를 잡고 짧게 한 번 힘주어 잡아당기자 포졸이 유국환의 앞까지 끌려와 균형을 못 잡고 비틀거렸다. 유국환 앞으로 쏠리는 포졸을 무릎이 마중을 나가 가슴통을 찍어 버리자, 포졸은 창을 빼앗긴 채 땅바닥에 쓰러졌다. 먼저 실랑이를 했던 포졸이 육모방망이를 휘둘렀으나, 몇 번 못 휘두르고 유

동지산 유국환 — 271

국환에게 방망이를 빼앗기자 화가 나서 미친개처럼 날뛰기 시작했다. 문 앞에서 소요가 크게 일어난 것을 알고 10여 명의 구경꾼이 어디에서 나타났는지 우르르 몰려와 웅성거렸다.

이때 오횡묵 군수가 객사에 묵고 있는 손님을 만난 후 동헌으로 가다 문 앞에 소요가 일어난 것을 알고 그쪽으로 발걸음을 옮겼다. 다섯 명의 포졸이 사내 하나를 포위한 후 잡으려고 했으나 못잡고 쩔쩔매고 있었다. 구경꾼 속에서 잠시 구경을 하던 오 군수는 청년이 눈 오는 날 만난 청년임을 알아보고 불상사가 날까 걱정이 되어 앞으로 나서며 큰 목소리로 말했다.

"동헌 앞에서 이 무슨 짓거리냐?"

포졸들과 주민들이 갑자기 나타난 군수를 보고 놀라 싸움을 중단하고 엎드렸다. 유국환은 어떻게 해야 할지 몰라 잠시 엉거주춤하게 선 것도 아니고 엎드린 것도 아닌 자세로 서 있다 포졸들을 따라 엎드렸다.

오 군수가 앞으로 나서며 유국환을 보고 먼저 나무랐다.

"여기가 시장바닥이냐, 혈기만 믿고 날뛰게. 공무집행 방해를 하면 모가지가 날아가는 줄을 모르느냐?"

추상같은 사또의 나무람이 섭섭했다. 한 번 찾아오라 해서 왔는데 낭패만 당한다 생각하니 억울하여 자신도 모르게 원망 섞인 말을 내뱉고 말았다.

"한번 찾아오라고 해서 왔는데, 손님 대접을 이렇게 해도 됩니까?"

유국환의 너무나 당돌한 말에 구경꾼들이 더 놀라고 있었다. 대부분의 구경꾼들은 속으로 '저놈 저거 오늘 곤장 맞고 반은 디졌다'라 생각하는 듯했다. 유국환의 항의를 무시하고 사또가 오늘 당직 보초병이 누군지 물었다.

"오늘 초병은 앞으로 나와."

행패를 부리던 초병이 엉거주춤 일어나 사또 앞으로 나오자 사또가 물었다.

"나를 찾아온 손님과 왜 싸웠냐?"

사또의 물음에 답을 못하고 어물쩍거리기만 하자 사또가 다시 물었다.

"왜 싸움이 일어났냐고 물었다."

육모방망이를 들고 설치던 초병이 유국환을 가리키며 낮은 목소리로 답했다.

"저놈이 먼저 행패를 부려 싸움이 일어났습니다."

사또가 유국환을 돌아보며 물었다.

"맞는 말이가?"

유국환은 억울했다. 전임 사또 때 마을에 있는 사람이 송사에 연루되어 말을 잘못 했다가 곤장을 맞고 업혀 온 일이 생각났다. 바른말을 해야 되겠다는 생각이 머리에 스쳐 갔다.

"초병 나리가 돈을 요구하는 듯했습니다만 돈이 없어서…."

구경꾼들이 '초병 나리'라는 말에 여기저기서 낄낄 웃었고, 오횡묵 군수는 뭔가 짚이는 데가 있는지 고개를 끄덕끄덕하더니 수행원에게 말했다.

"모두 해산시키고, 좌우 천총에게 통기하여 동헌으로 즉시 들어오라 하시게."

사또가 유국환에게 먼저 사과의 말을 했다.

"손님 대접이 잘못되어 미안하네. 나와 함께 동헌으로 가세."

군수가 앞서 걸어가자 유국환은 군수를 따라 걸었다.

군수는 단 위로 올라가 대청마루에 있는 의자에 앉았고 유국환은 단 아래 마당에 섰다. 얼마 되지 않아 좌천총 강시석과 우천총 나성회가 도착하여 마루 아래에서 마주 보고 서자 오횡묵 군수가 두 천총을 보면서 천천히 말했다.

"두 분을 급히 오시라 한 것은 상의할 일이 있어 오시라 했소. 요즘 도적들이 밤만 되면 의령 고성 진주 등을 안방처럼 들락거리고 있으니 우리도 만반의 준비를 해야 될 것이오. 그래서 내가 쓸 만한 젊은이를 한 명 데려왔으니 누가 한 번 데려다 써보겠소?"

좌천총보다 몇 살 아래로 보이는 우천총 나성회가 재빠르게 유국환을 아래위로 한 번 훑어본 후 앞으로 나서며 말했다.

"제가 데리고 가겠습니다."

오횡묵 군수가 좌천총에게 물었다.

"그렇게 해도 불만 없겠지요?"

좌천총이 웃으며 말했다.

"여부가 있겠습니까?"

이렇게 하여 유국환은 우천총의 수족이 되어 그림자처럼 따라다니며 시간 날 때마다 무예를 익히게 되자 하루하루가 신바람이 났다.

함안과 가까운 고성군 삼산리 상촌에 사는 가난한 농부 갈씨 집안에 아들이 하나 태어났다. 출산하는 날 도사 하나가 천문을 보고 집으로 찾아와 사립문을 열고 물었다. "장군님 탄생했습니까?" 산모에게 출산할 기미가 있었다. 한참 후 다시 도사가 바깥에서 천기를 보고 하늘을 두리번거리며 서둘러 물었다. "도련님 태어났습니까?" 대답은 없고 방에서 산모가 신음 소리만 내고 있었다. 한 시간이나 지나 도사가 급하게 이리저리 배회하며 천기를 보다가 노기 띤 음성으로 물었다. "도둑놈 태어났습니까?" 이때 사내아이의 울음소리가 터져 나왔고, 도사는 어디론가 사라지고 없었다.

이 집에 태어난 아들의 이름을 갈봉으로 지었고, 차차 성장하면서 인물이 수려하고 남달리 총명하였다. 성격도 활달하고 의협심이 강해 주변의 아이들이 많이 따랐고 서당에 공부하러 가자 훈장이 많이 귀여워했다. 다른 장점도 많았지만, 감쪽같이 훔치는데 천부적이 소질이 있었다. 마을에 있는 고구마 감자 무 닭 토끼 등을 마음만 먹으면 기발한 방법으로 마치 자기 것을 가져오듯 훔쳤지만, 하나도 자신이 가지고 가지는 않았다. 친구들과 같이 먹거나 싫증이 나면 그 자리 다시 갖다 두기도 했다. 훈장은 이런 갈봉을 칭찬할 수도 미워도 할 수도 없었다. 해가 긴 봄날 하루 훈장이 무료했는지 아이들을 모아 놓고 갈봉에게 시험 삼아 말했다.

"네가 훔치는데 귀신과 같다 하니 이 엽전을 방 한가운데 놓아둘 테니 내가 집에 갔다 돌아올 때까지 친구들 아무도 모르게 한 번 훔쳐보아라."

훈장이 자습을 시켜놓고 밖으로 나가자 엽전을 방 가운데 두고 보초를 서는 아이들이 있었고, 엽전 앞에서 꼼짝 안 하고 책을 읽는 아이도 있었다.

　갈봉은 엽전에 신경을 안 쓰고 한 시간 정도 책을 읽다가 책을 덮어두고, 밖으로 나가 동갑내기 학동 하나와 마당에서 땅따먹기 놀이를 하며 놀았다. 조금 놀다가 조금 이른 시간에 점심으로 가져온 주먹밥을 꺼내 먹자 서넛 명의 친구들도 배고프다며 갈봉 옆으로 와서 밥을 먹었다. 갈봉은 밥을 먹으며 주먹밥에 보이는 쌀밥 몇 알을 모아 친구들 눈치 못 채게 주머니에 숨겨 두었다. 마당에서 친구들과 놀면서 버선에 돌이 들어갔다며 버선을 벗어 이리저리 털면서 친구들이 안 볼 때 버선 뒤꿈치에 숨겨 둔 쌀밥을 꺼내 손가락으로 뭉갠 후 버선에 칠하고 신었다. 갈봉은 아무 일도 없는 듯 뒤꿈치가 짚신에 닿지 않게 살짝 들고 이리저리 조금 걸어보고 방으로 들어갔다. 방에는 밥을 먹는 친구, 장난을 치고 있는 친구, 책에 몰입해 있는 친구 등으로 나누어져 엽전에는 아무도 관심이 없었다. 갈봉이 자연스럽게 엽전이 있는 방향으로 가로질러 가면서 발뒤꿈치로 정확하게 엽전을 밟고 지나갔다. 갈봉은 엽전이 뒤꿈치에 붙은 것을 느끼며 책을 들고 밖으로 나가 마당가에 있는 나무 밑으로 가서 책을 읽었다. 책을 읽으면서 버선에 붙은 엽전을 떼어 주머니에 넣어 두었다. 한참이 지나도 서당 아이들은 엽전이 없어진 것을 모르고 있었고, 오후 2시 정도 되자 훈장이 점심을 먹고 서당으로 돌아왔다. 훈장이 서당으로 오는 것을 보자 아이들은 엽전이 생각나서 찾았으나 이미 감쪽같이 사라진 후였다.

훈장이 방으로 들어오자 학생들도 모두 자리에 앉았고, 엽전이 감쪽같이 사라진 것을 확인한 학동들은 귀신이 탄복할 일이라며 갈봉을 쳐다보며 웅성거렸다.

훈장이 갈봉을 보며 말했다.

"네가 훔쳤느냐?"

갈봉이 손으로 머리 뒤를 끌쩍거리며 말했다.

"예······."

"어떻게 그렇게 감쪽같이 훔쳤느냐?"

"선생님, 이런 것은 식은 죽 먹기보다 쉽습니다."

훈장이 웃으며 갈봉에게 말했다.

"어떻게 훔쳤는지 설명을 한번 해 보아라."

"친구들이 보초 설 때 저는 책을 읽었고, 점심때가 되어 배가 고파 밖에 나가 밥을 먹었습니다. 들어오면서 발뒤꿈치에 해당하는 버선 밑에 밥풀칠을 하고 엽전 위로 지나가면서 슬쩍 엽전을 밟아 제 것으로 만들었습니다."

갈봉의 설명을 듣던 훈장과 학생들은 기발한 생각에 모두 입을 다물지 못했다.

훈장이 웃으며 말했다.

"어른이 되면 도적질은 하지 말아라."

갈봉이 태어난 비슷한 시기에 함안 동지산 유劉씨 집안에도 범상치 않은 한 사내아이가 태어나자 나라를 빛내는 사람이 돼라고 이름을 국환國煥이라 지었다. 아버지는 대목 일을 하는 목수였고,

어머니는 엿을 고아 마을로 다니며 팔았다.

아이가 서넛 살 먹을 때까지는 어미가 업고 다니며 엿을 팔다가 다섯 살 정도 되니까 아이가 보통 애들보다 몸집이 크고 무거웠고, 철이 빨리 들어 집에 혼자 놀게 두고 다녔다. 가마솥에 엿을 한 번 고면 며칠 걸려야 다 팔 수 있어 그날 팔 것 외는 실겅에 올려 놓고 팔러 다녔는데, 엿이 조금씩 자꾸 없어지자 목수의 아내는 원인을 알 수가 없었다.

날이 추운 겨울 어느 날 엿을 팔러 나가는 척하고 보이지 않는 곳에서 집의 동태를 살폈다. 한 시간 정도 흘렀을 때 어린 아들이 방문을 열고 나와 숲속 으슥한 곳으로 가더니 나무 막대로 된 낚싯대 비슷한 것을 들고 나왔다. 실 끝에는 쇠토막이 달려 있고 열전도로 실이 끊어지지 않게 쇠토막과 실 사이 다른 쇠고리가 중간에 있었다. 유국환의 어머니가 아이가 손에 들고 있는 낚싯대를 보자 대번에 눈치를 챘다. 쇠토막을 화로에 가열시킨 후 고기 낚듯 엿을 내려 먹은 것을 알고 화가 머리끝까지 나서 달려가 아들의 볼기를 때리며 자신도 모르게 이런 말을 내뱉었다.

"이 도둑놈……."

유국환의 어머니는 무심결에 내뱉은 말에 아차 싶어 손바닥으로 입을 막았으나 말은 공중으로 이미 날아 가버린 후였고, 손바닥으로 방정맞은 입만 여러 차례 때려야 했다.

조선 말에 안동 김씨들이 나라야 망하든지 말든지 파먹었고, 이어 풍양 조씨와 여흥 민씨들이 이에 질세라 외척으로 세도를 잡자 안동 김씨들 못지않게 나라를 요절내고 있었다. 고위공직에 앉아 매관매직으로 곳간을 채우고, 현장의 부패한 벼슬아치들은 그들 나름대로 민중을 기름 짜듯 짜자, 단계·진주·고성·칠원 등에서 대규모 민란이 연쇄반응으로 끊이지 않았다. 노력해서 바르게 사는 자가 세상에 가장 바보 같은 세상으로 변하고 있었다.

갈봉이 성장하면서 백성이 애써 농사지은 것을 벼슬아치나 힘이 있는 자들에게 빼앗기는 것을 보고, 완력이 있는 친구 몇 명을 비밀리에 모아 부잣집과 벼슬아치들의 곳간을 털기 시작했다. 식은 죽 먹기보다 쉽고 재미있었으며 시간이 갈수록 따르는 자들이 불어났다.

진주, 함안, 의령 등 주로 멀리 원정을 다녔는데, 먼 곳으로 갈 때는 대범하게 군수, 현감 같은 벼슬아치의 집이나 천석꾼 집에 있는 가볍고 가치가 있는 금붙이, 삼베, 무명 같은 것을 도적질해 산 정상이나 외진 곳에서 공평하게 나눈 후 각자 집으로 흩어지자 도둑이 어디에 거처하는지 꼬리를 잡을 수가 없었다. 의령 부잣집이 털렸다고 소문이 파다하게 나는 것과 거의 동시에 진주 부잣집이 털리고, 한 달 정도 있으면 함안의 부잣집이 털리자 행세하는 집에서는 두 발 뻗고 잠을 이루지 못했다.

몇 명이 다니는지 몰랐으나, 함안에서 밤늦게 노름을 하고 집에 가다 달밤에 의령 부잣집을 털고 정암진 나루를 십여 명이 건너오는 것을 목격했다는 사람이 있었다. 동에 번쩍 서에 번쩍 하자 진주 목사는 골치가 아팠다. 함안 고을에서 활동하는 유국환이 완력과 무술이 뛰어나고 도둑을 잘 잡는다는 소문이 이미 진주까지 알려져 있었다. 유국환이 함안 고을에 포졸로 들어간 지 얼마 안 되어 법이 바뀌어 포졸이란 말 대신 순검이란 용어를 사용하고 있었다. 진주목사가 함안군수에게 유국환과 날쌘 순검 몇 사람을 차출하여 보내주면 좋겠다는 공문을 보냈다.

 유국환이 순검 세 명의 인솔자가 되어 진주목사 앞으로 갔다. 진주목사가 유국환 일행을 보고 먼길을 왔다며 치하한 후 대접을 잘하겠다는 말과 함께 만약 대도를 잡으면 큰 상금을 내리겠다 하면서 말이 길어지고 있었다. 유국환이 빨리 본론으로 들어가야겠다고 생각하며 진주목사의 말을 중간에 끊으면서 다음과 같이 말했다.
 "도적을 잡는데, 참고로 하려고 합니다. 여태 도둑맞은 곳을 차례로 아시는 데까지 상세히 알려주시면 큰 도움이 될 것 같습니다."
 진주목사 곁에 있던 병방이 기억력을 자랑하듯 어느 군의 무슨 리에서 도둑이 들었고, 그다음은 어디에서 털렸는지 순서대로 한참 읊어 나갔다. 유국환은 짐작이 가는 것이 있는지 고개를 끄덕거렸다. 이를 지켜보고 있던 진주목사가 유국환의 태도에 호기심을 보이며 물었다.
 "짐작이 가는 것이 있는가?"
 "예, 뭔가 이상하지 않습니까?"
 "뭐가 이상한가?"
 "제가 지리를 좀 아는데, 고성군 삼상 근처에만 왜 도둑이 설치지 않을까요?"

"그게 뭐 그리 수상한가?"

"제가 만약 도둑이라도 내가 사는 근처에서는 도둑질을 안 할 것입니다."

"그건 또 왜 그런가?"

"가까운 곳에서 인심을 잃으면 대번에 잡히고 말 것입니다. 가까운 이웃에게는 오히려 베풀어야 이웃들이 도둑질하는 것을 눈치채도 숨겨 줄 것이기 때문입니다. 제가 볼 때 도적의 소굴은 고성군 삼상 어딘가에 있을 것입니다."

유국환의 설명을 들은 진주목사는 탄복하며 말했다.

"잡을 방법이 있겠는가?"

유국환이 자신 있게 말했다.

"저한테 맡기면 자신이 있습니다."

"몇 명이 필요하며 기간은?"

"함안에서 온 사람으로 한 달이면 가능합니다."

"경비는 충분히 제공할테니 한 달 안에 잡아오게."

이렇게 하여 유국환은 경비를 지원받은 후 함안서 데리고 간 순검을 장사꾼, 거지, 과객 등으로 변장시켜 고성군 삼상면 방향으로 이동했다. 과객으로 변장한 유국환이 삼봉 입구 허름한 주막으로 들어가자 젊은 주모가 호들갑을 떨며 유국환을 맞았다. 집 안에는 주모의 모친으로 보이는 나이 많은 할머니가 한 사람 있었다. 주모는 훤칠하고 잘생기고 힘깨나 쓸 것 같은 유국환의 외모에 대번에 호감을 가지고 여러 가지를 촉새처럼 물었다.

"오늘 밤 묵고 가실 건가요? 방이 두 개뿐이라서 미리 예약을 안 하면……?"

봇짐을 내려놓으면서 유국환이 말했다.

"아무래도 하룻밤 신세를 좀 져야 할 것 같소."

주모가 유국환을 이리저리 살피며 말했다.

"손님은 어디로 가시는 중입니까?"

"20년 전에 사촌 누님이 이 근처로 시집을 왔는데, 나에게는 백부가 되며 누님에게는 친정아버지가 돌아가신 후 왕래가 끊겨 궁금해서 찾아 나서봤소."

"사는 곳이 어디라 합디까?"

"시집간 곳이 상촌 어디라 했는데, 확실하게는 모릅니다."

"그러면, 어떻게 찾으려고 합니까."

"동네마다 다니며 함안에서 시집온 사람이 있는지 물어서 찾아볼 생각입니다. 그런데, 이곳에 도적들이 들끓는다는 말을 들었는데 밤에 봉변을 당할까 걱정이 됩니다."

주모가 손사래를 치며 큰 소리로 말했다.

"여기가 어딘데 감히 좀도적들이 설치겠소."

"밤에 두 발 뻗고 안심하고 자도 괜찮겠소?"

"그럼요 내가 장담하지요."

유국환은 내심 뭔가 의심쩍은 냄새가 난다는 생각을 하며 주모가 안내하는 방으로 갔다. 금세 어둠이 내리고 있었다. 낮에 수십 리 길을 걸었고 저녁으로 주모가 가져 온 보리밥 한 그릇을 비우고 탁주 한 사발을 마시자 따뜻한 아랫목에 몸이 녹아내리는지 잠이 엄습해 왔다. 조금 있으며 함안에서 같이 온 까마귀가 옆방에 자리를 잡겠지 하는 생각을 하면서 불을 끄자 바로 잠에 곯아떨어졌다. 새벽 2시경 잠시 잠에서 깨어 눈을 뜨자 달밤이라 밖이 훤했다. 그런데 발자국 소리와 인기척이 있더니 낮은 목소리로 하는 이야기가 들여왔다.

"방 두 개가 다 찼는데요. 어쩌지요?"

그들이 나누는 이야기로 볼 때 옆방에 까마귀가 들어와 자고 있음이 틀림없고, 이야기를 나누는 손님은 약간 짜증 섞인 말을 했다.

"하나는 늘 비워 놓아라 하지 않았소?"

"쉬어간 지 하루밖에 안 돼 좀 쉴 줄 알았고, 늦게 온 손님이 하도 사정을 하여……."

"알았네. 집에 가서 자지 뭐. 그리고 이것은 늙은 어머니 모시고 고생하는 자네가 필요로 할 때 쓰시게."

뭔가를 주모에게 주는 듯했고, 주모는 감격하여 연신 감사의 인사를 한 후 사과를 했다.

"어리석어 실수를 했습니다. 죄송합니다."

"괜찮소. 다음에 또 보세."

사내는 곧 사라져 갔다. 유국환은 그 사내가 도적의 일원일 것이며 근처 어딘가 소굴이 있을 것이라는 생각을 했다. 더 이상 잠을 이루지 못하고 여러 가지 궁리를 하며 뒤척이다 날이 완전히 새자 일어나 밖으로 나갔다. 함안에서 같이 온 까마귀가 먼저 나와 우물가에서 세수를 하고 있었다. 유국환이 까마귀를 보고 처음

보는 사람처럼 연기했다.

"형씨 좋은 날씨입니다. 어디서 오셨소?"

까마귀도 눈치 빠르게 연기를 했다.

"의령에서 종이를 팔러 다니는 사람입니다만, 형씨는 어디로 갑니까?"

"사촌 누이가 이 근처로 시집을 왔는데, 친정 부모님이 돌아가신 이후 소식이 두절되어 찾아보러 왔소이다."

까마귀가 유국환을 보고 제안을 했다.

"장사치가 아침부터 돌아다니기 무엇하고, 그쪽도 경우가 비슷한 처지인 것 같네요. 아침 먹고 장기나 두 판 두고 슬슬 움직여 보는 것이 어떻겠소?"

까마귀의 대거리에 유국환은 맞장구를 친 후 아침을 다 먹은 후 장기판을 가져와 장기를 두기 시작했다. 까마귀는 포졸이 순검으로 바뀐 후 유국환의 후배로 들어온 사내였는데, 의령, 고성, 함안, 창원 등을 넘나들며 소 도둑질을 전문적으로 하다 유국환에게 잡힌 사내였다. 행동이 민첩하고 의리가 있어 유국환의 강력한 추천에 힘입어 순검이 되었고, 얼굴이 숯검정처럼 시커멓게 생겨 까마귀란 별명을 지어 주었다. 평상 한쪽 모서리에 앉아 두 사람이 장기판을 내려다보고 집중을 하고 있을 때 두 모녀가 방에서 조곤조곤하는 말이 들렸다. 주모의 늙은 어미가 딸에게 말했다.

"갈선생이 새벽에 왔다 갔제? 우리에게 큰 은인이시다. 세상에 그런 의인이 어디 있겠노?"

"예, 어머니. 누가 듣겠습니다. 식사나 하시지요."

"그래, 너무 고마워서, 말을 안 하면 병이 날 것 같다."

유국환은 어젯밤에 벌써 냄새를 맡고 있었으나, 장기판을 내려다보고 있던 까마귀는 두 사람의 이야기에 눈빛이 번쩍했다. 유유자적 장기판을 보면서 유국환이 낮은 목소리로 까마귀에게 말했다.

"같은 오 리 안에 살고 있으며 여기도 수상한 점이 있다. 이곳 주변을 샅샅이 뒤져보자."

갑자기 까마귀가 큰 목소리로 말했다.

"포장 받아라."

장기판을 한참 보고 있던 유국환이 일어나며 까마귀에게 말했다.

"외통수로구만, 내가 졌소."

유국환이 엽전 하나를 꺼내 까마귀에게 주면서 주모가 있는 쪽을 향해 말했다.

"주모 우리 잘 자고 갑니다."

주모가 방 밖으로 나오자 유국환이 물었다.

"저 북쪽은 첩첩산중인데, 저 산 이름과 마을 이름은 무엇입니까?"

"산 이름은 없고, 그 아래 상촌 마을이 있어 그냥 상촌 뒷산이라 부릅니다."

"고맙소."

유국환이 까마귀를 돌아보며 말했다.

"상촌에도 사람이 사는 곳이고 곧 겨울이 오니 창호지가 필요한 사람들이 있을 것이요. 상촌 쪽으로 같이 한 번 가봅시다."

까마귀도 흔쾌히 맞장구를 쳤다.

"말동무도 생겼고 잘되었소. 같이 갑시다."

둘은 주막을 나와 상촌 쪽으로 방향을 잡아 걸었다. 유국환이 까마귀에게 물었다.

"우리 일행은 근처에 다 있제?"

"동네 사랑방이나 머슴방에서 자고 우리가 움직이는 것을 보고 거리를 두고 따라오기로 되어 있습니다."

유국환이 산 능선이 첩첩으로 맥을 이루어 달리는 것을 응시하며 자신 있게 말했다.

"도적의 두목은 틀림없이 이 근처에 있어."

까마귀도 맞장구를 쳤다.

"저도 주막에서 그런 느낌을 받았습니다."

"한 놈이 오늘 새벽에 집으로 들어갔으니, 오늘 오후에 움직일 것이고 새벽에는 어딘가를 통과하겠지."

"그렇게 빠르게, 자주요?"

"큰 도적은 천문을 볼 줄 알아야 해. 곧 더위가 오고 밤이 짧아지면 그들도 많이 움직이지 못해. 도둑질에도 때가 있지. 내일 새벽은 달이 있어 이동하기가 좋고. 오늘 새벽에 남쪽으로 통과했으니 오늘은 북쪽으로 가겠군. 그래야 신출귀몰하다는 이야기도 듣고 한두 달 푹 쉬었다가 또, 슬슬 움직이고. 그렇다면 내일 새벽은 저 산을 넘어오겠군."

까마귀가 감탄하며 말했다.

"형님은 완전 제갈량입니다. 형님 우리도 순검 집어치우고 의적이나 할까요?"

"에끼 이 사람. 우리 일행들에게 든든히 잘 먹게 하고, 비상용으로 고구마 계란 등 각자 좀 챙기라고 하게. 오후 늦게 우리는 저 산으로 올라가세. 틀림없이 내일 새벽에 도적은 저 산을 통과할 것이네."

"형님, 우리는 고작 네 명인데, 화적 떼는 십여 명이 뭉쳐 다닌다는 말을 들었소."

"작업할 때는 그렇겠지만, 작업이 끝나면 어딘가 모여 장물을 나누어 각자의 집으로 가겠지."

"도적들이 뿔뿔이 흩어지면 그들을 어떻게 잡습니까?"

"대가리만 잡으면 돼. 두목은 두 명 아니면 세 명 이상은 같이 다니지는 않을 거야."

까마귀가 유국환을 보며 말했다.

"우리처럼 말이죠?"

유국환이 웃으며 말했다.

"길을 묻는 척하면서 근처 동지들에게 저 산 정상에서 만나자고 해. 고개 너머 이당으로 넘어가는 척하면서 정상에서 만나면 될 것이네. 도적은 먼길을 가기 때문에 일찍 출발할 것이고 우리는 늦게 출발하여 정상에서 숨어 새벽까지 기다리며 되네. 준비한 음식이나 먹으면서 으슥한 곳에서 숨어 조용히 투전판이나 열자구."

투전이라는 말에 까마귀가 신이 났다.

까마귀가 일행에게 지시하고 상촌 근처 주막에서 유국환을 만나 점심을 먹은 후 긴 계곡을 따라 난 산길을 쉬엄쉬엄 걸어 올라갔다. 길에 사람들이 다닌 흔적이 많이 남아 있었다. 고개까지는 산길을 잘 걷는 사람이면 한 시간이면 충분한 거리였고, 고개를 넘어가면 사람들의 왕래가 빈번한 이당이었다. 만약 도적이 이 근처에 산다면 지금 정도는 산을 넘어갔을 것으로 유국환은 계산했다. 두 명이 고개에 도착했을 때 산길 입구에 일행 두 명이 올라오는 모습이 보였다.

고개에 먼저 도착한 유국환과 까마귀는 몇 시간 머물 장소를 물색하기 위해 고개에서 멀리 떨어진 주위를 살폈다. 사람들의 왕래가 없고 은신할 만한 곳을 찾기 위해 돌아다녔다. 토산이라 큰 바위 같은 것은 보이지 않았고, 마음에 드는 마땅한 장소가 없어 제법 한참을 뒤지다 반대편에서 걸어오는 사람을 만났다. 저쪽도 두 사람이었고, 양쪽이 서로 깜짝 놀라며 달갑지 않은 표정을 지었다. 유국환은 이럴 때는 어색함을 피하면서 기선 제압이 중요하다고 생각하고 물었다.

"형씨들은 무엇 하러 이런 산중을 헤매고 다니요?"

외형으로 보아도 이들은 보통내기 같아 보이지 않았고, 대답도 뜻밖의 말을 했다.

"우리는 진주목의 순검으로 도적들을 잡으러 다니는 사람들이요. 당신들은 무엇 하러 다니는 사람들이오."

유국환은 요런 맹랑한 놈들이 있나 싶어 한 번 푹 찔러 보자 싶어 어젯밤 주막에서 엿들은 갈선생을 들먹이며 엉뚱한 대답을 했다.

"우리는 갈선생 밑에서 일을 하고 싶어 찾아다니는 중이요."

한 사람은 우락부락하게 생겨 힘깨나 쓸 것 같아 보이고, 다른 한 사람은 글줄이나 읽어 먹물을 좀 먹은 냄새가 나며 민첩해 보였다. 민첩해 보이는 사내가 유국환에게 물었다.

"갈선생은 누구를 말하는 거요?"

"그것도 모르고 도적을 잡으러 다녀요. 도적 두목으로 목적을 위해서는 살인과 방화도 밥 먹듯 한다는 말을 듣지 못했소?"

"금시초문이요. 그런데, 그런 강도 밑에 왜 들어가려고 하요?"

"사는 게 희망이 없고 재미가 없기 때문이요."

도적이 되겠다는 유국환의 말에는 관심을 두지 않고, 민첩해 보이는 사내가 까마귀가 들고 있는 봇짐에 관심을 가지고 물었다.

"그건 그렇다치고 봇짐 속에 있는 것은 무엇이오."

유국환이 그 사내를 노려보며 응대했다.

"당신들하고 무슨 상관이요."

민첩해 보이는 사내에게 집요함이 있었다.

"아까 말했듯이 우린 진주목의 순검들이요. 봇다리 속을 좀 봐야겠소."

유국환이 능글맞게 약을 올렸다.

"이놈들 이제 보니 순검을 가장한 도적들이군."

우락부락한 사내가 화가 치솟아 자신도 모르게 민첩하게 보이는 사내를 쳐다보며 말했다.

"갈선생님 이놈들을 쥐도 새도 모르게 그냥 칵⋯⋯."

자기도 모르게 '갈선생님'이라 내뱉은 말에 민첩하고 선비같이 생긴 사내는 사색이 되어버렸다. 유국환이 이때를 놓치지 않고 말했다.

"하하 네놈들이 바로 그 도적들이군."

민첩하게 보이는 사내를 유국환이 손가락으로 가리키면서 말했다.

"네놈은 두목 갈이고?"

민첩한 사내가 우락부락하게 생긴 걸대가 좋은 사내에게 지시했다.

"어쩔 수가 없다. 죽어라."

유국환 옆에 있던 까마귀가 '갈'이란 사내에게 달려들었다. 봇짐 속에 순검을 상징하는 육모방망이가 있지만, 꺼낼 여유가 없었다. 그쪽도 칼을 가지고 있었지만, 뽑을 여유가 없어 바로 육박전이 벌어졌다. 유국환은 우락부락한 사내와 맞붙었다. 사내는 힘은 강했으나, 전문적인 싸움꾼이 아니라 유국환의 상대가 되지를 못했다. 유국환의 두 차례 발길질에 큰대자로 땅바닥에 발랑 뻗어버렸다. 까마귀도 갈이란 사내를 제압하는 시간이 오래 걸리지 않았다. 유국환이 봇짐에서 육모방망이를 꺼내자 두 사내는 사색이 되어 빌었다. 유국환이 까마귀에게 지시하지 않았으나, 까마귀가 능숙하게 포승을 꺼내 팔을 몸통 뒤로 가게 한 다음 꽁꽁 묶었다. 작업이 다 끝났을 때 일행 2명이 합류하자 포승에 묶인 민첩한 사내가 처음에 애원하다 나중에는 유국환과 설전을 했다.

"우리는 결코 사람을 해친 적이 없다. 부잣집과 썩은 벼슬아치

창고를 털어 가난한 자를 도운 죄밖에 없다."

"그렇다고 강도짓을 하면 되나?"

"도둑놈의 것을 도둑질했다고 무슨 큰 죄가 되나?"

"그건 진주목사에게 가서 따져라."

갈이란 사내가 유국환에게 욕을 하며 침을 뱉었다.

"도적들의 똥구멍이나 빨고 다니는 더러운 똥개들."

욕을 먹자 까마귀의 손이 번쩍 갈의 뺨을 후려쳤다. 순식간의 일이었다. 발길질을 하려는 까마귀를 유국환이 막았다.

"좀도둑들은 아닌 것 같다. 그냥 두어라."

까마귀가 분이 안 풀려 씩씩거렸다. 유국환이 갈이란 사내에게 물었다.

"고운 말 할 때 순순히 대답해라. 너희 두목은 어디 있나?"

갈이란 사내가 잠시 생각하더니 말했다.

"내가 두목이다."

유국환이 믿지 못해 물었다.

"지금 꼬리 자르기 하고 있나?"

갈이란 사내가 단호하게 말했다.

"내가 두목 갈봉이다. 책임질 일이 있으며 내가 책임진다. 부하들은 다 선량한 놈들이니 희생 안 시키고 싶다. 묶여 있는 이놈도 홀어머니를 모시고 어렵게 사는 놈이다. 내가 모두 말할 테니 풀어주면 고맙겠다."

걸대 큰 놈이 갈봉에게 강하게 항의를 했다.

"형님 안 됩니다. 죽어도 같이 죽겠심더."

갈봉이 눈물을 보이며 말했다.

"니 어머니는 어떻게 살라고?"

유국환이 부하 순검들에게 말했다.

"진주목사에게 데리고 가자."

갈봉이 걸대를 가리키며 유국환에게 애원했다.

"내가 모든 것을 책임지고 순순히 말하겠다. 저놈 어머니가 너무 불쌍하다. 풀어주면 좋겠다."

유국환이 갈봉을 보면서 말했다.

"알겠다. 일단 진주까지는 같이 가자."

진주 입구 개양 근처를 지나면서 유국환이 까마귀를 불러 작은 목소리로 말했다.

"졸개는 풀어주는 것이 어떻겠노?"

"형님, 살려주면 반드시 후환이 생깁니다."

"사정이 너무 딱한 것 같다."

"그러다가 우리가 죽습니다."

"아니다. 저놈 노모가 너무 불쌍타. 자네가 슬쩍 풀어주고 일행들에게 입단속 잘 시켜."

"예, 형님. 형님은 정이 너무 많아 탈이요."

갈봉만 묶어 진주목사에게 가자 목사가 동헌 앞까지 나와 유국환을 맞이했다. 도적이라고 체구가 작은 한 놈만 달랑 잡아온 것을 보고 너무 실망했는지 유국환에게 물었다.

"저놈 한 놈만 잡아왔나?"

"두목만 잡아오면 조직은 무너집니다. 그리고 우리는 네 명뿐이고, 이십여 명이 뭉쳐 다니며 작업을 하는데 수적으로 당할 수가 없고요. 또, 신출귀몰하게 바람처럼 이동하는데 현장을 덮칠 수도 없었습니다."

진주목사는 유국환의 말에 수긍은 했지만, 얼굴에는 실망을 지우지 못한 채 갈봉에게 물었다.

"최근에 어디서 도적질을 했는지 말해 보아라."

갈봉이 고개를 빳빳하게 들고 목사를 보면서 말했다.

"도적이라 말하지 마시오."

"그러면 뭐라 부를까?"

"진휼사라 불러주시오. 목사께서는 굶주려 죽어가고 있는 백성들을 조금이라도 생각해 보신 적이 있습니까?"

진주목사는 갈봉이 묻는 말에 답하지 않고 어물어물하다 다른 것을 물었다.

"도당들이 몇 명이나 되나?"

"나를 따르는 자 오십 명은 넘습니다."

"그 숫자면 진주목도 들이치겠다."

"못 할 것도 없지만, 더 시급한 일이 가난한 백성을 구제하는 일이라 관심이 없었소."

도적 두목 갈봉이 함안 순검 유국환에게 잡혔다는 소문이 퍼지자 오히려 잡은 유국환을 욕하는 사람들이 많았다. 유국환 일행이 상금을 받아 함안으로 돌아가자 의적을 잡았다며 항의하는 표현으로 함안으로 돌아가는 유국환 일행 방향으로 젊은 청년들이 땅바닥에 침을 뱉었고, 심지어 일행에게 돌을 던진 후 도망하는 자도 있었다.

함안에 도착한 유국환은 상금을 일행들과 동등하게 나눈 후, 동헌 근처로 이사한 집에서 며칠 쉬었다. 그 사이 갈봉이 참수되었다는 진주에서 온 소식에 유국환은 마음이 아파 일을 하지 못할 지경이 되어 있었고, 시간이 갈수록 갈봉이라는 친구가 참 멋있고 자기보다 앞서가는 인간이라는 생각이 들었다. 그때 차라리 모른 척하고 풀어주어 버리는 게 더 좋았을 것이라고 후회했다. 소문에 의하면 갈봉의 시신은 고성군 삼상면 상촌 뒷산에 묻혔으며 그가 살던 집은 파괴되어 소沼로 변했고, 사람들은 갈봉을 추모하여 갈봉이 묻힌 산을 갈모봉으로 부른다고 했다.

까마귀가 유국환 집을 찾아오자 그와 함께 동지산 옛집에 할 일도 있고 바람도 쐴 겸 동지산으로 갔다. 오후에 젊은 순검 하나가 헐레벌떡 달려와 유국환에게 보고했다.

"큰일 났습니다. 갈봉의 부하 이십여 명이 동헌으로 쳐들어와 총을 쏘며 동헌, 순교정, 군물고를 완전히 박살을 냈고, 결전 6천 5백 냥을 탈취해 갔습니다. 군수는 비밀 통로로 도망친 상태고, 형님 집하고 김화서 집은 완전히 잿더미로 변하고 말았습니다."

죄책감에 고생하던 유국환이 이 이야기를 듣자 오히려 속이 후련해졌다. 그 길로 동지산에서 바로 동헌으로 내려가자 피신했던 정희섭 군수도 돌아와 사고를 수습하고 있었다. 유국환이 정희섭 군수를 만나 생명에 위협을 느끼고 있으며 함안군에도 피해를 줄 수 있다며 사직서를 내버렸다.

유국환은 취미 삼아 농작물을 돌보며 몇 달을 쉬어도 갈봉의 얼굴을 지울 수가 없었고, 갈봉의 부하 몇 명이 복수를 한다며 함안군에 다시 나타나기도 했다. 초겨울에 접어들자 믿을 수 없는 소식이 한양으로부터 내려왔다. 나라가 일제에 의해 완전히 망했다는 것이다. 시간이 지나고 상처가 아물면 순검 복직을 해볼까 하는 생각이 있었으나, 이제 영원히 돌아갈 마음은 사라져버렸다. 갈봉이 외치던 '썩은 벼슬아치들의 똥개' 소리에 충격을 먹었는데, '일제의 똥개' 소리를 들을 바에야 차라리 죽는 게 낫겠다는 생각이 들었다. 까마귀도 일제의 앞잡이가 되기 싫다며 사직서를 던지고 유국환을 자주 찾아왔다. 하루는 까마귀가 동지산으로 이사한 유국환이 사는 집으로 와서 말했다.

"의적이 되는 게 어떻겠소. 귀퉁이 조금 떼 내어 우리도 좀 먹고?"

"좋은 생각이다. 저 산 밑에 학무정이라는 곳이 있는데, 굶주려 죽은 사람이 있고 지금도 죽어가는 사람들이 있다고 하더라. 그래 우리가 나서자."

유국환이 승낙하자 까마귀가 기분이 좋아 빨리 실행에 옮기자고 말했다.

"어디 가서 양식을 좀 훔쳐다 빨리 사람들부터 구합시다."

안달하는 까마귀를 보고 유국환이 물었다.

"자네, 지게는 져봤나?"

"농사꾼 집에서 태어났고 아버지가 어릴 때 돌아가셔서 볏섬, 똥장군 등 안 져 본 게 없습니다. 그런데 갑자기 지게는 왜요?"

"어디로 가서 양식을 구해 와야 나누어 줄 것 아닌가?"

"참 그렇네. 어디로 가지요?"

"내일 저녁에 지게를 지고 이리로 오게."

"예, 알았습니다."

다음 날 일찍 저녁을 먹은 까마귀가 지게를 지고 유국환의 집으로 오자 유국환이 까마귀에게 물었다.

"함안에서 제일 부잣집이 어느 집이고?"

"그야 산인 굼실 조참봉 집 아닙니꺼?"

"그리로 가자."

유국환이 자기 집 창고에 있는 것을 지고 오자는 투로 쉽게 말해 어이가 없었다.

"우리가 가면 기다리고 있다가 그냥 준다 합디까?"

"왜 그리 말이 많은가? 따라나 오게."

그들은 학무정과 부봉을 지나 조참봉 집 대문 앞에 도착했다. 주위가 너무나 조용했다. 까마귀가 목소리를 낮추어 유국환에게 말했다.

"담이 너무 높은데요. 제가 형님보다 몸무게가 가벼우니, 형님이 목말을 태워주면 저 담을 넘어가 대문을 열겠소."

"무식한 놈. 지게 거기 벗어 놓고, 내가 들어오라 할 때까지 기다리고 있거라."

유국환이 주먹으로 대문을 힘차게 두드리며 크게 외쳤다.

"이리 오너라, 이리 오너라."

개가 한 마리 짖자 동네 개들이 모두 따라 짖기 시작했다. 까마귀가 놀라 어찌할 바를 몰라 했다. 안에서 인기척이 있더니 대문을 사이에 두고 유국환에게 물었다.

"누구시오?"

"참봉 어른을 만나러 왔소이다."

"어디 사는 누구요?"

"동지산에 사는 유국환이가 왔다고 전해 주시오."

"이 밤중에 무슨 일이요?"

"주인을 만나러 왔다는데, 뭐 그리 절차가 복잡하오. 주인어른께 통기나 해주시오."

밖이 소요한 것을 알고 조참봉이 하인에게 말했다.

"이리 모시고 오게."

대문이 열리고 유국환이 마루 아래 서자 조참봉이 방문을 열고 방에 앉은 채로 바깥을 내다보고 말했다.

"어디 사는 누구라고? 무슨 일로 왔는가?"

"동지산에 사는 유국환이라 하오며, 굶어 죽어가는 사람이 있어 양식 좀 얻으러 왔습니다."

조참봉이 마당에 서 있는 유국환을 내려다보며 말했다.

"도둑놈치고 배포가 마음에 드는군. 몇 놈이 왔는가?"

"한 놈을 데리고 왔습니다."

"얼마나 필요하나?"

"벼 두 섬만 주시면 여러 사람 살릴 수 있습니다."

황당한 모습으로 도둑을 쳐다보고 있던 하인에게 조참봉이 열쇠를 던져주며 말했다.

"곳간 문 열고 좋은 것 두 섬 내어주거라."

유국환은 조참봉에게 머리 숙여 고맙다는 인사를 극진히 했다.

"어르신, 여러 사람 살렸습니다. 정말 고맙습니다. 다음에 또 뵙겠습니다."

조참봉이 유국환을 쳐다보고 호탕하게 껄껄 웃으며 말했다.

"다음에 또, 안 봐도 되네. 잘 가시게."

유국환이 마당에 내려서면서 까마귀에게 말했다.

"까마귀, 지게 가지고 들어와."

하인이 가져가라는 벼 두 섬을 한 사람이 한 섬씩 지고 밖으로 나와 학무정 방향으로 걸어갔다. 부봉 앞 노픈한질을 지나 돌고개 입구에서 두 사람이 쉬어가기로 하고 지게를 바지작대기로 받치고 쉬었다. 이때 소나무 숲속에서 인기척이 나는가 싶더니 두 사람이 환도를 움켜잡고 불쑥 나서 달빛을 칼에 의식적으로 반사시키면서 위협했다.

"형님들한테 지고 온다고 고생들 했다. 짐은 거기 두고 너희들은 너희들 살길로 가거라. 말을 순순히 잘 들으면 목숨은 살려주마."

말이 다 끝나기도 전해 까마귀가 앞으로 나섬과 동시에 발길질로 칼을 부여잡고 있는 한 놈의 팔목을 힘껏 차버리자 칼이 저 멀리 날아가서 쨍그랑 소리를 내며 떨어졌다. 이 광경을 보고 놀란 다른 한 놈이 칼끝으로 까마귀의 목을 찌르며 들어왔다. 까마귀가 몸을 빠르게 뒤로 한 발자국 뺌과 동시에 오른손으로 칼을 잡은 팔목을 내려침과 동시에 발은 가슴팍을 힘껏 내지르자 칼을 놓치고 발랑 나자빠져 버렸다. 까마귀가 나서며 두 놈에게 말했다.
"모두 이리로 와서 무릎 꿇어."
두 놈이 나란히 땅바닥에 꿇어앉자, 다시 말했다.
"두 손 들어."
두 놈이 꿇어앉은 채 손을 높이 들자 까마귀가 유국환을 가리키며 말했다.
"이 어르신이 누군 줄 알아? 진주 갈봉이 패거리를 한 손에 때려잡은 유국환 어르신이다."
두 강도는 살려달라고 빌었다.
"몰라 뵈옵고……용서해 주십시오."
싹싹 빌고 있는 두 강도에게 유국환이 천천히 말했다.
"오늘 너희들이 불쌍한 백성들을 위해 좋은 일을 좀 해야겠다."
덩치가 좀 작은놈이 잽싸게 말했다.
"살려만 주신다면 무슨 일이든 하겠심더."
유국환이 큰 도량으로 환심을 베풀듯 말했다.
"조금 전까지는 너희 두 놈을 죽여서 땅속에 파묻어 뻘까 생각했는데, 목숨은 살려준다. 한 놈씩 저 지게를 지고 학무정까지 같이 가자."
두 놈은 지게를 지고 비지땀을 뻘뻘 흘리며 학무정 쪽으로 걸었고, 유국환과 까마귀는 건달에게 빼앗은 환도를 한 자루씩 들고 뒤따라 걸었다. 까마귀가 앞에서 짐을 지고 걸어가는 건달들에게 말했다.
"이놈들이 영 게을러서…… 마중을 나오려면 멀리까지 좀 안 나오고, 형님들이 여기까지 지고 온다고 얼마나 고생한 줄 알어?"

마을에 도착하자 마을은 쥐 죽은 듯이 고요했다. 대부분 저녁도 못 먹고 굶주린 배로 긴 밤을 보내고 있을 것이다. 달밤이라 까마귀와 두 도적이 집집마다 다니며 벼를 나누어 준다고 모이라고 하자 금세 굶주려 힘이 다 빠진 사람들이 짚 소쿠리 같은 그릇을 들고 모여들었다. 유국환이 마을 사람들에게 말했다.

"여러분께 나누어 주려고 벼를 두 섬 지고 왔습니다. 어디서 나왔는지 묻지 마시고, 또 벼를 얻어먹은 것도 절대 말하면 안 됩니다. 만약 약속을 어기면 내가 벌을 내릴 것입니다. 아시겠습니까?"

모두 알겠다고 대답을 하자 공평하게 나누어 주었다. 10여 가구에서 한 말 넘게 배급을 받아 가면서 고맙다고 머리가 땅에 닿도록 두 번 세 번 인사하고 돌아갔다. 조금 남는 것은 4명이 각 닷 되 정도씩 나누었다. 두 좀도둑이 유국환을 보고 이구동성으로 말했다.

"앞으로 이런 일을 하시면 우리를 꼭 좀 불러주십시오. 오늘 마음이 너무 기쁩니다."

"어디 사는가?"

"당산동 사는 건달들입니다."

"필요할 때 연락을 하마."

두 건달이 무릎을 꿇고 유국환에게 부탁했다.

"같이 일하고 싶습니다. 동생으로 받아주십시오."

"알았네. 오늘은 밤이 깊어서니 여기서 헤어지기로 하세."

새로 들어온 두 신입은 산인과 가야 일대에 어느 집이 부잣집이고 누구 집에 양식이 떨어졌는지 흔히 알고 있었다. 상검암 부잣집에 가서 벼 석 섬을 공출받고 배나무실 홍부잣집에 가서 콩 두 섬을 공출받아 송정, 산성 밑에 굶고 있는 가난한 집에 긴급으로 나누어 주었다.

식구가 불어나자 유국환은 사람들 왕래가 많은 신당고개, 쌀재고개, 멀리는 대현고개, 마재고개에 가서 가볍고 가치가 높은 것을 탈취하여 쌀이나 삼베 등으로 바꾸어 가난한 사람들에게 배급으로 나누어 주었다. 이름을 철저히 숨기고 선행을 했지만, 얼마 가지 않아 함안에서 유국환을 모르는 사람이 없었다. 그 사이 순검 제도는 폐지되고 이름이 경찰로 바뀌었고 일제 통감부 하수인이 되어 있었다.

시간이 갈수록 일제 앞잡이들의 안내로 일본의 큰 자본가들이 들어오자 유국환은 일본인만 골라 노상강도와 집을 털기 시작하자 일인 경찰들에게 함안에서 유국환이 제일의 골칫덩어리로 변했다. 일인 자본가들은 경찰의 보호를 받기 위해 주로 경찰서 근처에 살았고, 일제는 토지조사를 하여 주인이 애매한 경우는 이주한 일인들에게 공짜 비슷하게 팔아 수익을 올리면서 일인들을 정착시키는 정책을 펼치고 있었다.

하루는 읍내에서 현금을 가장 많이 가지고 있는 일본인을 대상으로 골랐다. 조선에 온 지 오래되어 조선말도 다 알아듣는다고 했다. 집이 경찰서와 가까워 경비가 심하지 않고, 아침마다 가까운 비봉산 아래에 있는 신사에 참배를 다닌다는 정보를 받은 후 유국환과 까마귀가 작업에 들어갔다. 새벽에 신사로 가기 위해 대문에서 나와 골목에 나타나자 검은 복면을 한 까마귀가 매복하고 있다 모습을 보이며 말했다.

"나는 조선독립군 함안군 부책임자다. 나와 같이 좀 가야겠다. 만약 허튼짓하면 이 칼이 용서 안 할 것이다."

까마귀가 칼로 사정없이 가벼운 상처가 날 만큼 옆구리를 푹 찔렀다. 칼끝은 옷을 통과해 피부에 살짝 상처를 내자 피가 흘러내렸다. 순식간에 당한 날벼락에 벌벌 떨면서 말했다.

"무엇을 원하시무니까?"

"중국 상해에 있는 조선의 임시정부라고 들어봤나?"

"아 예예, 작년 만세사건 후……"

까마귀가 재빨리 말을 끊으며 말했다.

"사건이 아니고 의거……"

"아, 예 의거 후에 생겼다는 말을 들었습니다. 그런데, 함안에 어찌……?"

"우린 함안군 책임자들이고, 조선의 독립을 위해 자금이 필요하다."

"돈이라면 얼마든지 드리겠습니다."

"좋다. 저기 골목에 조선독립군 함안군 책임자가 기다리고 계신다. 저리로 같이 가자."

육 척에 가까운 유국환이 복면을 하고 있어 더 크게 보였고, 유국환이 위협적으로 말했다.

"남의 나라에 들어와 폭리를 취하면 자선도 좀 할 줄 알아야

지?"

유국환이 근자에 어렵게 구한 총을 꺼내 총구를 이 자의 이마에 갖다 대고 피부에 멍이 나도록 눌러 비틀었다. 일인은 벌벌 떨며 말했다.

"예, 예, 시키는 대로 하겠스무니다."

유국환이 천천히 위협을 가하며 말했다.

"조선은 곧 독립한다. 빠르면 내년이고, 늦어도 3년 안에는 한다. 그래서 긴급자금이 좀 필요하다."

"얼마를 드리면……?"

"백미 서른 가마니 값만 내면 된다. 만약 허튼 생각 했다가는 너의 집은 폭탄의 밥이 될 줄 알아라. 그리고 함안에 우리 단원만 오십 명이 넘는다는 점 잊지 말아라."

"하예, 알겠스무니다."

까마귀가 그를 앞세우고 그의 집 안으로 갔다. 아이들은 아직 일본에서 학교를 다니고 있으며 부부만 와 있다는 것과 집무실에 금고가 있다는 것은 까마귀가 이미 정보를 입수하고 있었다. 경찰서 옆에 집이 있어 방비가 의외로 허술했고 집 안은 조용했다. 부인은 잠이 깊이 들었는지 인기척에 반응조차 없었다. 유국환은 대문 안에서 바깥을 경계했고, 까마귀가 들어가 돈과 패물을 자루에 쓸어 담아 나왔다.

두 사람은 복면을 벗고 올 때 위장용으로 가져온 괭이와 삽을 들고 농부를 가장해 대밭골 쪽으로 빠르게 걸었다. 유국환이 까마귀에게 물었다.

"마무리는 잘했제?"

"한 번 두 번 해본 일 입니꺼? 기절시켜 놓고 손발을 묶었고, 입에는 재갈을 물려 놓았습니다."

유국환이 까마귀를 보며 칭찬했다.

"이제 완전히 전문가가 다 됐네."

까마귀가 유국환의 칭찬을 쑥스러워하며 말했다.

"평생 해도 형님의 수단과 배짱은 못 따라할 것 같습니다. 타고 나는 것 같습니다."

"에끼, 이 사람."

두 사람은 입곡 팔풍정과 산익을 지나 중리로 갔다. 함안군을 벗어나 중리 삼계로 가면 그들만의 비밀 장소가 있어 그곳에서 며칠 조용히 쉴 생각이었다. 경찰서 옆에 사는 일본인 집이 도둑에게 털렸다는 소문은 금세 함안군에 쫙 퍼졌다. 경찰이나 민가에서 이번에도 틀림없이 유국환이 개입되었을 것으로 짐작은 했으나, 물증은 없었다.

이런 일이 있은 후 며칠 지나면 가난한 사람들에게 몰래 전달되는 선물이 있었다. 함안면, 산인면, 가야면의 가난한 사람들은 서양 아이들이 산타클로스를 기다리듯 은근히 유국환이 주는 선물을 기대하는 사람들이 많이 있었다.